सिस्टर लिसा की रान पर रुकी हुई रात

(कहानी-संग्रह)

सिस्टर लिसा की रान पर रुकी हुई रात

विजयश्री तनवीर

हिन्द युग्म

ISBN : 978-93-92820-57-1

प्रकाशक:
हिंद युग्म
सी-31, सेक्टर-20, नोएडा (उ.प्र.)-201301
फ़ोन- +91-120-4374046

मुद्रक : मनीपाल टेक्नोलॉजीज लिमिटेड
आवरण-चित्र : तन्वी अहमद (tanvi1293a@gmail.com)
कला-निर्देशन : विजेन्द्र एस विज

पहला संस्करण : 2023
मूल्य : ₹249

Sister Lisa Ki Raan Par Ruki Hui Raat
A collection of short stories by *Vijayshree Tanveer*

Published By
Hind Yugm
C-31, Sector-20, Noida (UP)-201301
Phone : +91-120-4374046
Email : sampadak@hindyugm.com
Website : www.hindyugm.com

First Edition: 2023
Price : ₹249

उन अँधेरी उनींदी रातों के नाम
जिन्होंने मुझे ये रौशन क़िस्से दिए।

मन की अंदरून कोठरी से

प्रिय पाठको,

अपनी काहिली के चलते चार बरस के लंबे अंतराल के बाद फिर एक किताब के इस उकताऊ और बोझिल पन्ने को लिखने का अवसर मिला है। यूँ यह पन्ना एक रस्म निभाई भर है। बस एक क़ायदा जिसका ज़्यादातर लेखक पालन करते हैं। ऐसा न करने से भी किताब को कोई अंतर नहीं पड़ता। लेकिन मैं ठहरी निरी बातूनी और चरबज़बान, सो आपसे अपने मन की बात कहने का लोभ छोड़ न सकी। पहली किताब को आपका बेहिसाब प्यार मिला। उदारमनों ने उसे सिर-आँखों पर बिठाया। कुछ ने कहा, 'टोनहाई किताब है।' कुछ ने कहा, 'आख़िर तुमने मेरे बारे में इतना सब कैसे जाना!' दुबली-सी 'अनुपमा गांगुली...' कई लहीम-शहीम, गिराँदार किताबों को टक्कर दे आई। वह मेरी पहचान बन गई। मज़ाक़न लोग उसी नाम से बुलाने भी लगे। फिर भी अपनी इन नई कहानियों को लिखते हुए मैंने चाहा कि काश इन क़िस्सों का यह जोड़ मेरी पहली किताब होता!

आपसे अपनी बात कहते हुए मैं वाक़ई इतनी ईमानदार हो गई हूँ कि पहली किताब को लिखने में अपनी अकुशलता और अनाड़ीपन को भद्रता से स्वीकार करती हूँ। बहुत संभव है अब भी मैं उतनी सुघड़ और शऊरदार न हो सकी होऊँ कि कहानीकारों की जमात में सम्मिलित हो सकूँ। किंतु ये तमाम कहानियाँ मैंने जीकर लिखी हैं– हर एक किरदार में गहरे उतरकर।

इन कहानियों को लिखते समय मैंने जाना कि लेखक का कायांतरण कैसे होता है। मैं महीनों तक सोते-जागते, खाते-पीते, खुशी और उदासी में, भीड़ और अकेले में 'सिस्टर लिसा' के साथ रही। कई बार मैंने पाया कि मैं कल्पना में उसका अभिनय करने लगी हूँ। मैं उसे लँगड़ाकर चलते हुए, नींद से लड़ते हुए, डरकर सिमटते-सिकुड़ते, यीशु से पनाह माँगते हुए देखती थी। यहाँ तक कि एकबारगी मुझे लगने लगा था अगर मैंने जल्द इस क़िस्से को तमाम न किया तो मेरा कोई हिस्सा काठ हो जाएगा। फिर जब वह क़िस्सा तमाम हुआ तो कई दिनों के लिए मैं अकेली हो गई। जैसे कोई बहुत अपना मेरा साथ छोड़ गया हो। सिस्टर लिसा छूटी तो 'बंसरी' की 'गाँठ' में उलझ गई। उन दिनों मैं एक तेरह साल लड़की में बदल गई थी। 'धीरा' को लिखते समय मैं अपने विगत में सालों पीछे लौट गई थी। 'अज़ाब' की गुल्लन को पन्नों पर उतारते हुए अजीब सिहरन होती थी। 'डाई अलोन' की 'तारा' के साथ अपने को बीमार होते महसूस करती रही। उसकी छूत जैसे मुझे लग गई हो। ऐसे ही 'निर्वाण' की 'कुंज' के साथ हुए छल ने कई दिन मुझे अनमना रखा तो 'जो डूबा सो पार' की 'हंसा' के साथ मैं एक बौराए प्रेमी की सत्रह बरस की हठी प्रेमिका हो गई।

इन कहानियों को यहाँ तक पहुँचने में बहुत से लोगों का हाथ है। तनवीर साहब जो उलाहना देते रहे– 'मालूम होता है तुम्हें सिर्फ़ एक किताब की लेखिका होना था।' मेरे चुस्त संपादक मनीष जी जिन्होंने मुझे निर्विकार किया। कहानियों के कहानीपन पर माक़ूल सवाल उठाए। सदा कहा– 'कोई जल्दी नहीं है। जब लिखे बिना रहा न जाए तब लिखना।' प्रकाशक शैलेश जी जिन्होंने मुझ पर अक़ीदा रख एक के बाद दूसरी किताब छापी। बड़ी बहन रत्नाश्री जो लेखन को लेकर संजीदा होने की सलाह देती रहीं। और मेरे बच्चे जिन्हें एक क़लमकार माँ का बच्चा होते इतराहट हुई। इन सबका आभार व्यक्त करने में मेरा शब्दकोश सर्वथा निकृष्ट है।

अब ये क़िस्से आपके हवाले हैं। मेरे ये नए क़िस्से उनके लिए हैं जिन्होंने मुझे पढ़ा और सराहा। जो लगातार दूसरी किताब लाने का आग्रह करते रहे। याद दिलाते रहे कि मुझे लिखना चाहिए। ये किताब उनके लिए भी हैं जिन्हें पिछली किताब की अनगढ़ कहानियाँ लुब्ध न कर सकीं। जिन्हें लगा कहानियाँ तो हैं मगर कौशल नहीं। सही मायनों में वे भी मेरे बड़े हितैषी निकले। उन्होंने मुझे सँवारा है, मुझे परिष्कृत किया है। उनके कारण ही मैं लिखने का आत्मतोष पा सकी हूँ। मैं क़लमजीवी नहीं हूँ इसलिए किताब का बिकना और न बिकना मुझे ख़ुश या उदास नहीं करता मगर हूँ तो फिर भी एक जहन्नुमी जीव। सराहना की भूख और कलमलाहट तो बनी ही रहेगी। पाठकों का प्रेम किसी भी कलाकार को नई ऊर्जा से भर देता है। अतः ये कहानियाँ आपको कैसी लगीं मेरे भीतर यह जान लेने की ललक और जिज्ञासा अपने चरम पर है।

आप सबकी प्रतिक्रियाओं की प्रतीक्षा में!

– विजयश्री तनवीर

कथा-क्रम

वर्जनाओं को उलाँघती औरतो
तुम अपने किए का पश्चताप न करना
न ही ख़ुद को धिक्कारना
क्योंकि मर्द की भाँति तुम्हें भी
उस पहली औरत ने
एक वर्जित फल को चखकर जना है

सिस्टर लिसा की रान पर रुकी हुई रात

ऊँची तान में कैरल गाती युवा जमात का कोरस दम-ब-दम क़रीब आ रहा था। हवाओं में तिरते यीशु नासरी की सिताइश के गीतों में सर-बसर भीगी कोहिमा की यह शाम साल की सबसे मदहोशकुन शाम हुआ करती है। शुरू दिसंबर से ही हॉर्नबिल उत्सव के साथ इस सब्ज़ शहर के गोशे-गोशे में सुर और साज़ों की यह मिठास उतर आती है। लेकिन बड़े दिन की इस शाम की बात और है। एक तरह से यह शाम नए बरस की आमद तक कोहिमा को जलसों के समंदर में ग़र्क़ रखने का सामान है।

रसोई में चपलता से काम निबटाती बूढ़ी होती उस गलगोथना-सी औरत के हाथ ठहर गए थे। उसने अपने चौकन्ने कानों से चौथी बार अंदरूनी कमरे की टोह ली। कमरे के किवाड़ भिड़े हुए थे। किवाड़ों के बीच की बारीक झिर्री से धूसर परदे का एक कोना झाँक रहा था। बाहर उठते शोर के बावजूद वहाँ किसी भी तरह की हलचल या आहट नहीं थी। बंद कमरे के इस गुम्मेपन को महसूस कर बूढ़ी होती औरत की मिचमिची आँखों में मायूसी उतर आई थी। दो वक़्त मिल रहे हैं। आज की शाम ऐसे बेसुध कौन सोता है! इस समय सोता हुआ वह कमरा उसे विचलित कर

रहा था। यह एक उलट बात थी कि पिछले दिनों वह इस बात से विचलित थी कि इस कमरे में आठों पहर एक जाग पड़ी रहती है। असल में उसे उत्सवों की चहल अच्छी लगती है। त्योहारों की ख़ास रसोई बनाने का भी उसे ख़ूब चाव है। थोड़ी देर पहले घंटों की मशक़्क़त से तैयार हुए केक पर मॉर्ज़ीपेन की कोटिंग करने के बाद वह इतनी ख़ुश थी कि उसने ख़ुद ही अपनी भद्दी और गाँठदार उँगलियों को चूम लिया था। लेकिन अभी भीतर के कमरे में पसरी हुई बोझिल नींद से उसकी ख़ुशी बुलबुलों की तरह बैठने लगी थी।

बूढ़ी होती औरत का नाम अवान है। वह ईसाई बनी कोन्याक नागा है। मांसल छातियों, भारी कूल्हों और ठिगने क़द के बावजूद उसके जिस्म में बिजली की तेज़ी है। लेकिन आजकल उसे हर वक़्त इस बात का दगदगा लगा रहता है कि दिसंबर का यह ठार उसकी दैहिक त्वरा को जड़कर उसके भीतर अस्कत भर देगा। उसके हाथ-पाँव जमकर काठ हो जाएँगे और वह बिस्तर पकड़ लेगी। इसी डर में वह अपनी देह को गर्म रखने के लिए हर घंटे एक कसैली जड़ी वाली चाय पीती है, जिससे उसका गला हमेशा ख़ुश्क बना रहता है और जब-तब सूखी खाँसी का दौरा-सा उठता है। फिर भी उसे विश्वास है कि यह कड़वा काढ़ा उसे ठंड से बचाए रखेगा।

इस वक़्त भी चूल्हे पर काले पेंदे वाली केतली में वही कसैली चाय खौल रही थी। अवान आँच धीमी करके रसोई के जंगले से बाहर झाँकने लगी। सूरज अभी पूरी तरह ढला नहीं था। मग़रिबी आसमान पर ज़ाफ़रान बिखरा हुआ था। नागा पहाड़ियों पर उतरी शाम किसी हूर के मानिंद इठला रही थी। दिन छिपने से पहले ही सफ़ेद गोट और फुँदने वाली लाल टोपियाँ पहने सैकड़ों लड़के-लड़कियाँ सड़कों पर उतर आए थे। ज्यों-ज्यों गीत गाती जमात निकट हो रही थी और गीतों के बोल मद्धम से बुलंद हो रहे थे, त्यों-त्यों अवान की पिघली हुई ख़ुशी लौट रही थी। ख़ुश रहना उसकी

नैसर्गिक वृत्ति है। और इस वृत्ति की उसकी अभिव्यक्ति भी उतनी ही सहज और नैसर्गिक थी। वह ज़बान पर चढ़े मसीह की तारीफ़ के गीत को अपनी सारी लगन और रूह के साथ अलापना चाहती थी। 'जॉय टू द वर्ल्ड... द लॉर्ड हैज़ कम...' गिटार की नाज़ुक धुन में घुली झाँझ और खंजरी की रुनझुन ने उसके अंगों में एक अजब लय भर दी थी। ऊँचे होते कोरस में अपनी आवाज़ मिलाकर तालियाँ बजाने का अभिनय करते हुए उसकी गरदन साज़ों की ताल पर डोल रही थी। ज़रूरत से ज़्यादा गोश्त चढ़ी कमर को ख़म देकर दाएँ-बाएँ लचकाते हुए वह पंजों पर थिरकने लगी थी। उसके नाचने में एक बनैलापन था। यह नबुई नागाओं के नुरिऑलियन नाच की तरह था। कीट-पतंगों, जानवरों और परिंदों की नक़ल का अनगढ़ जंगली नाच। नागाओं के लिए नाच कोई कला-कौशल नहीं बल्कि मुक्त आत्मा का बेक़ाबू आह्लाद है। इस घड़ी वह वही मुक्त वनवासिनी हो जाना चाहती थी– जो वह थी। अपनी परंपरागत धज में लक-दक करती पूरे कुनबे को ज़ेरू (मांस, चावल और मदिरा) परोसती एक बेढंगी क़बीलाई औरत। आदिवासियों की यह ख़ूबी है कि वे हर वक़्त खाते या नाचते रहना चाहते हैं। आज की शाम को लेकर उसका यह जोश इस बात से बिल्कुल जुदा था कि यीशु पर उसका ईमान अभी कितना पुख़्ता है।

उन्मत्त होकर नाचते हुए भी अवान की मिचमिची आँखें लगातार बंद किवाड़ों पर लगी थीं। देर तक नाचते रहने से उसकी साँस चढ़ गई थी। उसका हलक सूखने लगा था। एकाएक उसे तेज़ खाँसी उठने लगी। चढ़ते हुए आलाप का दम टूट गया। वह पानी के घूँट भरकर खाँसी को गले में भींचने की कोशिश करने लगी। उसे डर था कि उसके लगातार खाँसते रहने से अंदरूनी कमरे में जाग पड़ जाएगी। जबकि वह चाहती थी कि इस समय किसी भी बहाने से इस चुप्पे घर में जाग पड़ जाए। सड़क पर धूम मचाती यह जमात घर के कोर्टयार्ड में कूद पड़े। जोशीले बौराए नौजवानों के संग सांता की टोपी ओढ़कर वह यूँ दबी आवाज़ में नहीं ख़ूब

ऊँचे सुर में गाए। आधी रात बाद 'मेरी क्रिसमस' के शोर के बीच सबको अपने हाथ का बनाया लज़ीज़ केक बाँटे। दरअसल ऐसा वह सिर्फ़ चाह रही थी। उसकी चाहना और व्यवहार में किसी तरह का मेल नहीं था। यह एक विचित्र विसंगति थी कि वह उस उढ़के हुए दरवाज़े को किसी आहट की उम्मीद में ताकते हुए इतनी बेआहट काम कर रही थी कि डाइनिंग हॉल के पार भिड़े हुए किवाड़ों वाले कमरे तक उसकी आवाज़ पहुँचना मुश्किल था। वह नींद की अहमियत और ज़रूरत को जानती थी और यह भी कि बहुत दिनों तक नींद से लड़ने वाले को अकसर नींद बेवक़्त दबोच लेती है।

अवान के लिए यह सारे घर को रौशन करने का वक़्त था और भीतर के कमरे की बत्तियाँ बुझी हुई थीं। बाँस के दो प्यालों में चाय ढालकर उसने भिड़े हुए किवाड़ों पर धीमी दस्तक दी। जवाब में कोई आवाज़ नहीं आई। वह किवाड़ों को ठेलकर भीतर दाख़िल हो गई।

यह कुशादा लेकिन बेरौनक़-सा कमरा था। चूने की पपड़ियाँ झाड़ती हुई दीवारें मरम्मत तलब कर रही थीं। ऊँची ढलवा छत लक्कड़ के शहतीरों पर टिकी थी। नीम अँधेरे में कमरे के बीचोबीच फूलदार पुश्त के पलंग पर एक स्त्री देह करवट लिए गुंजलक पड़ी थी। उसका दाहिना हाथ पलंग से नीचे झूल रहा था। ढीली उँगलियों में अटकी नीले मनकों की रोज़री में गुँथा सलीब ज़मीन छू रहा था। अवान ने सावधानी से रोज़री को उसकी उँगलियों से अलग कर तिपाई पर रख दिया। फिर अपना मुँह उसके कान के क़रीब लाकर नरमाई से पुकारा, "सिस्टर लिसा उठिए। दो वक़्त मिल रहे हैं... यह प्रार्थना का समय है। सिस्टर लिसा... आप ठीक हैं न?"

अवान की आवाज़ सुनकर या फिर संयोगवश गुमहवास सिस्टर लिसा की देह में हल्की-सी हरकत हुई थी। थोड़ी कलमलाहट के बाद अब वह करवट के बजाय अपनी टाँगों को सीधा कर चित लेट गई थी। इस कारण

खुरदुरा चेकदार कंबल उसकी देह से ढुलककर नीचे बिछी दरी पर गिर गया था। पूर्वोत्तर की औरतों से अलहदा सिस्टर लिसा की नाक तीखी और उठी हुई थी। उसके बाल घने और घुँघराले थे जिन्हें वह हर मौसम एक स्कार्फ़ के नीचे छिपाए रहती थी। इस वक़्त वह स्कार्फ़ उसके सिर से उतर गया था। उसके घने बाल उसके चेहरे के गिर्द बिखरे हुए थे। वह सुंदर थी। लेकिन किसी स्थावर पीड़ा ने उसके चेहरे के लासानीपन को कुतर लिया था। अवान ने देखा, उसके माथे पर बल पड़े हुए थे और पपोटों में बंद पुतलियाँ काँप रही थीं। उसकी शक्ल पर कई तरह के भाव आ-जा रहे थे। यानी सिस्टर लिसा फिर किसी सपने में थी। जाने क्यों अवान का बत्ती जलाने का मन न हुआ। उसे लगा सिस्टर लिसा को कुछ देर और सोते रहना चाहिए। उसके सपने अवश्य ही उसके जीवन से भले होंगे। वह जागकर क्या करेगी! जश्न और जलसे की इस रौशन शाम में उसकी पिछली रातों का अँधेरा मिला है। वह भला कौन-सा गीत गाएगी! अपने प्रेमी एडवर्ड की मृत्यु का शोकगीत या जीसस के जन्म का स्वागत गीत! उसके लिए यह शाम एक अज़ीयत है। नींद कुछ देर को ही सही मगर उसे इस अज़ीयत से आराम देगी। लेकिन अवान जानती थी कि महीने भर से सिस्टर लिसा किसी भी वक़्त सोना नहीं चाहती। कभी ज़रा बहुत देर को आँख मुँद भी जाए तो घंटों एक अनुताप में रहती है। जाने क्यों हर नींद के बाद वह पहले से अधिक रुग्ण और दुर्बल नज़र आती थी। अवान सोच रही थी, काश वह उसके सपनों का फल जान सकती। बस कोई पल जा रहा है, वह अजीब हड़बड़ में उठेगी और अपनी रोज़री माला को अकबकाई-सी यहाँ-वहाँ ढूँढ़ने लगेगी। वह अपने सो जाने पर इतनी रंजीदा होगी जैसे सोकर उसने कोई भारी गुनाह किया है।

पलंग के ठीक सामने कॉर्निस पर रखे पीतल के नक़्क़ाशीदार कटोरे में लोहबान महक रहा था। कमरे के चारों कोनों में सफ़ेद धुएँ की आड़ी-तिरछी, विरल रेखाएँ बनाती ऊदबत्तियाँ सुलग रही थीं। शाम पड़े ही घर में

लोहबान और ऊदबत्तियाँ जलाने की अवान को ख़ास हिदायत है। सिस्टर लिसा का कहना है पवित्र धूनी से बलाएँ दूर रहती हैं और वह सुरक्षित महसूस करती है। अवान को क़बीले में छूत उतारते ओझाओं को याद करके हँसी आने लगी थी। वह अपढ़-अनाड़ी होकर भी किसी बला से नहीं डरती। वह इस बात पर इतराती है कि उसकी रगों में शूरवीर कोन्याक नागाओं का रक्त है जो एक क्षण में अपने दुश्मन का सिर धड़ से अलग कर सकते हैं। वह सोच रही थी मसीह की दुल्हन को आख़िर किस बला का डर होगा! उसे बताया गया है यीशु हमारा सरपरस्त है। उसकी शरण में सब महफ़ूज़ हैं। वह सबका हाल जानता है। तो क्या वह सिस्टर लिसा की पीड़ा और त्रास को नहीं समझता! उसकी हर दुविधा पर सिस्टर लिसा का एक ही अनुलाप है– 'मसीह पर ईमान लाओ।'

खिड़की के सहारे खड़ी होकर वह चुपचाप चाय घूँटने लगी। पलंग की पुश्त के समांतर दीवार की सफ़ेदी को बदरंग करती एक लकीर खिड़की तक खिंच गई थी। इससे पहले बरसात के मौसम में पलंग खिड़की से लगा था। यह जगह और बरसात सिस्टर लिसा को इतनी पसंद थी जितना एडवर्ड का संग। वह एडवर्ड की कविताएँ गुनगुनाते हुए दिन-दिन भर बाँस के झुरमुटों पर गिरती बरसात को देखती थी। यहाँ से शहर को आने वाली मुख्य सड़क दूर तक दिखाई देती है। चीड़ और देवदार के पेड़ों की क़तारों के साथ चलती वह सड़क जिससे होकर एडवर्ड को इस घर तक लौटना था। लेकिन वह बेचारा कभी नहीं लौट सका था। वह क्रिसमस की ऐसी ही शाम थी। खाने की मेज़ कई क़िस्म के व्यंजनों से सजी थी। सिस्टर लिसा ने एडवर्ड की पसंद के हिसाब से ब्रांडी भरकर क्रिसमस केक तैयार किया था। नीले वेलवेट की चुन्नटदार स्कर्ट को लहराकर आदमक़द आईने के सामने ख़ुद पर रीझती हुई वह उसकी प्रतीक्षा में थी। उसने बालों में सफ़ेद और नीले फूल लगाए थे। पादरी की पोशाक में फ़ादर जस्टिन घर में रौशनियाँ करते घूम रहे थे। उन्हें एक साथ

बड़े गिरजे की आधी रात की प्रार्थना सभा में शामिल होना था। अचानक कानों को फाड़ते कुछ ज़ोरदार धमाके हुए थे। चारों तरफ़ सन्नाटा खिंच गया था। घरों की बत्तियाँ बुझा दी गई थीं। दुबका सहमा शहर साँस रोके पड़ा था। बस सन्नाटे को पाश-पाश करती हुई कुछ दिलदोज़ चीख़ें कानों में लावा भर रही थीं। फ़सादी नागाओं ने अपने अलग झंडे और क़ानूनों के लिए इसी सड़क पर बारूद बिछाया था। सुबह एडवर्ड की मृत देह मिली थी। देह भी नहीं, लहू में लिथड़े मांस के कुछ लोथड़े। उसी नए साल की सुबह चिड़िया की तरह चहकने वाली लड़की सियाहपोश सिस्टर लिसा बन गई। एडवर्ड के नहीं रहने पर भी उसने यहाँ से बारिशों को देखना नहीं छोड़ा था। अवान का दिल भारी होने लगा था। जिसे कई सालों तक गढ़ा हो वह सपना एक पल में छनाक से टूट सकता है। एडवर्ड और लिसा 'एक जान दो क़ालिब' की तरह मशहूर थे। जो नाता ईश्वर ने जोड़ा हो उसे मनुष्य की क्रूरता और जुगुप्सा अलग कर देती है! एडवर्ड ख़ुदा का नेक व्यक्ति था। वह प्रेम करने के लिए जन्मा था। जंगलों से, पहाड़ों से, परिंदों से, दरख़्तों से और सिस्टर लिसा से। भले ही रूमान और सूफ़ियत के दोराहे पर सिस्टर लिसा ने अपना यह जीवन मसीह पर निसार दिया हो किंतु प्रेम अनंत है, वह कभी नहीं मरता। अगर मृत्यु के बाद कहीं जीवन है तो एडवर्ड और सिस्टर लिसा का मिलना तय है। उसे सारी दुनिया में दो ही लोग अपरिहार्य थे– पिता जस्टिन और एडवर्ड। ईश्वर को दोनों ही उसके लिए मंज़ूर नहीं थे। इस बरस की बरसातों में पादरी जस्टिन के गुज़र जाने के बाद एक रोज़ सिस्टर लिसा ने पलंग को वहाँ से हटवा दिया। खिड़की पर खड़े-खड़े अवान को याद आया– फ़ादर जस्टिन की मृत्यु की रात घनघोर बरसात हुई थी। उसके बाद से ही सिस्टर लिसा बरसात नहीं देखती। बरसात होते ही वह व्यग्र हो उठती है।

शाम सुरमई से स्याह हो चली थी। सूरज उदात्त सारामती पहाड़ के पीछे पूरी तरह दुबक गया था। आसमान पर उतरी हुई स्याही के साथ

शहर की ज़र्क-बर्क़ कुछ और बढ़ गई थी। बाहर जलती-बुझती रौशनियों के वर्तुल और पट्टियाँ खिड़की के रास्ते अंदर आकर दीवार पर मचल रहे थे। सड़कों पर अनवरत यीशु के स्वागत गीत गाए जा रहे थे। मगर सिस्टर लिसा बेख़बर ऊँघ रही थी। जैसे पिछली जागी हुई तमाम रातों की नींद निकाल रही हो। ऊँघती हुई सिस्टर लिसा को देखकर अवान सोच रही थी वह पादरी जस्टिन की दुलारी बेटी है जिसने नागाओं की साक्षरता के लिए मिशन स्कूलों के द्वार खोल दिए थे। आदिवासियों के प्रति उसका हृदय अपने पिता की तरह ही कोमल और उदार है। लेकिन इस उदारता के बदले उसके हिस्से क्या आया? यह नीरस निस्संग जीवन! क्या वह अवान की कृतघ्न क़ौम को एडवर्ड की मौत के लिए कभी क्षमा कर सकेगी!

माहौल का तकाज़ा था कि उदास होने की मनाही है किंतु अवान के भीतर नरम कोनों में उदासियों के बगूले उठने लगे थे। थोड़ी देर पहले नाचती, गाती, मुस्कराती औरत को मन में होते विषाद के इस अनवरत क्षरण को रोक पाना कठिन हो रहा था। अभी उसे आउट हाउस में रौशनी करनी थी, रात के भोजन से पहले कुचले हुए टमाटरों से सूप तैयार करना था, गोरसी की राख झाड़कर कोयले भरने थे। उसे अहाते में खड़े क्रिसमस पेड़ को फ़ेरी रौशनियों, मिसलटों और फूलों की झालरों से सजाना था। उसकी शाख़ों पर खनखनाती छोटी घंटियाँ टाँगनी थीं। वह अपने अफ़्सुर्दा मन को लिए भारी क़दमों से बाहर निकल गई।

ऊदबत्तियाँ जलकर बुझ गई थीं। लेकिन कमरा अभी तक लोहबान और ऊद की महक से भरा हुआ था। खिड़की से फर-फर आती हवा परदों को छेड़ रही थी। अचानक बिस्तर पर चित लेटी सिस्टर लिसा ने दबी आवाज़ में एक सीत्कार भरी। उसका जिस्म अजीब ढब से ऐंठने लगा था। तनी हुई गर्दन की नीली रगें उभर आई थीं। उसके होंठ सूख रहे थे, मुट्ठियाँ कसी हुई थीं और जबड़े भिंच गए थे। उसके निष्प्रभ चेहरे पर

एक दारुण पीड़ा थी। वह बुरी तरह छटपटा रही थी। उसका दिल बहुत तेज़ दौड़ रहा था और साँसें धौंकनी हो गई थीं। कुछ देर तक इसी अवस्था में रहने के बाद आहिस्ता-आहिस्ता उसके शरीर का अकड़ाव टूटने लगा। कसी हुई मुट्ठियों के बंध ढीले पड़ने लगे थे। उखड़ी हुई साँसों का बवंडर थम गया था और तेज़ हुई साँसें लंबी और भारी होने लगी थीं। धीरे -धीरे उसकी काँपती हुई देह थिर होती गई। दिसंबर की सर्दी में भी उसका सिर और बदन पसीने से भर गया था। वह बिस्तर पर सुस्त पड़ी थी। बहुत धीमे और अस्फुट स्वर में इस तरह बड़बड़ा रही थी जैसे किसी से संवाद कर रही हो।

एकाएक उसने चिल्लाकर कहा, "चुप रहो! यहाँ कोई नहीं है! मैंने कहा... चुप रहो!"

वह छोटे वाक्य बोल रही थी और बोलते हुए बार-बार अटक रही थी। उसकी बातों में शब्दों का दोहराव था।

"तुम... तुम क्या जानते हो? सब ब क वा स है। मेरा पाँव छोड़ दो... मैं पाप से लड़ रही हूँ।"

फिर जैसे किसी ने पूछा हो– 'कौन-सा पाप?'

उसने रुक्ष कंठ के साथ एक-एक शब्द पर ज़ोर देकर कज-मज-सी ज़बान में कहा, "प... पता न... हीं। मुझे कुछ पता नहीं। मैं प... पाप से लड़ रही हूँ। म-सी ह सब जा न ता है।"

छाती पर रखे उसके हाथों में बुरी तरह कंपन हो रहा था। उसके होंठ कुछ कहने को फड़क रहे थे। लेकिन जान पड़ता था कि ज़बान मुँह में ही ऐंठ गई है। एक संक्षिप्त चुप्पी के बाद उसका चेहरा बिगड़ने लगा और होंठ बिसूरने के अंदाज़ में फैल गए। उसके गले से एक कातर भर्राहट निकली।

"हाँ... मुझे दंड दो... मैं गलीज़ हूँ... मुझ पर थूको। मैं कीचड़ में

गिर गई हूँ... मुझे नरक की आग में फेंक दो।" फिर वह हलक भींचकर रोने लगी।

बेतरह रोते हुए उसने कई बार एक ही बात को दोहराया, "मैंने उन्हें मर जाने दिया... मैंने उन्हें मर जाने दिया। अब मुझे भी मर जाना चाहिए... मुझे मार डालो।" इसके बाद वह निढाल पड़ गई।

दसेक मिनट के उपरांत जब सिस्टर लिसा की नींद खुली तो उसकी आँखों में गहरी सुर्ख़ी थी। वह अपने कमरे को इस तरह देख रही थी जैसे वह कौन है! वह कहाँ है! उसे कहाँ होना है! उसके माथे की नसें फट रही थीं। वह इतनी दर-माँदा थी जैसे मीलों दौड़ती आई है। उसे लग रहा था उसका दिल सीने से निकलकर कानों पर आ बैठा है। धड़कन की आवाज़ से कानों के पर्दे फटे जाते थे। उसने अपने दिमाग़ पर ज़ोर डाला। आँखों में एक कौंध-सी हुई। कुछ टुकड़े-टुकड़े से दृश्य खल्त-मल्त होने लगे। दूर तक फैले रोलिंग पहाड़... गहरी खाईयाँ... घने-घुन्ने जंगल... रोडोडेंड्रॉन के गुलदार भभूका दरख़्त... हॉर्नबिल पखेरुओं के झुंड के बीच प्रेम की कविताएँ गाता प्रसन्नचित्त लड़का... उजाड़ अँधेरा गोरिस्तान... और आख़िरी साँसें लेता एक बीमार बूढ़ा। फिर उसे सुध हुई कि उसके ऊपर एक कठंगर क़द्दावर छाया झुकी हुई थी। उसकी आँखें– उफ़्फ़! जैसे उसके बदन को बींध रही थीं। उसने उसे अपनी गठीली बाँहों में दबोच रखा था। चुग्गी दाढ़ी और ढीले चोगों वाले ग़ुस्साए पादरी और नन एक-ज़बान होकर हाथ हिलाते हुए उससे तक़रीर और जिरह कर रहे थे। उनकी आवाज़ में तल्ख़ी और घृणा थी। सिस्टर लिसा को लगा उसका दिल डूब रहा है। उसे अवान को पुकारना चाहिए। वह चिल्लाना चाहती थी– 'अ वा न... मेरे पास आओ।' लेकिन उसकी आवाज़ इतनी कमज़ोर थी कि रसोई तक पहुँचने से पहले ही कमरे की दीवारों से टकराकर बिखर गई। फिर उसने पूरी क़ुव्वत से कुहनियाँ टिकाकर उठने की कोशिश की लेकिन उसे लगा उसका सारा वजूद किसी जकड़बंद में है। दो-चार प्रयासों के

बाद हारकर उसने ख़ुद को ढीला छोड़ दिया। उसने एक लंबी साँस छोड़ी मानो छोड़ी हुई इस साँस के बाद फिर साँस नहीं आएगी। उसकी निंदासी आँखें खुलती और बंद होती रहीं।

अवान कामों से फ़ारिग़ होकर लौटी तो उसने कमरे की बत्ती जला दी। उसके हाथ में मझोले आकार वाली पीतल की चिलमची थी। चिलमची के गर्म पानी से भाप उठ रही थी। सिस्टर लिसा को जागा हुआ देखकर वह मुस्कराई।

"उठ गईं आप?"

"तुम कहाँ थीं, क्या मैं सो गई थी?"

"हाँ, आपकी आँख लग गई थी। मैं आउट हाउस में थी।"

"कैसे बेवक़्त सो गई! अजीब चिपचिपी नींद थी। यह प्रार्थना का समय है। तुमने मुझे जगाया क्यों नहीं?" सिस्टर लिसा ने गहरे अफ़सोस से कहा।

"आपकी तबीयत अच्छी नहीं थी। आपको सो लेना चाहिए था।"

"नहीं। मैं नहीं सो सकती। नींद मुझे बीमार कर देगी।" यह बात एक झटके से कही गई थी। इस असहमति में किंचित रोष और क्षोभ था। उसने लेटे-लेटे ही हाथ को मस्तक से नाभि तक फिराया और एक से दूसरे कंधे को छूते हुए अपनी देह पर पवित्र सलीब का चिह्न बनाया। ऐसा करते वक़्त उसकी आँखें आर्द्र हो गई थीं। वह जीसस से अपने सो जाने की क्षमा माँग रही थी।

सिस्टर लिसा इन दिनों ऐसा ही बेतुकी, उखड़ी-उखड़ी और गिरहदार बातें करती है। कभी-कभी अवान को लगता है कि लगातार जागते रहने से उसका दिमाग़ी तवाज़ुन बिगड़ गया है। उसे व्यथित होता देख अवान ने उसकी स्कर्ट को ऊपर सरकाकर बाएँ पाँव को सख़्त हाथों से दबाते हुए पूछा, "अब पाँव कैसा है?"

“वैसा ही– बेजान और सुन्न। न जाने आराम क्यों नहीं पड़ता!” सिस्टर लिसा का ध्यान भटका हुआ था। वह अवान को सुन नहीं रही थी। वे बातें बस उसे सुनाई दे रही थीं। वह चौकन्नी आँखों से कमरे में इधर-उधर झाँक रही थी।

“कुछ आराम नहीं?” अवान के चेहरे पर फ़िक्र थी। “शीत भी तो कितना पड़ रहा है! हाथ-पाँव जमे जा रहे हैं। सर्दी बाद ज़रूर आराम होगा।” वह गर्म पानी में तौलिए को डुबोकर उसके पाँव को टखने से रान तक सेंकने लगी। अचानक सिस्टर लिसा ने चिहुँककर अपने होंठों पर उँगली रखी और इशारतन उसे चुप रहने को कहा। वह कान लगाकर कुछ सुनने का प्रयास कर रही थी।

“क्या हुआ?” अवान ने पूछा।

सिस्टर लिसा ने सब तरफ़ देखकर कहा, “ये कैसी आवाज़ें थीं?”

“बच्चे हिम्स गा रहे हैं।”

“मैं दूसरी आवाज़ों के लिए पूछ रही हूँ।”

“और तो कोई आवाज़ नहीं थी। आपने क्या सुना?”

“कोई हँस रहा था।”

“अच्छा! बाहर ही कोई हँस रहा होगा।”

सिस्टर लिसा इस उत्तर से तुष्ट नहीं थी मगर प्रत्युत्तर में वह चुप रही। गर्म पानी की सेंक के बाद अपनी उँगलियों को गोल-गोल घुमाते हुए अवान उसकी रान पर कोई गाढ़ा तेल मसलने लगी थी। उसे जंगली बूटियों की सिफ़त और तासीर पर बहुत यक़ीन है। उसे इस बात का अचंभा था कि शर्तिया प्रभाव वाली अचूक बूटियों के नियमित प्रयोग के बाद भी सिस्टर लिसा को आराम क्यों नहीं है! उसकी उँगलियों की रगड़ से उजली रान सुर्ख़ पड़ गई थी।

ज़रा देर कहीं गुम रही सिस्टर लिसा ने भेद भरे अंदाज़ में पूछा।

“क्या तुम्हें भी उस ठंडी लोचदार हवा ने छुआ था?”

"हवा... हाँ आज हवा बहुत ठंडी है। लगता है कहीं नज़दीक बर्फ़ गिरी है। खिड़की भिड़ा दूँ?"

अवान को समझ नहीं आ रहा था कि सिस्टर लिसा की इस कैफ़ियत पर उसे किस तरह पेश आना चाहिए। उसने खिड़की के पल्ले भिड़ाकर पर्दा चढ़ा दिया। जलती-बुझती रौशनियाँ खिड़की के काँच से छनकर अब परदे पर सरकने लगी थीं। सिस्टर लिसा अनिमेष बिस्तर की सिलवटों को घूर रही थी।

"मैं सपने में नहीं थी, अवान। वह यहीं था... मेरे पलंग पर।"

तेल मसलते हाथ नरम रोओं वाली रान पर ठहर गए थे। उसे लगा सिस्टर लिसा ने एडवर्ड का सपना देखा है। वह इस आत्मवंचना से कब बाहर निकलेगी! उसने निर्विकार पूछा।

"आप किसकी बात कर रही हैं?"

"इन्क्यूबस।" सिस्टर लिसा ख़ुद को सहेजकर फुसफुसाई।

"क्या!" नींद में जकड़ने वाले कयासी शैतान को सोचकर मिचमिची आँखें हैरत से बड़ी हो आईं।

"लेकिन यहाँ कोई नहीं आया।" अवान ने ज़ोर देकर कहा। इस समय एक बात से दूसरी बात के बीच का विराम उसे परेशान कर रहा था।

"वह आया था... जब तुम आउटहाउस में थीं। मेरे हाथों को छुओ। देखो कैसे बर्फ़ हो रहे हैं। क्योंकि उसके हाथ बहुत ठंडे थे।"

सिस्टर लिसा अवान के हाथ थामकर सर्द लहजे में बोली, "उसने अपने ठंडे हाथों से मेरे हाथों को, सख़्त घुटनों से मेरी टाँगों और लंबी ज़बान से मेरी ज़बान को जकड़ रखा था। उसे क़तई लिहाज़ नहीं कि मैं कौन हूँ। लेकिन परमेश्वर यहोवा इसका हिसाब करेगा।"

सामान्यतया कम बोलने वाली सिस्टर लिसा एक रौ में बोलते-बोलते हाँफने लगी थी। उसने अपनी वज़नी आँखों को इस तरह मूँद लिया था जैसे कि वह बेहद थक गई है।

"आपकी तबीयत ठीक नहीं है। मुझे आपकी फ़िक्र है।" किसी अलक्षित की उपस्थिति से उपजी सिस्टर लिसा की पीड़ा को महसूसकर अवान की आँखें भर आई थीं, "आपको डॉक्टर की ज़रूरत है।"

"मैं बिल्कुल ठीक हूँ। तुम जीसस पर अपना ईमान लाओ। पूरी तरह... या फिर बिल्कुल नहीं।" सिस्टर लिसा ने नाराज़गी से कहा।

"आप जीसस की नहीं शैतान की बात कह रही हैं। आज तो ज़मीन पर फ़रिश्तों के उतरने की रात है न!" अवान ने शिष्टता से कहा। वह चाहती थी सिस्टर लिसा को यह न लगे कि वह उसकी बातों को संजीदगी से नहीं लेती। अजाने ही उसका ज़ेहन अनदेखे शैतान का अक्स खींचने लगा था।

"शैतान कैसा दिखता है? क्या फ़रिश्तों के पंखों की तरह उसके सींग होते हैं?"

"अफ़सोस मैंने फ़रिश्तों को कभी नहीं देखा! मगर उसकी आँखें चमकदार और सुरमई थीं। वह मेरे पास किसी और की शक्ल में आता है।" सिस्टर लिसा ने आँखें मूँदे ही कहा।

इन गिरहदार बातों से अवान को कुतूहल हो रहा था।

"किसकी शक्ल में... आप जाने क्या कह रही हैं!"

"वह मुझे..." कुछ सोचकर सिस्टर लिसा मुँह में आए शब्दों को चबा गई। उसे लगा वह जो बातें कह रही है वे अवान के लिए एक अनर्गल प्रलाप हैं। उसे उसकी समझ के मुताबिक़ बात कहनी चाहिए।

"मैं कह रही हूँ वह फ़रेब बुनता है, किसी की भी सूरत ले सकता है। तुमने मुझे क्यों सो जाने दिया? ज़रा नींद लगते ही वह मुझे नरक में खींच लेता है। लोग उसके बारे में जान लेंगे तो पता नहीं क्या होगा! वादा करो, तुम किसी से इस बात का ज़िक्र नहीं करोगी, वरना सब गर्द हो जाएगा।"

सिस्टर लिसा ने लगभग रिरियाते हुए कहा।

अवान ने उसके कंधे को हौले से थपथपाते हुए गरदन हिलाकर हामी भरी। वह उसके उदास चेहरे को ताकने लगी। तो इस भय से सिस्टर लिसा

सोना नहीं चाहती! इस भय का उत्स क्या है! उसे क्या हुआ है! उसके दिल में एडवर्ड और पिता जस्टिन से जुदा कौन-सी गाँठ है जिसे वह उसकी अंतरंग होकर भी नहीं खोल पाती! उस गाँठ में ही सिस्टर लिसा की कैफ़ियत का नुस्ख़ा बँधा है। वह बारीकी से उसकी मुबहम बातों के मायने ढूँढ़ने लगी।

"कपड़े निकाल दो। प्रार्थना के लिए मुझे फ़ौरन नहाना होगा।"

अवान के कंधे और पलंग की पुश्त का सहारा लेकर सिस्टर लिसा नहाने के निमित्त खड़ी हो गई। उसकी चाल में ग़ौरतलब तिरछापन था। जैसे पाँव में कोई कज़ हो। अवान को पूरा संदेह था कि इस असहनीय ठंड में रात-बेरात नहाने से ही सिस्टर लिसा का पाँव इस क़दर काठ हो गया है। छोटी-सी झपकी के बाद भी वह नहाने के लिए देर तक गुसलख़ाने में घुसी रहती है।

नहाने के बाद सिस्टर लिसा चौरस आले में लगी जीसस की प्रतिमा के समक्ष खड़ी थी। वह ठंड से थरथरा रही थी। उसके बालों के कोर गीले थे। उसने गीले बालों पर ही स्कार्फ़ लपेट लिया था। वह पहले से बेहतर और ताज़ा लग रही थी। मगर उसका चेहरा वैसा ही था। रुग्ण और ज़र्दरू। जीसस के चौगिर्द जलती-बुझती रंगीन लड़िया दिप-दिप कर रही थीं। उसने रोज़री माला को अपनी आँखों से छुआकर चूम लिया था। वह होंठों-ही-होंठों में कुछ बुदबुदाने लगी थी– 'मेरे मसीह जैसे हम अपने क़र्ज़दारों को माफ़ करते हैं, तू भी मेरे गुनाहों को माफ़ करना। अपने पवित्र रक्त से मेरी आत्मा को पवित्र कर दे।' रोज़री के हर मनके को छूते ही उसके मन पर यीशु के नाम की दस्तक होती है। यह रोज़री उसकी आँखों के लिए एक पर्दा है और उसकी अभीप्साओं पर एक ताला। यह रोज़री उसके विगत का विस्मरण है और आगत का परित्याग। यह रोज़री उसे दुखों के परे ले जाती है और मिथ्या सुखों से मुक्त करती है।

अवान घर को व्यवस्थित करते हुए प्रार्थना में लीन सिस्टर लिसा को देख रही थी। सुबह बिस्तर से ज़मीन पर पाँव धरने से लेकर रात तक वह कितनी तरह की प्रार्थनाएँ करती है। खाने से पहले की, दोपहर बाद की, साँझ की, आधी रात की, कभी पछतावे की तो कभी भरोसे की। घंटों एक ही आसन में बैठे हुए उसके पैरों में सूजन आ जाती है और गहरे नील पड़ जाते हैं। अपनी तमाम प्रार्थनाओं के दौरान वह बहुत दीन नज़र आती है। हर पल रो पड़ने को उद्यत। आज भी अपने ख़ुदावंद से प्रार्थना करते हुए सिस्टर लिसा की आँखें बरस पड़ी थीं। जैसे वह सलीब पर यीशु की पीड़ा के निकट पहुँच गई है। प्रार्थना के बाद वह सुकून में लग रही थी मानो अँधेरी दमघोंटू कोठरी में रौशनी और हवा का कोई झरोखा खुल गया हो। लंबी प्रार्थना में खड़े हुए वह थक गई थी। इसलिए मोढ़ा खींचकर अवान के क़रीब बैठ गई।

"जानती हो मसीह से विनती के बाद मन कोरा हो जाता है।"

"क्या यीशु हमारी प्रार्थनाओं को सुनता है?"

"हाँ, लेकिन वह तभी सुनता है जब प्रार्थना हमारे हक़ में हो।"

अवान उसका मुँह ताकने लगी। वह सोच रही थी जिस्म के किसी अंग का नाकारा हो जाना किसके हक़ में हो सकता है! वह रसोई की तरफ़ जाते हुए बोली, "खाने में क्या बना लूँ?"

"जो मन करे। मैं बस सूप लूँगी।"

"तो रहने दूँ... यहाँ ख़ास भोज खाने वाला कौन है?" अवान ने दीवार घड़ी पर उचटती-सी निगाह डालकर बुझे मन से कहा, "इस वक़्त तो कौन ही आएगा!"

सिस्टर लिसा दराज़ से मोमबत्तियाँ निकाल रही थी। "फ़ादर के बिना यह पहला क्रिसमस है। उनका कमरा रौशन कर दूँ।"

रबर की ढीली चप्पलों में आधे-अधूरे पाँव फँसाए डगमगाता ढाँचा सुप्त क़दमों से उपल्ले कमरे की सीढ़ियाँ चढ़ने लगा।

"ठीक है मगर छत पर मत निकलिएगा। ठंड आपके पाँव के लिए अच्छी नहीं है।"

"इस पाँव को अच्छे-बुरे की तमीज़ कहाँ बची है।" सिस्टर लिसा हँसने लगी। एक अकारण और अनुपयुक्त हँसी। उसकी हँसी में भी गहरा अवसाद था।

अवान चुपचाप गोरसी की राख झाड़ने लगी।

सिस्टर लिसा महीने भर के बाद इस कमरे में आई थी। फ़ादर जस्टिन के न रहने पर भी यह कमरा उतना ही साफ़ और सजा हुआ था। हर चीज़ अपनी जगह पर थी। दीवारों पर आदिवासियों के मुखौटे सजे थे। उनके सिर पर हॉर्नबिल के परों का ताज था। आलों में बाँस के गुलदान रखे थे और मेज़ पर ढोल और तुरही बजाते नागाओं की नायाब मूर्तियाँ। मसहरी वाले काठ के पलंग पर बिना सिलवटों की सफ़ेद चादर बिछी थी। पलंग के पीछे शफ़्फ़ाफ़ शिलोई झील की एक बड़ी पेंटिंग लगी थी। दाईं ओर की दीवार पर हॉर्नबिल पंछियों की तमाम प्रजातियों की तस्वीरों का बड़ा कोलाज। मोमबत्तियाँ जलाकर सिस्टर लिसा मसहरी की छड़ी का अवलंब लिए पलंग के सिरहाने खड़ी हो गई। उसे लगा फ़ादर जस्टिन बिस्तर पर लेटे हैं। उनकी साँसें मद्धम चल रही हैं। उन्होंने डूबती हुई आवाज़ से उसका नाम पुकारा है। बाहर भारी बरसात हो रही है। तुंद हवा के झक्कड़ रह-रहकर दरवाज़े और खिड़कियों को झिंझोड़ रहे हैं। बत्ती गुल है। औंधे गिलास पर टिकी मोमबत्ती की लौ फड़फड़ा रही है। उसने फ़ादर के कमज़ोर बूढ़े हाथ को अपने हाथ में ले रखा है। फ़ादर टुकड़ों में अपने मन का हाल कह रहे हैं।

"मृत्यु मेरे क़रीब है लेकिन मैं अभी मरना नहीं चाहता। पता नहीं क्यों... तुम्हें अकेला छोड़कर मरते भय लगता है। हमारे प्रलोभन ही तो हमारे पाप हैं... और पाप ही हमारे त्रास।"

वह अपनी बाँहों में मुँह धँसाकर सिसक रही है। एक दराज़क़द साया कमरे में बेचैनी से चहलक़दमी कर रहा है। बीच-बीच में वह परेशान-सा फ़ादर के लगातार गिरते रक्तचाप को माप रहा है और कलाई पर उनकी धीमी होती नब्ज़ टटोल रहा है।

"रात मुश्किल कटेगी।"

उसकी रुलाई और तेज़ हो गई है। दराज़क़द साए ने उसे सहारा देकर कमरे में पड़ी आरामकुर्सी पर बिठा दिया है। कुर्सी की पुश्त पर गीला रेनकोट टँगा है। उसकी पीठ भीगती जा रही है। वह उसके कंधे को थपथपाकर और भीगी हुई पीठ को सहलाकर उसे दिलासा दे रहा है। पीठ जहाँ भीगी है वहाँ भभक रही है। दिलासा पाकर उसने कुर्सी पर बैठे-बैठे अपनी बाँहों के घेरे को लंबे साए की कमर के गिर्द कस दिया है। उसका जिगर पिघला देने वाला रुदन जारी है। लंबे क़द का साया उसके सामने अपने घुटनों के बल ज़मीन पर बैठ गया है। उसका एक हाथ उसकी बाईं रान पर टिका है, वह दूसरे हाथ से उसके सघन बालों में फाँके बनाते हुए समझा रहा है कि जन्म और मृत्यु क़ुदरत का निज़ाम है। मृत्यु तब हमें आराम देती है जब दवाएँ नाकारगर होती हैं। फ़ादर का साथ इतना ही है। इस तत्वज्ञान के बाद उसकी सिसकियाँ थमने लगी हैं। बाहर के तूफ़ान की तरह भीतर भी कोई तूफ़ान उठ रहा है। दुख के स्थान पर एक व्यग्रता क़ाबिज़ हो रही है। यह व्यग्रता पिता जस्टिन की गिरती हुई तबीयत के लिए बिल्कुल भी नहीं है। वह व्यग्रता कुछ और है। सांत्वना देता हाथ उसे आंदोलित कर रहा है। उसकी साँसों में आँच उठ रही है और कनपटियाँ सनसना रही हैं। वह चाह रही है कि वह सख़्त रोएँदार हाथ उसकी रान पर फिसलता रहे। स्पर्श का सुख एक प्रमाद ला रहा है, वह इस बात को भूल बैठी है कि फ़ादर की साँसों की डोर टूट रही है। फ़ादर की नब्ज़ डूबती जा रही है। उसे ज़रा भी ख़बर नहीं कि कब एक हिचकी के साथ फ़ादर जस्टिन की गर्दन एक तरफ़ लुढ़क गई है।

हवा के ज़ोर से फट्ट-फट्ट की आवाज़ करती खिड़की सिस्टर लिसा को यादों के गिर्दाब से बाहर खींच लाई। उसे होश हुआ कि वह कितनी ही देर से आँखें फाड़े ख़ाली बिस्तर को घूर रही थी। उन्हीं थकी हुई आँखों की नमी गालों पर ढुलक आई थी। वह बरसाती रात उसकी रूह में इस क़दर जज़्ब हो चुकी है कि जहाज़ी परिंदे की तरह उसका मन फिर-फिर कर वहीं भागता है। उसने पलंग पर अपना सिर रख दिया, वहाँ जहाँ पिता के पाँव थे। उसे लगा पिता ने पाँव के धक्के से उसका सिर झटक दिया है। पिता के होंठों पर एक कड़वी विद्रूप मुस्कान है– "हमारे प्रलोभन ही हमारे पाप हैं।"

उसने बिलखते हुए कहा, "मैंने आपको मर जाने दिया... इस पाप का कोई प्रायश्चित नहीं। परमेश्वर मुझे इसका दंड दे रहा है। अब मुझे भी मर जाना चाहिए।"

शाम किसी ज़ख़्म की तरह कसक रही थी। सिस्टर लिसा के मन की नाज़ुक परतों को निर्दयता से उधेड़ती हुई। वह कमरे से निकलकर छत पर आ गई। नाक की सीध में अरदुरा पहाड़ी पर लाल परकोटों वाला कैथोलिक कैथेड्रल नौख़ेज़ दुल्हन की तरह सजा हुआ था। रौशनी के गहने पहने हुए जगर-मगर करता हुआ जगादरी कलीसा। कलीसे के कँगूरे पर क्रिसमस का लाल सितारा टँगा था। इसी के सहारे आज की रात फ़रिश्ते आसमान से उतरेंगे। फ़रिश्तों को सोचते ही उसकी आँखों में प्यार की कविताएँ कहते एडवर्ड की सूरत घूमने लगी। आजकल उसकी सोचों में क्रम नहीं रहता। वह एक पल कुछ सोचती है दूसरे ही पल कुछ। इस वक़्त वह सोच रही थी कि एडवर्ड को गए पूरे दो बरस बीत गए हैं। उसे क़ब्रिस्तान जाना था। एडवर्ड की क़ब्र पर मोमबत्ती जलाकर फूल रखने थे। कोहिमा के उपेक्षित गोरिस्तान में ढेरों मिट्टी के नीचे सोया एडवर्ड कितना अकेला होगा। अगर वह होता तो उसके गालों को नाज़ुकी से चूमकर कहता कि उसके गाल कपास के नरम गोलों की तरह हैं। एडवर्ड

को नीले-सफ़ेद जंगली फूल पसंद थे, उसके बालों में गुंफित फूलों को देखकर एडवर्ड कितना ख़ुश होता था। उन्होंने क्रिसमस के रोज़ बांज पेड़ों पर चढ़ी मिसलटों के तले एक-दूसरे को चूमा था। दुनिया के सबसे ऊँचे रोडोडेंड्रॉन को छूकर हमेशा संग रहने की क़सम खाई थी। कहते हैं प्रेमियों के मिसलटों के तले चुंबन लेने से भाग्य उन पर मुस्कराता है। सब झूठी बातें हैं। वह अधीर होने लगी। इस मुर्दा पाँव के साथ आज के हुड़दंग में उसकी क़ब्र तक पहुँच पाना उसके लिए कितना कठिन होगा।

अचानक कानों में कोई आहट हुई तो वह पलट गई। यह अवान थी जिसकी पदचाप ने उसके भीतर चलते लंबे एकालाप को तोड़ दिया था।

"डॉक्टर एल्विस आए हैं।"

"डॉक्टर एल्विस!" वह बुदबुदाई, "अचानक इस वक़्त! किसलिए?" उसके चेहरे पर अचकचाहट थी। जैसे डॉक्टर एल्विस का इस तरह आना उसे अपेक्षित न था।

अवान सोचने लगी, किसलिए का क्या मतलब! आज की शाम किसी का आ जाना तो भाग्य की बात है। अतिथि देवता समान होता है। और डॉक्टर एल्विस एक डॉक्टर है, हज़ारों तरह का एक डॉक्टर। सिस्टर लिसा को भला उसके आगमन पर अकारण ही यूँ विचलित होने की क्या आवश्यकता है!

"क्या कहूँ उन्हें?"

सिस्टर लिसा ने संयत होने की कोशिश की। फिर ख़ुद को बटोरकर कहा।

"उन्हें यहीं भेज दो।"

अवान के मुड़ते ही एक बार को उसका मन हुआ वह अपने गीले, उलझे बालों में कंघी फिरा ले या कुछ नहीं तो रूखे हाथों और होंठों को नम कर ले। एक अनचीन्हे उतावलेपन में वह आईने के सामने खड़ी हो गई मगर फिर तत्काल ही हट गई। आईने से उसे क्या सबब है! उसके

लिए यह आईना एक काँच के टुकड़े के सिवा और क्या है। सामान्य रहने के पूरे यत्नों के बाद भी वह उद्वेलित नज़र आ रही थी।

अंदर आने वाला शख़्स तीसेक साल का एक ख़ुशबाश युवक था। उसकी कंजई आँखों में ख़ासा लुभाव था। उसके अच्छे ऊँचे क़द पर कत्थई ओवरकोट फब रहा था। उसने अपने हाथ में रंग-बिरंगे ग्लेडियोलस का गुच्छा ले रखा था।

"मेरी क्रिसमस ईव सिस्टर लिसा।" उसने ख़ुशख़ल्की से हाथ बढ़ाकर कहा।

"गुड विशेज़ डॉक्टर एल्विस!"

सिस्टर लिसा ने महसूस किया कि उसके हाथ बेहद ठंडे थे। बर्फ़ के मानिंद। ठंड की एक लहर उसकी नसों में रेंग गई। उसने घबराकर अपना हाथ खींच लिया। मगर फ़ौरन ही अपनी इस बेअदबी पर लज्जित होकर वह बोली।

"वो... तु -तुम्हारे हाथ बहुत ठंडे हैं।"

"हाँ। लगता है यह मौसम की सबसे ठंडी शाम है।"

डॉक्टर एल्विस ने अपने हाथ आपस में रगड़कर ओवरकोट की जेबों में डाल लिए।

अवान दहकते कोयलों से भरी गोरसी कमरे में रख गई थी। वह कुर्सी पर बैठकर गोरसी की आँच पर अपने हाथ सेंकने लगी। डॉक्टर एल्विस के बर्फ़ज़दा हाथ की ठंडक उसकी उँगलियों पर क़ायम थी।

"फ़ादर के बाद अब आना हुआ? दिमापुर से कोहिमा इतना दूर तो नहीं।"

सिस्टर लिसा ने फूलों के गुच्छे को गुलदान में रखते हुए कहा। उसके लहजे में उपालंभ-सा कुछ था।

"पिछले महीने चार दिन यहीं था। इधर को पाँव नहीं उठे... बाज़ार में अवान मिली थी। पता चला आप किसी से मिलती-जुलती नहीं। स्कूल

भी छोड़ दिया है।"

सिस्टर लिसा ने एक तवील साँस ली। पिता की मृत्यु का विषाद उसे फिर मथने लगा।

"किसी से मिलने का... कुछ करने का मन नहीं बचा डॉक्टर। फ़ादर को कुछ दिन और जीना चाहिए था। वे अभी मरना नहीं चाहते थे।"

एक मिनट उकताऊ चुप्पी में कटा। डॉक्टर एल्विस ने गोरसी की आँच से सिगरेट सुलगा ली थी। उसने एक लंबा कश खींचकर कहा।

"उन्हें आपके अकेले रह जाने की फ़िक्र थी। सारे लोग किसी न किसी मोह से बँधे हैं। इसलिए मृत्यु का डर सबको बींधता है। स्वर्ग भी मिलता हो तो मरना कौन चाहता है ?"

"पता नहीं मरते वक़्त कैसा महसूस होता होगा!" उसके भीतर एक टीस-सी उठी। "तुम्हें मरने से डर नहीं लगता ?"

"मुझे भी लगता है। मगर मृत्यु से अधिक अधूरे जीवन से।"

गोरसी के ताप से कमरे में आरामदायक गरमाई थी। डॉक्टर एल्विस ने अपना ओवरकोट उतारकर उसकी कुर्सी की पुश्त पर फैला दिया। वह इतनी असहज हो उठी थी कि जिस्म का सारा भार कुर्सी के अगले सिरे पर डालकर इस तरह बैठ गई जैसे किसी भी पल उठ खड़ी होगी। उसे लगा कुर्सी की पुश्त पर फैला ओवरकोट बारिश में भीगा हुआ है और उसकी छुअन से उसकी पीठ सर्द होती जा रही है। उसे डर है कि यह सर्द होती जा रही पीठ ज़रा देर में जलने लगेगी।

"अवान ने बताया आपकी तबीयत ठीक नहीं है।"

"मैं... मैं बिल्कुल ठीक हूँ।" सिस्टर लिसा ने बेचैनी से पहलू बदलकर सूखा-सा उत्तर दिया। वह अपने बदन में सिहरन महसूस कर रही थी। डॉक्टर एल्विस की कुछ खोजती हुई-सी ख़ुर्दबीन आँखें उसकी आँखों में झाँकने लगीं।

"आप झूठ बोल रही हैं। आप सचमुच बीमार दिख रही हैं।"

उसकी आँखों के चमकीलेपन से आँखें चुराकर वह बोली, "मुझे मालूम नहीं तुम यह बात क्यों कह रहे हो!"

"क्योंकि झूठ बोलने वाला दूसरों के झूठ भाँप लेता है।" डॉक्टर एल्विस के होंठों पर निर्विकार मुस्कान थी।

"अच्छा तुम झूठ बोलते हो?" वह उसे ख़ाली आँखों से देखने लगी।

"हाँ अक्सर मैं बहुत बीमार व्यक्ति से कहता हूँ कि वह बहुत जल्द अच्छा होने वाला है। मुझे एक दस साल की बीमार लड़की ने कहा था कि मैं परले दर्जे का झूठा हूँ। वह अपने स्कूल की एथलीट थी। मैंने उसे कहा था कि वह दो रोज़ बाद स्कूल की सालाना दौड़ में हिस्सा ले सकती है। मगर दो रोज़ बाद वह..."

आगे की बात डॉक्टर एल्विस ने अधूरी छोड़ दी। उसकी आवाज़ भारी हो गई थी। लेकिन अगले ही क्षण वह मुस्कराने लगा।

"मैं दिलासा देने में बहुत कमज़ोर हूँ। इसलिए भी इधर न आ सका।"

सिस्टर लिसा थोड़ी देर चुप रही। फिर अपनी उँगलियों को आपस में फँसाकर चटकाने लगी।

"कहाँ ठहरे हो?"

"बड़े गिरजे के गेस्ट हाउस में।"

"वहाँ क्यों? फ़ादर का यह कमरा ख़ाली है। तुम यहाँ रह सकते हो।"

"ज़रूर। लेकिन बस आज भर की बात है। कल देर रात कलकत्ता से फ़्लाइट है। मैं मिशन की तरफ़ से अलेप्पी के एक अस्पताल के लिए चुन लिया गया हूँ।"

"ओह इतनी दूर! एकदम अलग मौसम वाले अजाने शहर में!" सिस्टर लिसा के चेहरे पर कोई रंग आकर चला गया।

"मैं यहाँ रहूँ, दिमापुर या अलेप्पी, इससे कुछ ख़ास फ़र्क़ नहीं पड़ता। मेरी दिनचर्या में कुछ अलग नहीं है। मेरा वास्ता बीमार लोगों से है।"

"लेकिन तुम्हें पहाड़ों से प्यार है।"

“हाँ मैं इस जादुई शहर को याद रखूँगा। इसकी चढ़ान और ढलान को, नीली झीलों और हरे जंगलों को। पहाड़ों की इन रोमांचक ऊँचाइयों और हरियाली की भरपाई शायद समंदर की गहराई और नीलापन कर पाए!”

बर्बर हवा के धक्कों से छत की ओर खुलने वाले किवाड़ भड़भड़ा कर असहनीय शोर पैदा कर रहे थे। सिस्टर लिसा उठकर सिटकनी चढ़ाने लगी।

डॉक्टर एल्विस ने पूछा, “यह आपके पाँव को क्या हुआ है?”

“मालूम नहीं...” वह सिर नीचा करके चिमटे से गोरसी की राख कुरेदने लगी।

“दो महीने होने को आए अचानक सुन्न पड़ गया। लगता है इस हिस्से में ख़ून की रवानी नहीं रही।”

“ओह! देखूँ ज़रा। कोई चोट-चपेट तो नहीं? किसी अंग का अचानक सुन्न पड़ जाना अच्छी बात नहीं है।”

“नहीं-नहीं... सब ठीक है।” सिस्टर लिसा ने घबराकर कहा। वह टाँग पर टाँग चढ़ाकर कुछ और सिमटकर बैठ गई थी। “मसीह जो करता है अच्छा करता है। वह दर्द देना जानता है और आँसू पोंछना भी। ज़रूर यह किसी पाप का दंड होगा।”

“कोई भी पाप मसीह की दया से बड़ा नहीं है।” डॉक्टर एल्विस ने दृढ़ता से कहा।

“हाँ। तब वह ज़रूर किसी दिन मुझ पर दया करेगा।” सिस्टर लिसा की मुस्कराहट उसके जितनी ही नीरस थी।

डॉक्टर एल्विस के भरे-भरे होंठ आत्मिक मुस्कान से कुछ और भर गए, “मैं हैरान होता हूँ जब पाप और पुण्य की बात करने वाले मसीह के अज़ीज़दार यह भी नहीं जानते कि क्रिसमस की सुंदर शाम को उन्हें क्या करना चाहिए!”

डॉक्टर एल्विस की हँसी के संग सिस्टर लिसा के मन और देह पर तारी फालतू बोझिलता उतरने लगी थी।

"अच्छा उन्हें क्या करना चाहिए?"

"उन्हें ख़ूब हँसना चाहिए और वह हो जाना चाहिए जो वे हैं। उन्हें भूल जाना चाहिए कि वे क्या होना चाहते हैं... वैसे मेरा ख़याल है इस शानदार शाम आपको बाज़ार की रौनक़ देखनी चाहिए।"

डॉक्टर एल्विस की बात सुनकर वह सचमुच ही हँसने लगी थी। उसे लगा अगर वह न हँसी तो उसके चेहरे पर जमी दुख की यह काई खुरचने से भी नहीं उतरेगी। उसे भीड़ पसंद नहीं लेकिन अचानक ही उसका मन बाहर निकलने का होने लगा था।

यह देखकर अवान ख़ुश थी। उसे इस बात की तसल्ली थी कि डॉक्टर एल्विस के आ जाने से कई महीनों के बाद इस गुम्मा घर का माहौल और मिज़ाज बदल गया है। वह मुदित मन से ख़ास भोज की तैयारी में जुटी थी।

"अपनी छड़ी ले लूँ?" डॉक्टर एल्विस की जीप में बैठते हुए सिस्टर लिसा ने पूछा।

"आप छह फुट की इस छड़ी पर भरोसा रख सकती हैं।"

डॉक्टर एल्विस के इस जुमले पर वह फिर हँस पड़ी।

सड़कों पर भारी भीड़ थी। लोग जगह-जगह दीवाने-से नाच रहे थे। जीप थम-थमकर चल रही थी। मुख्य सड़क ऊबड़-खाबड़ और धूल भरी थी। सिकुड़ी बैठी सिस्टर लिसा अनवरत नीचे अधकछार पर बसी हुई जंगली बस्तियों में झाँक रही थी। इस बात से बेख़बर कि उसका स्कार्फ़ हवा से फड़फड़ाकर डॉक्टर एल्विस के चेहरे को छू रहा है।

"किधर चलें?" उसे चुप देखकर डॉक्टर एल्विस ने पूछा।

"जिधर भी। मुझे तो रास्ते भूले-से हैं। कौन-सा रास्ता किधर को जाता है याद नहीं... अगर परेशानी न हो सेमिट्री की तरफ़ ले लो।"

जीप क़ब्रिस्तान की ओर मुड़ गई। एक तरफ़ लकड़ी के छज्जों और छोटी खिड़कियों वाले सजे हुए मकान क़तार में खड़े थे। लोग अपने घरों की काठ की सीढ़ियों पर बैठे आते-जाते लोगों को ताक रहे थे। क़ब्रिस्तान अधिक दूर नहीं था। फिर भी इस तरफ़ आवाजाही बहुत कम थी। रौशनियों के इंद्रधनुष पीछे छूट गए थे। ख़मदार सड़क के किनारे ऊँचे सघन पेड़ थे। हवाएँ तेज़ और सर्द हो रही थीं। हवाओं के ज़ोर से पेड़ साँय-साँय कर रहे थे। पूरे चाँद के बावजूद वातावरण धुँधुआया हुआ था और आसमान से ओस गिर रही थी।

क़ब्रिस्तान में इक्का-दुक्का क़ब्रों पर छोटे पत्थरों की आड़ बनाकर रखी मोमबत्तियाँ जल रही थीं। और कुछ जलकर पिघल गई थीं। उन पर ताज़े गुलाब और गेंदे के फूल चढ़े थे। ज़्यादातर क़ब्रें उजाड़ और सूनी पड़ी थीं। सिस्टर लिसा को एडवर्ड की क़ब्र ठीक याद थी। उजली रात थी। वह डॉक्टर एल्विस की बाँह का सहारा लेकर क़ब्रों के बीच से गुज़रते हुए बिना भटके उस तक पहुँच गई। उनके क़दमों से चरमराते सूखे पत्तों की आवाज़ वीराने को तोड़ रही थी।

"कभी-कभी यह शहर मुझे एकदम बेजान और बेगाना लगता है। बिल्कुल अपने इस पाँव की तरह। जैसे इसकी आत्मा मर गई है।"

सिस्टर लिसा ने एक ठंडा उच्छ्वास भरकर घिसटते हुए कहा। उसके शब्द गहरी उदासीनता और वितृष्णा में डूबे थे। यादों के पैने नश्तर फिर उसकी आत्मा को उधेड़ रहे थे। मगर अब वह छोटे वाक्यों की जगह अपनी बातें तफ़्सील से बोल रही थी।

"जानते हैं, मुझे यह बात बहुत परेशान करती है कि वॉर सेमिट्री के जैसे किसी एपिटैफ़ पर एडवर्ड का नाम शहीद की तरह नहीं लिखा है। लेकिन मुझे पता है वह शहीद हुआ है। उसे नागाओं द्वारा उन्हीं का भला करने के लिए मार दिया गया है। उसे इस शहर से कितना प्यार था। वह कहता था यहाँ की हवाएँ उदास होने पर उसे सहलाती हैं, झीलें उसकी

कविताएँ सुनती हैं, हॉर्नबिल पंछी उसके साथ गाते हैं और रोडोडेंड्रॉन के दरख़्त उसके दिल का हाल पूछते हैं। नाचता-गाता यह ख़ुदगर्ज़ शहर एडवर्ड को कैसे भूल सकता है!"

डॉक्टर एल्विस नितांत ठंडे ढंग से हाथ बाँधे एक तरफ़ खड़ा रहा। फिर उसने जेब से सिगरेट निकाल ली।

"मेरा ख़याल है लोग वैसे ही हैं जैसा उन्हें होना चाहिए। याद एक बहुत अजीब चीज़ है, वह फ़ानी न हो लेकिन हमेशा को भी नहीं है।"

सिस्टर लिसा एडवर्ड की क़ब्र के नज़दीक एक पत्थर पर बैठ गई। उनके बीच सिगरेट के धुएँ की महीन तहें थीं।

"जिन चीज़ों को हम हमेशा संग रखना चाहते हैं उनकी याद ही तो उन्हें हमारे क़रीब रखती है डॉक्टर एल्विस। यादें ही तो हैं कि जब चाहो अपने अतीत को फिर जी लो। इस पाँव के बेकार होने से पहले मैं एडवर्ड से बातें करने अकसर यहाँ आती थी। मुझे यहाँ अच्छा लगता है। अगर तुम्हें उज्र नहीं तो कुछ देर यहीं रुक जाते हैं।"

"और कितनी देर रुकेंगी? आपको ज़िंदा लोगों के बीच रहना चाहिए सिस्टर लिसा, क्योंकि आप ज़िंदा हैं। क्या आप सारी उम्र पुरानी यादों के सहारे अपने मन का माहौल बनाने में लगी रहेंगी? पेड़ से जुदा हुई शाखाएँ छाया नहीं देतीं।"

सिस्टर लिसा अप्रतिभ हो गई थी। उसे ख़ुद पर अचरज हो रहा था कि वह डॉक्टर एल्विस के साथ मुखर क्यों हो रही है! इतनी रात वह किसी पुरुष से ऐसे सन्नाटे में बैठे रहने का आग्रह कैसे कर सकती है!

"आजकल मैं क्या करती हूँ... तुम मेरे बारे में कुछ नहीं जानते।" उसने कमज़ोर आवाज़ में कहा। वह चुपचाप जीप में बैठ गई।

"हाँ मैं कुछ भी नहीं जानता... अगर हम इस जीप के बजाय किसी डूबती हुई कश्ती पर सवार होते तो शायद जान पाता।"

सिस्टर लिसा ने डॉक्टर एल्विस के शब्दों का मंतव्य समझा था या नहीं मगर उसने क़ुछ नहीं पूछा था।

थोड़ी देर बाद जीप मुख्य बाज़ार की सड़क पर दौड़ रही थी। वह ख़ामोशी से बाहर देखती रही। सब तरफ़ तेज़ चमकदार रौशनियाँ थीं। सड़कों पर भड़कीली अँग्रेज़ी धुनें बज रही थीं। जगह-जगह रेंडियर पर सवार सांता और गोशाले में घास की चरनी में लेटे यीशु की झाँकियाँ सजी थीं। दुकानें क्रिसमस के उपहारों से गुलज़ार थीं। बेकरियों से ताज़े केक की महक उठ रही थी। शराबबंदी के बावजूद पब और रेस्तराँओं में शैम्पेन के काग उड़ रहे थे। फूलों की दुकानों पर भीड़ लगी थी। लोग अपने प्रियजनों को भेंट करने के लिए गुलाब ख़रीद रहे थे। उनके उत्फुल्ल चेहरों पर गुलाब की लालिमा दिख रही थी। एक बड़ा समूह वृत्त बनाकर नाच रहा था। इस कारण रास्ता बंद था। आगे जीप का जाना मुश्किल था।

"आप कुछ दूर पैदल चल पाएँगी?" डॉक्टर एल्विस ने पूछा।

सिस्टर लिसा ने सिर हिलाकर हामी भरी। वे उतर गए। भीड़भाड़ में आकर ठंड की सिहरन कम हो गई थी। सिस्टर लिसा ख़ुद में खोई कटी-कटी सी चल रही थी। वह उसी वक़्त कुछ बोलती जब कोई मानूस चेहरा रुककर उसे क्रिसमस की बधाई देने लगता। उनमें ज़्यादातर वे बड़े होते बच्चे थे जिन्हें वह स्कूल में पढ़ाती थी। तीव्र रौशनियों से बचने को वह आँखों पर हाथों की ओट बनाकर चल रही थी।

चौक पर एक बड़ा स्प्रूस क्रिसमस ट्री की तरह सजा हुआ था। उसके गिर्द बच्चों को मोहता हुआ सेंटा क्लॉज़ तोहफ़े बाँट रहा था। लोग सांता के साथ अपनी तस्वीरें ले रहे थे। वे दोनों एक बेंच पर बैठ गए। सिस्टर लिसा कुछ देर को उस माहौल में रम गई। वह आसमान में परिंदों की तरह छोड़े हुए ग़ुब्बारों और दमकती कंदीलों को देख रही थी। सब कुछ क्रिसमस की पिछली शामों की तरह ही था। नागा लोग रंगीन मेखला ओढ़े घूम रहे थे। गदबदे गरम सूटों और झब्बेदार टोपियों में बच्चे माँ की

पकड़ से छूट-छूटकर दौड़ रहे थे। चटख रंगों के रेशमी कपड़ों में अल्हड़ लड़कियाँ खिलखिला रही थीं। जैसे कड़कती ठंड का उन पर कोई ज़ोर नहीं। एक-दूसरे से सटकर चलते आँखों में रूमान भरे जोड़ों को देखकर उसके भीतर कुछ टीसने लगा था। वह नज़र हटाकर दूसरी तरफ़ देखने लगी। सामने की बेंच पर बैठी एक अधेड़ औरत अपनी झबरीली बिल्ली को सहला रही थी। बिल्ली चित लेटकर घुरघुराने लगी थी। उसे लगा अगर वह बिल्ली होती तो शायद किसी के सहलाने पर चित लेटकर इसी तरह घुरघुराने लगती। डॉक्टर एल्विस ने फिर एक सिगरेट सुलगा ली थी। जैसे सिगरेट का धुआँ उनके बीच की ख़ामोशी को भर देगा। उनकी एक बात से दूसरी बात के मध्य लंबा विराम था।

"तुम डॉक्टर होकर इतनी सिगरेट पीते हो?"

"अगर आप यह कह रही हैं कि सिगरेट पीना सेहत के लिए ख़राब होता है तो मैं कहूँगा एक दिन का अकेलापन पंद्रह सिगरेट पीने जितना ख़तरनाक होता है। और आप सारी उम्र अकेली जीना चाहती हैं!" डॉक्टर एल्विस की आँखें फिर उसकी आँखों में गड़ने लगी थीं।

"मगर मैं कभी अकेली नहीं होती।"

"हाँ। आप मर चुके लोगों के साथ जो रहती हैं।"

"नहीं। तुम्हें अजीब लगेगा लेकिन..." सिस्टर लिसा पाँव के अँगूठे से ज़मीन कुरेदने लगी। "असल में मेरा मन हर वक़्त एक शैतान का तवाफ़ करता है।"

डॉक्टर एल्विस बुझती हुई सिगरेट से दूसरी सिगरेट सुलगाने लगा था। उसकी आँखों में हैरत नहीं थी।

"आपके मन ने पहली मर्तबा कुछ अच्छा किया है। हर वक़्त मसीह को ही क्यों सोचना! शैतान को सोचना मसीह को सोचने से ज़्यादा सरल है।"

"मैं मसीह की दुल्हन हूँ। मेरे लिए शैतान को सोचना पाप है। मुझे नेक होना चाहिए।"

"ज़्यादा मत सोचिए। इंसान जितना ख़ुद को जानता है वह उससे ज़्यादा नेक और भला है और वह इतना बद और बुरा है जितना वह सोच भी नहीं सकता।"

सिस्टर लिसा का मन हुआ कि वह अपने अंदर बँधी सब बातें खोल दे। वह उसे बताए कि उसके साथ क्या घट रहा है। वह कौन-सी यंत्रणा भोग रही है। लेकिन किसी ख़याल से वह सिमट गई। उसने कहा, "अब हमें चलना चाहिए। तेज़ रौशनियों से सिर दुख रहा है।"

"आप ज़रा देर रुकिए। मैं कुछ सामान ले लूँ।" डॉक्टर एल्विस तेज़ी से दुकानों की ओर दौड़ गया। शीत बढ़ रहा था। शीत की अतिशयता से सिस्टर लिसा की नाक की नोक ठंडी और लाल होने लगी थी। एक पाँव पर देह का सारा भार छोड़ने से उसके पाँव में दुखन हो रही थी। वह जीप का सहारा लेकर सुस्ताने लगी। भीड़ अब कुछ बिखर रही थी। लोग गिरजों की तरफ़ चल पड़े थे।

दस मिनट बाद डॉक्टर एल्विस जब लौटा तो उसके कंधे पर एक बैग था।

"इस थैले में क्या है?"

"कुछ अच्छी किताबें जो आपकी तबीयत जानने में मेरी मदद करेंगी। और एक उम्दा फ्रेंच वाइन की बोतल। आज जश्न की रात है। सवेरे इस शहर को मुझे अलविदा कह देना है।"

"शराब! यहाँ तो निषेध है। तुम्हें कहाँ मिली?" सिस्टर लिसा ने उसे शंकित आँखों से देखा।

"शराब नहीं... दाख रस। वही पानी जिसे यीशु ने आनंद के आसव में बदल दिया था। बाइबिल कहती है मन में सुख मानकर अपना दाख मधु पिया कर... जो यीशु को निषेध नहीं वह हमें क्यों हो?" डॉक्टर एल्विस

ने हँसते हुए कहा।

"बाइबिल की अच्छी बातों को सोचो। क्या तुम शराब पीकर चर्च के मिडनाइट मास में शामिल होगे?"

"मैं नहीं होऊँगा। लेकिन अगर होता भी तो इससे क्या फ़र्क़ पड़ता? ख़ुशी मनाने का सबका अपना ढंग है। वे सब जो चर्च जाते हैं संत नहीं होते।" डॉक्टर एल्विस ने लापरवाही से कंधे उचकाकर कहा।

"यह पवित्र रात है डॉक्टर एल्विस। आज फ़रिश्ते ज़मीन पर उतरेंगे।" सिस्टर लिसा ने तनिक नाराज़ी से कहा।

"हाँ चोगे पहनकर बहुत से पाखंडी आज की रात चर्च में मिस्सा बलिदान चढ़ाएँगे। हमारे गुनाहों की माफ़ी दिलवाएँगे। आप जानती हैं हम जिनका हाथ थामकर अपने गुनाह क़ुबूलते हैं वे हमसे बड़े गुनहगार हो सकते हैं।"

"कोई कैसा है यह सोचने की जगह हमें ख़ुद ठीक होना चाहिए। क्या तुमने यहोवा की सज़ाओं के बारे में नहीं सुना?"

"जो बातें मेरी ख़ुशी में ख़लल डालती हैं मैं उन्हें नहीं सुनता। मैंने ख़ुश रहने के लिए एक अच्छी बात सुनी है कि दुनिया के तमाम नेक लोग मर चुके हैं... या फिर वे अभी पैदा ही नहीं हुए हैं।"

"यह कैसी दलील है! आज अच्छाई का दिन है यीशु नासरी के नाम पर अच्छे काम करने चाहिए। जो कुछ हम यहाँ बाँधेंगे वही तो स्वर्ग में बँधेगा।"

"अच्छा! तो मैं यह दाख रस बाँधे लेता हूँ।" डॉक्टर एल्विस की हल्की हँसी गुदगुदाते ठहाके में तब्दील हो गई। "आप यहाँ से क्या बाँधना चाहती हैं, उदासी, दुख और पछतावे?"

सिस्टर लिसा मौन होकर डॉक्टर एल्विस का मुँह ताकने लगी। वह सोच रही थी कि अब तक डॉक्टर एल्विस की वह कौन-सी बात है जो उसे भली लगी है! उसकी अजस्र मुस्कान, या कटार-सी कंजई आँखें या

फिर उसकी ये चुस्त-दुरुस्त और चुटीली बातें जो असल में उसे नागवार थीं!

अवान ने खाने का बढ़िया इंतज़ाम किया था। खाने की मेज़ पर बेलबूटों वाला किरमिच का मेज़पोश बिछा था। चीनी मिट्टी के बेहतरीन बर्तनों में भुना हुआ गोश्त और पुडिंग रखी थी। अवान ने ज़ायक़ेदार पारंपरिक पकवान भी बनाए थे। रेकॉर्ड पर धीमी आवाज़ में पहाड़ी संगीत बज रहा था। बहुत दिनों के बाद सिस्टर लिसा ने खाने में रुचि दिखाई थी। वह निर्लिप्त और अन्यमनस्क नहीं थी। वह मुस्कराने की बात पर मुस्करा रही थी। उसने एक सभ्य मेज़बान की तरह डॉक्टर एल्विस के प्याले में वाइन परोसी थी। डॉक्टर एल्विस ने हवा में चीयर्स किया था और खाने के दौरान ही घूँट-घूँट करके वह अपना दाख रस पीता रहा था। उठते हुए उसने सदाशयता से अवान का हाथ चूमकर उसे इस शाम के स्वादिष्ट भोज के लिए शुक्रिया कहा था। अवान उमंग से भर गई थी। उसे मध्यरात्रि के गजर का इंतज़ार था। उस घंटे का जब सारी दिशाओं से 'वी विश यू अ मेरी क्रिसमस' की टेर उठेगी और केक काटने की रस्म अदा होगी।

डिनर के उपरांत वे दोनों अंदरूनी कमरे में बैठ गए थे। बाहर बेहिसाब ठंड थी लेकिन कमरे में अच्छी गरमाई थी। पैरों के निकट गोरसी में अंगारे दहक रहे थे। सिस्टर लिसा ने मध्यरात्रि की प्रार्थना के लिए अपनी रोज़री माला हाथ में ले ली थी। उसने कुर्सी के हत्थे पर कुहनी टिकाकर हथेली पर अपना गाल रख दिया। वह चोर नज़रों से कोई किताब पढ़ते हुए डॉक्टर एल्विस की आँखों को देख रही थी। जीसस के गिर्दावर जलती-बुझती रौशनी की चमक उसकी आँखों में पड़ रही थी। उसे लग रहा था कि उसकी आँखें दो टिमटिमाते हुए जुगनू हैं जो सवेरे उड़ जाएँगे।

"आप चोरी-छिपे मेरी आँखों में क्या ढूँढ़ रही हैं?" डॉक्टर एल्विस ने किताब से अपनी नज़रें उठाकर कहा। उसकी आँखों में मद और बातों

"क्या आपको कुछ महसूस हो रहा है।"

"नहीं। इस पाँव को कुछ महसूस नहीं होता।"

"और यहाँ?" डॉक्टर एल्विस उसके दूसरे पाँव पर अपनी उँगलियाँ फिराने लगा।

"हाँ। तुम्हारी उँगलियाँ बहुत ठंडी हैं।" सिस्टर लिसा की आँखें मुंदने लगी थीं। "यह मौसम की सर्दतर रात है न?" गोरसी की आँच से उसके गाल भभक रहे थे।

"मुझे सर्दियाँ पसंद हैं।" डॉक्टर एल्विस ने कहा, "क्योंकि सर्दियों में मैं जान पाता हूँ कि इंसान के अंदर एक करिश्माई गर्मी है... क्या आपको वह गर्मी महसूस हो रही है?"

डॉक्टर एल्विस अपनी हथेली से उसके जड़ हुए तलवे को तेज़ी से रगड़ने लगा। तलवे से टखने... फिर पिंडली... फिर घुटने... और फिर उसकी मुर्दा रान पर उसकी उँगलियाँ त्वरित गति से घूम रही थीं। सिस्टर लिसा के पाँव में झनझनाहट-सी होने लगी थी। उसे लगा डॉक्टर एल्विस के छूने से उसके पाँव में ख़ून दौड़ने लगा है। उसकी नसों को जकड़ी हुई अधूत सुन्नाहट पिघल रही है और उसकी मुर्दा रान में जान पड़ रही है। उसे महसूस हो था कि वह रुई के गोले जैसी हल्की होकर उड़ने लगी है। मानो वह अपनी देह में नहीं रही है।

"तुम्हारी ठंडी उँगलियों से मेरा पाँव जल रहा है।" सिस्टर लिसा की आँखें सुख से मुंदी हुई थीं।

"आपका पाँव ठीक हो रहा है सिस्टर लिसा।" डॉक्टर एल्विस ने अपने दोनों हाथ उसकी रानों पर टिकाकर कहा।

अचानक एक अतीव अकुलाहट से सिस्टर लिसा का जिस्म ऐंठने लगा। उसकी गर्दन कुर्सी की पुश्त पर पीछे की ओर तन गई थी और उसकी उँगलियाँ कुर्सी के हत्थों पर कसने लगी थीं। उसकी साँसों में दहक और उद्दंड प्रभंजन उठ रहा था जैसे वह किसी प्रमाद में बह जाने को

में बहक उतरने लगी थी।

"क...क... कुछ नहीं। मैं देख रही थी कि तुम्हारी आँखें दूसरों से बहुत अलग हैं।" सिस्टर लिसा घबराकर हकलाने लगी।

"बिल्कुल शैतान के माफिक न?" डॉक्टर एल्विस ने एक अर्थपूर्ण मुस्कान फेंककर अपनी कुर्सी उसके और निकट खींच ली थी। "बाज़ार में आप शैतान के बारे में कुछ कह रही थीं?"

"अब मुझे याद नहीं। आजकल मैं बातें भूल जाती हूँ।" सिस्टर लिसा ने विषय बदलकर कहा, "आपके हिसाब से मुझे कौन-सी बीमारी है?"

"कुछ भी हो सकता है पी वी डी या स्क्लेरोसिस... या शायद कुछ भी नहीं।" उसने पृष्ठ मोड़कर किताब एक ओर रख दी।

"...'द लूसिफ़ेर इफ़ेक्ट'... इसमें क्या लिखा है?"

"यह कि मन की ग्रंथियाँ कई बार देह की विकृतियाँ बन जाती हैं। आँखें मूँदकर बैठिए, ज़रा आपके पाँव को देख लूँ।"

"क्या तुम किसी जादू से मेरे पाँव को ठीक करने वाले हो?"

"एक डॉक्टर मर्ज़ से पहले मन को पकड़ता है। सारे डॉक्टर यह जादू जानते हैं।... मुझे यक़ीन है आप जल्द ठीक हो जाएँगी।"

"अच्छा! लेकिन मुझे मालूम हो गया है कि तुम झूठ बोलते हो।" सिस्टर लिसा हँस पड़ी।

"मगर आपको यह मालूम नहीं है कि मैं जानता हूँ कि आपके पाँव को क्या हुआ है।"

"मेरे पाँव को क्या हुआ है डॉक्टर एल्विस?" सिस्टर लिसा का चेहरा एक पल को स्याह पड़ गया।

"अपनी आँखें मूँद लीजिए और बस महसूस कीजिए।" डॉक्टर एल्विस ने ज़मीन पर घुटनों के बल बैठकर सिस्टर लिसा के दोनों पैरों को अपने घुटने पर रख लिया। उसने उसके निर्जीव पाँव को उँगलियों से टकोरकर पूछा।

आतुर है।

ऐन बारह बजे थे। गिरजों में यीशु की आमद के घंटे बजने लगे थे। 'ओ होली नाइट' के आरोह के बीच बहुत ज़ोर से मेरी क्रिसमस का शोर उठा था। सिस्टर लिसा की आँखें थोड़ी-सी खुलीं, उसने अपनी नीमबाज़ आँखों से देखा– पादरी के धवल लिबास में फ़ादर जस्टिन अपनी शोलाबार आँखों से उसे घूर रहे हैं। उनके हाथ में एक आदमक़द सलीब है। उन्होंने उस सलीब से फ़र्श में एक गहरा सुराख़ किया और वह ज़मीन में गड़ते जा रहे हैं... कमरे की चौखट पर लहूलुहान एडवर्ड खड़ा है। उसके कंधों पर पंख उग आए हैं। उसके चिथड़े हो चुके कपड़े मिट्टी से भरे हैं। वह क़ब्र से उठकर आया है। उसके हाथों में मुसड़े हुए वे पन्ने हैं जिन पर प्रेम की कविताएँ लिखी हैं। अजहद घृणा से उन तमाम कविताओं की चिंदियों को उसके ऊपर उछालकर वह आसमान में उड़ता जा रहा है... सामने जलती-बुझती लड़ियों के चौखूँटे आले में जीसस की प्रतिमा दरकने लगी है और उसकी आँखों से लहू बह रहा है।

एकाएक ही सिस्टर लिसा जुड़ी के मरीज़ के मानिंद थरथराने लगी। उसकी अशक्त देह में जाने कहाँ से इतना बल आ गया कि उसने घुटनों के बल बैठे डॉक्टर एल्विस की कपाट छाती में अपनी लात से एक क्रुद्ध प्रहार किया।

"दूर हट! पवित्र दुल्हन पर हाथ रखने वाले धूर्त शैतान... तू मुझे गुमराह नहीं कर सकता। मेरी आत्मा पर मसीह का नाम लिखा है।" सिस्टर लिसा सन्निपात की-सी हालत में चीख़ती, बड़बड़ाती हुई गुसलख़ाने की तरफ़ घिसट रही थी। " कपड़े रख दो अवान मुझे नहाना होगा।" हड़बड़ाहट में कुर्सी के हत्थे में उलझकर रोज़री के मनके फ़र्श पर बिखर गए थे।

गिरजों में घंटे मुसलसल बज रहे थे। दरवाज़े पर हाथों में क्रिसमस केक की तश्तरी लिए खड़ी अवान की मिचमिची आँखें हैरत से फट गई थीं। केक की तश्तरी हाथों से छूटकर छनाक की आवाज़ के साथ ज़मीन

पर गिर पड़ी थी। डॉक्टर एल्विस अपनी किताब उठाकर बिना कुछ कहे बाहर निकल गया।

एक पखवाड़े बाद उसे अलेप्पी में अवान के हाथ का लिखा ख़त मिला था। अवान ने लिखा था– 'बड़े गिरजे से आपका पता मिला। सिस्टर लिसा के दोनों पैर काठ हो गए हैं। मुझे पता नहीं कि मुझे उनके लिए क्या करना चाहिए!'

और इसका जवाबी ख़त अवान को कभी नहीं मिला था।

गाँठ

"बंसरीऽऽऽ! बंस...रीऽऽऽ! ओऽऽ .... ब-न्-स-रीऽऽऽ! अरी संझा पड़े सो गई क्या?"

अपने नाम की हाँक सुनते ही ढुलमुलाई बंसरी ने एकदम से बाहरकत होकर हिसाब की किताब में सिर गड़ा लिया। भीतर के कमरे से पता नहीं कौन-सी बार पुकार लगाई थी माँ ने जब वह चेती थी। माँ की नुकीली आवाज़ ऊँघासे दिमाग़ को कोंच रही थी।

वह चिड़चिड़ाई हुई पूछ रही थी, "कानों में डाट लगा रखी है, कब से किकिया रई हूँ... कमीज के बटन कहाँ रिला आई?"

तंद्रिल आवाज़ की भर्राहट को लचीला करते हुए उसने माँ के मन में यह प्रतीति भरने की कोशिश की कि वह जाग रही है। लेकिन उसकी आवाज़ की बोझिलता और मांदगी वैसी ही बनी रही।

"आधी छुट्टी में खेल रई थी... अलका के कंगन में उलझकर टूट गए।"

झूठ बोलते हुए अपनी आवाज़ बंसरी को बहुत नाचार लगी थी। लेकिन वह माँ की रग़बत जानती है। अभी उसकी बाँह पकड़कर खींचती,

गुल मचाती ले जाएगी सुकलाइन के दरवाज़े पर। पल भर में सारा मोहल्ला जोड़ लेगी। आपा बिसराकर कोसमकाटी पर उतर आएगी। चौखूँट जुड़े लोग ठीं-ठीं कर हँसेंगे। "घर चाहे बाहर, इसका तो रोज़ का है... नीच जात की टेव, उतपात बिगैर चैन कहाँ!" माँ की ख़ूँखार अन्दोर से लरजती वह चुप्पाई खड़ी रहेगी। माँ फनफनाकर दो-चार धौल उसे भी धर देगी।

"खबरदार जो आइंदा इनके किसी काम को आई। दो मन की देह मिंसवानी हो तो बंसरी की माँ, नहीं तो नीच जात। कोठरे में छूत नाय, चौबारे पे दुर-दुर। कैसे मट्टी में गेर-गेर के मारी है मेरी बंसरी सुकलाइन के इस उतपाती लौंडे ने। जादा धींग हो रा है... अबके हाथ लगा के दिखा, मार इंटोरा सिर फोड़ दूँगी।"

बंसरी ने वक्र नज़र से देखा। माँ ज़ंग लगे टीन के डिब्बे में जतन से सहेजे पुराने बटनों में से कमीज़ से मेल खाते बटन ढूँढ़ रही थी।

"सुई में तग्गा डाल।" माँ ने घुड़ककर कहा। वह चुपचाप बारीक सुई में धागा पिरोने लगी।

"घोड़ी हो रई है पर कुदक्कड़पना नहीं छूटता। सगले दिन छुछुआई फिरती है... एक घड़ी निचली बैठे तो हिसाब मगज में भरे।"

माँ बटन टाँकते बर्राती रही। बंसरी की दृश्यावली में दुपहरी की घटनाएँ घूमने लगीं। कैसे लँगड़ी दौड़ में राघव उससे पिछड़ रहा था। वह जीतने को ही थी कि अड़ंगी लगा दी। उसके कील-गोड़ सब छिल गए थे। राघव ताली पीटकर हँसता रहा।

"लीचड़ी! कतवार डोमन! बामनों से रीस करेगी... जा-जाकर गेंवड़े में डंगर चरा।"

खिजावट में रुआँसी होकर उसने कानों में उंगल ठूँस ली थीं। "भौंकता रै... मैं कौन-सा सुन रई हूँ तेरी। कुत्ता-कुत्ता भूँसे रानी-रानी चुप्प।"

इस ज़बानी चोट से तिलमिलाकर राघव उसे चोटी से घसीटने लगा।

"कीच की सुअरी! गाली देती है... बड़ी आई रानी! चल मास्टर जी के पास।"

मास्टरजी ने उसका पक्ष बिना सुने कलाई मरोड़कर पीठ से चिपका दी। वह सुबकने लगी। "मास्टरजी राघव हर घड़ी डोमन-डोमन बुलाता है।"

"तो तू बामन-बामन बुला लेती... बदले में गाली-गुफ्तार करेगी? मिजाज देखो... कानी को कानी मत कओ। होड़ करनी है तो अकल में कर। तिमाई में सौ में सौ लाया हिसाब में, और तू जीरो अंडा।" मास्टरजी ने तर्जनी और अँगूठे के मेल से शून्य बनाते हुए कहा।

बाँह की ऐंचातानी में कमीज़ के बटन टूटकर कहीं रिल गए। खुली कमीज़ से उजला पेट झाँकने लगा। वह दर्द से छिलमिलाकर रह गई थी। बाँह से अधिक ज़िल्लत के दर्द से। आँख नीची किए बटनों की जगह वह अपना हाथ चिपकाए खड़ी रही और मास्टरजी अपनी खुंदक में भन्नाते हुए हिसाब की किताब में भारी से भारी सवाल छाँटते गए। "कोई बहाना ना सुन लूँ। कल ये सारे सवाल कॉपी में हल चईये मुझे। कतरनी-सी जबान चलती है बस। भेजे में ढोरों का गोबर भरा है।"

एक... तीन... पाँच... आठ... बारह...

बोझीली आँखों से हिसाब की किताब के पन्नों पर लाल रौशनाई से चिह्नित सवालों को फिर गिना था बंसरी ने। जैसे फिर-फिरकर गिनने से दो-चार सवाल कम हो जाएँगे। बीसियों सवाल थे। अटकावों से चुनन्दार। एक-एक सवाल ईंटों के चट्टे के ढब तले ऊपर उसके कपाल पर चिनता जा रहा था। गणित जाने क्यों उसके ज़रा पल्ले नहीं पड़ता।

गणित से इतर भी इन दिनों रोज़ एक नए मुअम्मे में उलझी रहती है बंसरी। अभी चार माह कम बस तेरह की है लेकिन कच्चे मग़ज़ में प्रश्नों के गुंजान जंगल उगने लगे हैं। अपने सिर पर फँसाव और उलझनों की एक भारी अटाल रखे वह उन जंगलों में भौंचक भटकती फिरती है।

उसके कोमल मन की परतों पर संशयों की अनगिन गिल्टियाँ उभर आई हैं। भीतर की उन दुखती गिल्टियों को लेकर वह किधर जाए, किसे दिखाए! घर, स्कूल, मंदिर, खेल मैदान, मोहल्ला, सारी जगहें उसे एक नटसार लगती हैं और अपने अगल-बग़ल सब लोग उस नटसार के भाँड और बहरूपिये। माँ, पिता, गणित के मास्टरजी, मास्टरजी का छँटुआ राघव, बड़ी कोठी वाले राम अवतार शास्त्री। सब के सब अपने चेहरों पर एक चेहरा ओढ़े हुए। लाचार होकर वह अपने ही खोल में बटुरती जाती है।

एक ठहरी हुई मौनी झील हो गई है बंसरी। कोई कंकड़ फेंकता है तो ज़रा देर को हलचल होती है फिर वही तवील चुप्प।

"एक बाजी खेलेगी बंसरी?" छोटी धंसरी ने खाट का पाया टकोरा। ठहरी हुई चुप्पी झील में अचानक कंकड़ आन गिरा।

"ना मन नई है।"

धंसरी निकट ही फ़र्श पर साँप-सीढ़ी की बिसात बिछाए उकड़ूँ बैठी थी। बहुत देर से आप ही आप नीली गोट वाले अदृश्य प्रतिद्वंद्वी के संग बाज़ी पर बाज़ी खेलते हुए जैसे वह किसी दूसरे जहान में गरक हुई जाती थी। बंसरी ने सोचा कितना सीधा है ऐसा इकलंत खेल। अपनी शह अपनी मात। कोई खिजाने वाला नहीं। कोई गिराने वाला नहीं।

उसे सोच में देखकर एकतरफ़ा खेल से उकताई धंसरी ने एक बार फिर मनुहार की। "देख तो बार-बार साँप काट रा है। एक भी निसैनी ना चढ़ी। नीली गोट ले ले, पक्का तू ई जीतेगी। बोल खेलेगी एक बाजी?"

"तू खेल ले धंसी। मुझे सवाल निकालने हैं।"

कहते हुए औचक उसका मन होता है नीली गोट की तरफ़ वाला मोर्चा सँभाल ले। जीभ लपलपाते सारे साँपों को कुचलकर सीढ़ियाँ चढ़-चढ़ आसमान छू ले। मगर वह निर्वाक बैठी खेल में तल्लीन धंसरी को ताकने लगती है।

धंसरी दोनों जानिब जुगत लगाकर बड़ी माहिरी से पासा फेंकती है, ईमान से ख़ाने गिनकर चाल चलती है। जबकि निन्यानवें घर में बैठा काला भुजंग हर बार डसकर उसे नीचे की पंगत में पटक देता है। इस असालतन खेल में वह नीली गोट वाले पोशीदा मक़ाबिल से बराबर बाज़ी हार रही है। धंसरी की सूरत पर तारी होती मायूसी को देखकर बंसरी सोच रही थी अगर सिर पर बवाल की तरह गणित के सवाल न रखे होते तो वह एक बाज़ी खेल जान-बूझकर धंसरी से हार जाती। वह जानती है, चाहे आधी रात हो रहे, जीत के दर्प के बाद ही वह यह बिसात समेटेगी।

बंसरी को धंसरी अच्छी लगती है। और सबों से जुदा। दस के पहाड़े-सी सरल। कहीं कोई गाँठ नहीं। बेखटक और निसाँक! उनके बीच बस ढाई साल की छुटाई-बड़ाई है। लेकिन धंसरी उसकी तरह बातों की फ़िकर नहीं लेती। उसकी उम्र में बिल्कुल ऐसी ही थी वह भी। ख़ूब खाती थी, खेलती थी, निफ़राम सोती थी। सब कुछ सहल लगता था। जोड़-घटा, गुणा-भाग पक्की तरह साध लेती थी। सुग्गे की तरह रटे थे पहाड़े। चाहे कहीं से पूछ लो। स्कूल के आख़िरी घंटे में जब सब बस्ते बाँध लेते वह छुट्टी होने तक अगुआ होकर पहाड़े बाँचती थी। 'तेरह एकम तेरह... तेरह दूनी छब्बीस... तेरह तिया...' उसके पीछे सारे बच्चे भी एक सुर में अल्लाते।

सब कहते 'बड़ी हुसियार है बंसरी। लौंडा होती तो संपूरन के सारे दरिद्दर मेट देती।' लेकिन पिता ने जन्मते ही उसे बड़े भाग वाली मान लिया था। दोएक महीने की थी जब कचहरी में नाज़िर हुआ था संपूरन डोमा। "हमें काए को लौंडा चईये था! घर में लछमी आई है।"

बंसरी को देखकर उसका 'नीच जात' होने का विषाद पिघलने लगता था। डोमों में बिल्कुल अलहदा जो दिखती थी बंसरी। घने-घने छल्लेदार ढक। अरक्ता अनारों-से कपोल। एकदम गोरी-चिट्टी। निपट बामनों के ढाल। छुटपन में बंसरी रोज़ नज़राती। माँ चट-चट बलैया लेती। पीली

सरसों और राई-मिर्च का उतारा करती। 'अकड़ी-मकड़ी दूधमधार, नजर उतर गई पल्ले पार' लेकिन आते-जाते किसी न किसी की टोक लग ही जाती। जब कोई कहता– 'करील का फूल है संपूरन की लौंडिया।'

बड़े लाड़ से अपनी जाति से इतर कुलीन नाम रखा गया- 'वनश्री'। रामऔतार शास्त्री जी उपहास करते, "नाईं, धीवरों को कहीं ऐसे नाम जँचते हैं!"

सुकलाइन खिल्ली उड़ाती, "नाम तो कुछियों धर लो, धोव-धोव के कोई कटिया बछिया होवे!"

कुछ ऊँची जात वालों की ढाँस और कुछ माँ का अपढ़पना कि मालूम ही न हुआ कब 'वनश्री' बंसरी हो गई। घर से स्कूल तक। चौक से पैंठ तक। गाँव से गेंवड़े तक। कभी भूले-भटके कोई वनश्री पुकारता तो अपना ही नाम उसे अजाना जान पड़ता। वह बेसुनी-सी यूँ निकल जाती जैसे यह पुकार किसी और के लिए है।

ठीक इसी तर्ज़ पर ढाई बरस बाद छोटी 'धनश्री' का नामकरण हुआ धंसरी।

कौन-सी खुन्नस निकाली थी मास्टरजी ने! दोपहर से किताब-कॉपी पर गरदन निहुड़ाए गठरी बनी बैठी थी बंसरी। साँझ घिर आई थी मगर अंजाम सिफ़र का सिफ़र। समीकरण बनने को न आते थे। बनते थे तो हल न होतें थे। हल भी होते थे तो उनके जवाब किताब की उत्तरमाला से मेल न खाते थे। वह बार-बार जाँचती थी मगर जान ही न पड़ता कि चूक आख़िर कहाँ हुई!

अपने मन की थकन में वह सोचने लगी, सच ही कहता होगा राघव– 'हिसाब साधना ढोठियों के मूड़ की बात नहीं और नाईन, डोमनियों के तो कतई नहीं।'

राघव ठहरा लड़का। वो भी ऊँच जात। ज़रूर इसी से वह सट्ट-सट्ट सवाल निकालता जाता है। ज़रूर इसलिए एक अकेला गणित ही है जो

मास्टरजी पढ़ाते हैं और बाक़ी सब मैडम जी।

इस भेद को सोचते ही उसका चित्त एकदम उचट गया। दिमाग़ में सोचों की भिड़ंत होने लगी। एक बार को ख़याल हुआ अगर गणित न होता तो दुनिया का क्या बिगड़ जाता? दूसरे पल सोचा अगर वह लड़की न होती तो सब उलझेड़े ही सुलझ जाते। तीसरी दफ़ा दोनों बातों पर क़ाबिज़ होता विचार गेंडली मारकर ज़ेहन में बैठ गया। असल में सारा क़ुसूर तो कुजात होने का है।

बंसरी की आँखों की नाज़ुक सीपियों में नींद भरने लगी थी। उसने किताब औंधी कर एक तरफ़ सरका दी। जब हिसाब ढोठियों के मूड़ की बात ही नहीं तो वह बरज़ोर क्यों पढ़े! और आख़िर तो वह डोमनों की ढोठी है। एक बार को जी हुआ हिसाब की किताब को रेज़ा-रेज़ा कर गाँव के बाहर की गड़ही में फेंक दे। लेकिन सवाल हल न किए तो कल मास्टरजी को क्या कहेगी! अगले पाख छमाई शुरू हैं। वो तो बिना कोई वजह सुने हाथों की मुट्ठियाँ बँधवाकर गट्टों पर सटाक-सटाक पैमाना बजाते जाएँगे। और आज की तरह अगर उसकी बाँह मरोड़कर पीठ से लगा दी तो! कल फिर बटन कहीं रिल जाएँगे। फिर माँ देर तक तन्नाई रहेगी। फिर माँ को आश्वस्त करने को वह कोई झूठा कारण ढूँढ़ेगी।

मास्टरजी की ग़ुस्सेवर सूरत याद आते ही बंसरी के अंदर घबराहट का गोला-सा उठने-बैठने लगा।

उसके साथ यह हमेशा होता है। वह जब-जब गणित लेकर बैठती है आँखों में नींद और हलक में प्यास उकसने लगती है। कभी माथे की नाड़ियों में खिंचाव और कलेजे में खुरचन होती है तो कभी पेट में मरोड़ और पाँव में भड़कन उठती है।

अपने हाल को पकड़ न पाने की बेकली में बंसरी नि-ज़ोर होकर पेशाब को चल दी। पेशाब के लिए बैठते हुए अकड़ाव से छिले हुए घुटने टीसने लगे थे। इस टीस ने उसकी श्रांति और तलमलाहट को और बढ़ा

दिया। कुम्हलाए चेहरे पर ताज़े पानी के छींटे मारकर वह बेज़रूरत ही गिलास भर पानी गटक गई।

माँ चौके में मँजे हुए बासन साज रही थी। धोती को कमर में पिंडलियों तक उड़सकर अजहद बारीक आवाज़ में लांगुर गाती हुई। गाते वक़्त माँ की आवाज़ नक्की हो आती है। ऊँची आवाज़ में टेरते हुए भी। जैसे जब वो दरवाज़े-दरवाज़े साँकल खड़काकर नकियाती आवाज़ में बुलावा देती है– 'फलाने के घर तेल बान है, बखत आ लियों।' या 'फलाने के यहाँ दो जन की तेरमी की दावत है।'

माँ की नकियाई लरजती आवाज़ में गीत के बोल घिचपिच हो रहे थे। उसका मन गीत के अस्फुट बोलों के पीछे भागने लगा। दिमाग़ में आया अगर वह लिखी-पढ़ी न भी रहे तो गा तो सकती ही है। माँ भी तो गाँव के घर-घर में सोहर-बन्ने, चक्की-चाँचर गाती है। गाने के बदले बखेर और निछावर में रुपये, धोती, मिठाई, अनाज और जाने क्या-क्या लाती है। और गाना हिसाब जैसा गाढ़ा काम नहीं। स्कूल के सालाना जलसे में उसने स्वागत गीत गाया था। सब रीझ गए थे। सिक्सा दीदी बोली थीं– "इत्ती-सी उमर में कैसा मीठा गाती है। कंठ में सरसती बैठी हैं।" मगर पापा! वे तो गाने-बजाने से खीझ खाते हैं। चौथी में थी जब माँ नौचंदी के मेले से ढोलकी लाई थी। पापा ने धाड़ से बाहर चौंतरे पर पटक के मारी थी– "नीच कौम सही पर अपनी लड़कियों को ये ओछे काम ना करन दूँ। पढ़ा-लिखाकर अफसर बनाऊँगा। बामन-बनिए सलाम ठोकेंगे।"

पिता के आक्रोश को सोचते ही गाने का ख़याल दिमाग़ में जिस ढर्रे चढ़ा था उसी ढर्रे उतर गया।

माँ बासन साजकर पलटी तो नज़र चौके की चौखट से लगी बंसरी पर पड़ी। "यहाँ क्यों खड़ी है, सवाल हो गए?"

"ना हुए। कल मास्टरजी मारेंगे।" कुरते की आस्तीन से अपना भीगा मुँह पोंछते हुए बंसरी की आँखें डबडबा आईं।

माँ के चेहरे पर आकुली ठहर गई। "तो कम्मअखत दुफैर से क्यूँ ना बोली, जो किसी से कहती, इस बखत कौन करवाएगा?" बंसरी ने प्रतिवाद किया। "दुफैर मेंइ कौन करवाता?"

माँ और भी उखड़ गई।

"तेरे से बस मुँहजोरी करवा लो। दरसन पंसारी से पूछ लेती भलमानस हैं। पैले बी तो करवावै थे।

"दरसन ताऊ की आँखों में मोतिया पड़ गया है। जाड़ों बाद आँख बनेगी।"

"ताऊ की आँख में जाला पड़ गया और तेरे दीदों में सरसों फूल रई है। गरज का बावला बहत्तर दुआर छानता है। घंटे आध घंटे को तो सास्तरी जी का अखलेस ही देख लेता। वहाँ क्यों न गई?" माँ के स्वर में कोप की टकोर थी।

बंसरी का चेहरा एकाएक म्लान पड़ गया, "सास्तरी जी के घर मैं ना जाऊँ।"

"क्यूँ, तुझसे कुछ कही उन्होंने?" पैनी आँखें उसकी सूरत पर नकार का सबब ढूँढ़ने लगीं।

"ना। कुछ ना कही।" वह मुँह चुराकर अपनी गुहा में सिमट गई।

"अखलेस भैया के पास टैम नाय।"

बंसरी अव्यवस्थित और अवसन्न होकर खाट पर लेट गई। कितना ही झटकना चाहा मगर उसकी खुली आँखों में राम औतार शास्त्री जी का दुमहला एक भुतहा क़िले के सदृश डोलने लगा। जहाँ वह किसी अंदेशे से थरथराई अपनी पूरी ताक़त से चीख़ रही थी। पुरानी घटना हालिया मंज़र की तरह सामने थी। उस तल्ख़ मंज़र में भाँय-भाँय करती एक बज्जर दुपहरी है। लू के झोंके मुँह पर थप्पड़-से पड़ रहे हैं। वह सिकुड़ी-सी शास्त्री जी के दालान में खड़ी है। शास्त्री जी कहीं बाहर जाने को धोती की लांग बाँध रहे हैं। हवा से फरफराकर धोती गुब्बारे-सी फूली जाती है।

फूली हुई धोती को देखकर उसकी हँसी छूटने को है। लेकिन आरसी में झाँककर बाल काढ़ती पंडिताइन की हिक़ारत भरी नज़र को पकड़कर वह कातर होने लगी है। उसकी आवाज़ गले में ही फँस रही है।

"ताई अखलेस भैया थोड़े-से सवाल करवा देंगे?"

अखिलेश भैया रेडियो से कान लगाए दोपहर की ख़बर सुन रहे हैं। उसे देखते ही उनकी भौंहों के बीच अनचाहेपन की गुलझटें पड़ गई हैं।

"किसी बखत भी मुँह उठाए चली आती है। कौन-सा अभ्यास है?"

"चार सवाल क्षेत्रफल के हैं, दो क्षेत्रमिति के।" वह किताब के पन्ने पलटकर सवाल ढूँढ़ते तनिक क़रीब चली आई है।

"अरे वहीं बैठ। जादा छूअमछाई मत कर। हाँ बस दूर से ही।" अखिलेश भैया की रूखी ताक़ीद सुनकर वह ख़ामोशी से दालान में बिछे बोरे पर फसकड़ा मारकर बैठ गई है। रंगीन फुंदनों वाले चुटिल्ले में बाल गूँथती पंडिताइन की बड़बड़ाहट कलेजे में ज़हरीली डाँस के डंक की तरह गड़ रही है।

"चमरिया को चाची कह दो बस्स, सीधे चौके में ढुकती है। तनक सऊर न सिखाया महतारी ने। कल से बैठने को अपना आसन, बोरी संग लाए कर।"

उसका मन बिंधता जा रहा है।

अखिलेश भैया उखड़े सुर में सवाल समझा रहे हैं, "अरी बुधंगड़ यहाँ दो की घात लगा। कतई घोंघा है क्या?"

उसकी प्रतिकुंचित दृष्टि पंडिताइन को माथे पर सिंदूर की टिकुली धरते देख रही है। इस भीति में भरी कि टिकुली की गोलाई ज़रा-सी बिगड़ी नहीं कि पंडिताइन का मिज़ाज और बिगड़ जाएगा।

चुटिया-बिंदी कर पंडिताइन ने फ़रमान सुनाए।

"अखलेस दरवज्जा भेड़ ले कुत्ता-वुत्ता आ जावैगा... मैं जरा साग-सब्जी लियाऊँ। अरी बंसरी देखियो जाते-जाते तनक थोड़े से उपले पाथ

जइयो।"

दो फ़रमानों के बीच महज़ आवाज़ की नरमाई और गरमाई का अंतर है। झोला उठाकर पंडिताइन बाहर निकल गईं। अखिलेश भैया ने पट भिड़ा दिए।

"गरमी पड़ रई है वहाँ क्यों बैठी है चल अंदर आ जा। पंखा चल रा है।" अखिलेश ने कोठरे में तख़्त पर बैठने का इशारा किया तो वह हिचकती हुई भीतर आ गई।

"आराम से बैठ।"

"ना, ताई बिगड़ेंगी।"

"तू फिकर मत कर। वो तो घंटे भर को गईं।"

"पानी पी लूँ।" वह दालान में लगे हैंडपंप की ओर चल दी।

"बैठी रै। मैं लाता हूँ।" वह इस बदले हुए बर्ताव से अचरज में पड़ी है।

"ले पी ले पानी।"

वह गिलास भर पानी गट-गट पी गई।

"कित्ती पियासी है!" कूट मुस्कराहट के साथ अखिलेश ने उसके हाथ से गिलास थाम लिया है।

"तिलपापड़ी खाएगी खास मेरठ की हैं?"

"ना भैया। देर हो रइ है, बस सवाल करवा दो।"

अखिलेश भैया सरककर क़रीब आ गए हैं, "वृत्त को मापना जानती है?"

"हाँ। मास्टरजी ने सिखाया था... बताऊँ?" उसने ललककर कहा।

"अरे उसे छोड़। एक तरीका और है गोले को मापने का। भौत आसान।"

"क्या? "वह हिसाब का हर आसान तरीक़ा जानने को उतावली है।

"पता है गोलों को उँगलियों से भी मापते हैं?" ईमानफ़रोश क़हक़हे के क़तरे नीरव कोठरी में बिखरकर भिनभिना रहे हैं।

वह विस्मित हो रही है, "वो कैसे!"

"अब्भी समझ जाएगी। बड़े मजे का खेल है। बिल्कुल आसान।"

अखिलेश की उँगलियाँ उसकी कच्ची देह पर कमीज़ के भीतर सरकने लगीं।

"समझी कि नहीं?"

बंसरी नहीं समझी। मिनट भर पहले छूत-अछूत के घोर परहेज़ी अखिलेश भैया उसे बेबात क्यों छू रहे हैं। समझी तो इतना कि अपने बदन पर उसकी उँगलियों की छुअन से उसे एक गिरगिट के रेंगने जैसी सिहरन और लिजलिजाहट महसूस हो रही है। वह अचकचाकर उठ गई है।

"मैं घर जाकर कर लूँगी।"

"कहीं की भग्गी मची है, यहीं कर ले।"

अखिलेश भैया ने उक़ाब की तरह झपटकर उसे दबोच लिया है। वह आक्रांत होकर ज़ोरों से चीख़ रही है। "रौला मचाया तो यहीं टेंटुआ दाब दूँगा।"

उस हिंसक पकड़ से छूटने में उसने अपने को अबल पाया तो कड़क रोओं वाले बाज़ुओं में अपने दाँत गड़ा दिए।

"कटखनी कुतिया... जादा तैश में आ रई है?" उसके प्रतिरोध पर और अधिक बर्बर होकर अखिलेश ने उसे तख़्त पर पटक दिया है। "कुजातनी खूँदने को इ जनमी है तू।" घृणा से अखिलेश की सूरत विद्रूप हो गई है। दो मन बोझ तले दबी वह छूटने को छटपटा रही है। ऐन उसी पल भिड़े हुए कपाटों पर एक ज़ोर की थाप पड़ती है। सामने तमतमाया चेहरा लिए शास्त्री जी खड़े हैं। वह तख़्त पर पड़ी थर-थर काँप रही है। शास्त्री जी बलबलाकर अपने पाँव की जूती से अखिलेश की पीठ पर पट्ट-पट्ट चोट मारने लगे हैं।

"हरामखोर... एकाध महीने का सबर रख ले। हो तो रया है तेरा धरेजा। जात भी ना देखी। डोमन-चमारन सेइ चिपट लिया।"

फिर शास्त्री जी को सहसा उसका ख़याल आया है। वे गिलगिली सहानुभूति से उसका कंधा थपथपाने लगे हैं। उनकी आवाज़ में शीर टपक रही है, "बंसरी, तू तो मेरी सयानी गुड्डो है। देख किसी से कहियो मत। सारे गाम में हल्ला हो जावेगा। लौंडे तो मरे ऐसे ही नीच होंवे। नामधराई तो बिचारी लौंडियों की है।"

वह सुन्न दिमाग़ से उनकी बात का अर्थ निकाल रही है।

हाथ में खाने की थाली लिए माँ ने औंधी पड़ी बंसरी को झकझोरा तो बंसरी शास्त्री जी के तख़्त से अपनी खाट पर लौट आई।

"चल उठ। रोटी खा ले।"

अपने ही क्षोभ और संताप में वह आँखें मूँदे चुप्पाई पड़ी रही।

"रूस गई मेरी लाड़ो?" माँ ने चुमकारकर उसे अपने नज़दीक खींच लिया।

"ना। भूक ना है।"

"भूक क्या आन गाँव को चली गई!" पेट में माँ की उँगलियों की गुलगुलिया से दुहरी हुई बंसरी के चेहरे पर एक पल को हुलास आ गया। चौतरफ़ घुमड़ती आशंकाओं की घुटन में माँ का दुलार उसे प्राणवायु की तरह लगा था। वह माँ से अँकवार होकर तेल-मसालों की कचायंध भरे पल्लू में दुबक गई।

"सिर दुख रा है।"

"काइ की दीठ लग गई दीखे!" माँ रूखे-उलझे बालों में पड़ी गुत्थियों में अपनी खुरदुरी उँगलियों से सुलझाने लगी। अपने बालों की तरह बेतरतीब उलझी हुई बंसरी गोद में पड़ी सोच रही थी कि गाँव भर का वारा-उतारा खाने-पहनने वालों को भी भला किसी की दीठ लगती होगी!

लाड़-पुचकारकर माँ बैंगन-आलू की तरकारी में सानकर छोटे-छोटे गस्से उसके मुँह में डालने लगी।

"जरा-मरा खा ले। भूके पेट सोते आत्मा कुढ़ती है।"

बंसरी बेमन से रोटी निगलती हुई माँ की झाँवली कलाइयों में फँसी झनक-मनक करती धूपछाहीं चूड़ियों को ताकने लगी। असल में वह चूड़ियों के नीचे छिपी खरोंचों को ताक रही थी। माँ के बदन पर अक्सर ऐसे निशान खिंचे रहते हैं।

"नई लीं?"

"हाँ, इतवार की पैंठ से लाई। पर ये भी कै दिन टिकेंगी?" इस अंदेशे पर माँ की आँखों में तरलता और ज़बान में तिक्तता छलक आई।

"जब रोज मोलती हैं तो क्यूँ पैनती हो चूड़ियाँ... बेकार ही रुपये जाते हैं।"

"सुहाग है। नंगे हाथ रहते कम्बख्ती होवे। कोइयों टोक देगा।"

बंसरी फिर उलझ गई थी। जिसके नाम की चूड़ी पहनो वही आए दिन फोड़ता रहे तो भी कम्बख़्ती!

अपने फँसावों में घिरी वह कभी नारंगी, कभी हरियल और कभी सुनहली भ्रांति देती चूड़ियों को गिनते हुए आगे-पीछे सरकाने लगी।

एक... तीन... पाँच... आठ...

चूड़ियों की गिनती के साथ गणित के अनसुलझे सवाल फिर डराने लगे थे। अभी आख़िरी उम्मीद बाक़ी थी।

"पापा कब आएँगे?"

माँ ने अचकचाकर देखा। "कोई ठाँव है तेरे बाप का जो बता दूँ कि कब आवैगा! और आवैगा बी तो गिरता-झूमता। तुजे क्या करना है?"

"सवाल निकलवा देते।"

"उसके फेर में मत ना रै। नौ बज गए, आवै ना आवै... हराम का जना उसी रंडी राँड की करवट में डकोचे पड़ा होगा।" तीखे, खुरखुरे शब्दों के

साथ एक भारी उच्छवास बाहर आ गिरा।

शब्दों की तिताई से घबराकर बंसरी ने आँखें मूँद लीं। मुँदी हुई आँखों में एक बेचेहरा औरत बनने-बिगड़ने लगी। जिसकी करवट में नशे में धुत्त पिता गड्ड-मड्ड पड़े थे। अब उसे बंद आँखों में भी छटपटी होने लगी थी। उसने अपने को इस अनचाहे ख़याल से परे करने को आँखें खोल दीं। उसे हमेशा लगता है माँ की झाँवली देह और पापा के मुँह से उठती देसी ठर्रे की बू उनके मध्य एक दुर्भेद्य दीवार की तरह खड़े रहते हैं। कितना अच्छा होता अगर माँ तनिक उजली होती और पापा साँझ ढले ही नशे की बोतल में न डूबे रहते।

माँ अब भी अपने कोह में इकसूत उस अनदेखी अजानी औरत को कोसकर जी का बुख़ार निकाले जा रही थी।

"मरदखोर कंजड़ी कहीं की... काए की बामनी रइ जब डोम के तले बिछ गई! पर उस छिनाल का क्या दोस, मेरेई भाग फूटे के ऐसे रंडीबाज नसेड़ी के संग ब्याह गई... गुड़ दिखाके ढेले मारे। छाती का जम खत्ते में पड़े।"

हर कोसने के संग रोटी के ग्रास बड़े हो रहे थे। फिर यह हुआ कि माँ उसके भरे मुँह में भी गस्से ठूँसती गई। कुछ देर पहले उमड़ा लाड़ कोसाकासी में ग़रक़ हो गया। माँ चप्पल पटकाते दूध औटाने को चौके में जा घुसी और चिपचिपाई आँखों को मुंदने से रोकते-रोकते भी बंसरी नींद के झोंके में बह गई।

पता नहीं किस घड़ी आँख खुली थी! कच्ची नींद में पिता की भड़कदार आवाज़ कान में पड़ी। स्तंभित होकर बंसरी बेदार बैठ गई।

"भुच्चड़ गँवारन! पन्दरै साल में रोटी पोनी ना आई तुजै?" फिर टन्न से थाल गिरने जैसा नाद हुआ था। सामने की बदरंग दीवार और बदरंग हो गई थी। दीवार पर जगह-जगह सब्ज़ी के क़तरे छिछके हुए थे। ज़मीन

पर पड़ी रोटियों को उठाती माँ का सुर बावलिया ढंग से नक्की हो आया। "आवारा साँड़ को घर की रोटी काए को भावै है। उसी राँड की पोई रोटी खा लेता।"

पापा ने माँ को कोई भद्दी-सी गाली दी थी। फिर हिलते-डुलते दीवार थामकर पेशाब के निमित्त ओसारे की मोरी पर खड़े हो गए। इतनी देर में माँ खूँटी पर टँगी कमीज़-पतलून की जेबों का झाड़ा लेकर मुड़े-कुचे रुपये अपने ब्लाउज़ में खोंस चुकी थी। माँ अकसर ऐसा करती है। सुबह होश आने पर पापा जेबें खँगालते हैं और हाथ में बस रेज़गारी आती है। पूछने पर माँ बमक उठती है।

"बेबात नाम मत ना धरियो... नंगा झाड़ा ले ले। कए तो अबी गंगाजली उठाऊँ तेरी एक रुपल्ली की हकदार ना हूँ। सगली खबर रक्खूँ हूँ मैं अपनी कमाई जहाँ लुटाता फिरै तू।"

किंतु कैसी हतभागी घड़ी थी! आज पापा ने माँ को जेब साफ़ करते पकड़ लिया।

"गद्दार चोट्टी! तो रोज मेरे रुपैय्ये तू उड़ावै और सक डाले है उस बिचारी पे। मेरी लौंडियों को भी येई कूट करम सिखावैगी। इसी बखत मेरे घर सै निकल जा।"

पकड़े जाने पर माँ ने बिना किसी अनुताप और अलज्जता से कहा, "रखेली-धरेली हूँ जो चली जाऊँ! तुजै उस इंदर की परी के संग मौज करन दूँ ऐसी बावली ना हूँ... चौड़ी होके यईं रऊँगी तेरी छाती पै।"

"मत जा तू। रै यईं। मैंइ अपने बालकों को लेके जा रा हूँ।" पापा ने एक झटके में निबटारा कर दिया।

"खूब जान रइ हूँ तुजै, कहाँ जाके मरेगा! उसी राँड की गोरी चाम की बतास लगी है। जाता हो जा। मेरी लड़कियाँ कहीं ना जांगी।"

अचानक हुए इस कोलाहल से धंसरी भी हड़बड़ाकर उठ गई थी। वह आँखें मलते हुए मामले को समझने की कोशिश में थी। जो कुछ भी समझ

आया था उससे घबराकर वह माँ की टाँगों से चिपट गई थी।

"लौंडियों को तू दाज में लाई थी?" पापा ने बाँह पकड़कर माँ की ओट में दुबकी धंसरी को अपनी तरफ़ खींच लिया।

"मैं तो ना लाई, तेरी महतारी तुजै दाज में लाई होएगी। क्यूँ दो कैवे और चार कैवावे... जो मैं दाज में लाई वोई दे दे। कुछ छोड़ा है, सब तो गिरोंगट्ठा रख दिया।"

माँ की कल्लादराज़ी से खौलते पापा का हाथ घूम गया। बंसरी सोच रही थी रोज़ आते-जाते कितने ही उलाहने सुनते हैं, पर पिता माँ के आगे जैसे बरबंड होते हैं ऐसे किसी और के आगे क्यों नहीं होते! थप्पड़ के ज़ोर से माँ सीधी छिछकी हुई दीवार से जाकर टकराई। झनक-मनक करती धूपछाहीं चूड़ियाँ टूटकर कलाई में गड़ गईं। जहाँ-जहाँ गड़ी थीं वहीं से ख़ून की धार फूट आई थी। माँ को अपने छलकते ख़ून का इतना मलाल न था जितना टूटी हुई चूड़ियों का। चूड़ियों के टूटने से चोटिल माँ दुर्दम हो उठी थी।

"फोड़ दे। सगली फोड़ दे! तू ना फोड़े तो ले मैं फोड़ूँ।" माँ ने दोनों कलाइयाँ दीवार पर दे मारीं।

"मैंइ क्यों पहरूँ तेरे नाम के चुड़ले जब दूसरी कर रक्खी है। रख ले अपने लहड़े को... तड़के ही पीहर जाऊँगी। माई-बाप ही तो ना रए, भैया-भतीजों वाली हूँ... चौबारे पै ना बैठी। मैं भी देखूँ चार दिन में जो गू ना ब्या जावैं तेरे घर में।"

माँ की चिल्लाहट में रुलाई भर गई थी। वह कुछ देर गुठला बनी सोगवार बैठी रही। फिर अटूट चाह से ख़रीदी चूड़ियों के तोद में बिलखती हुई बुहारन से समेटकर फूटी चूड़ियों और अपने फूटे भाग की किरचें बीनने लगी।

माँ के अरण्यरोदन से बेपरवाह पिता बरहमी से बकस में तहाए कपड़े झोले में खोंस रहे थे।

"बंसी! धंसी! चलो खड़ी हो जाओ। अब यहाँ ना रहना।"

बंसरी इस असमंजस में निर्वाक बैठी रही कि यहाँ नहीं तो फिर कहाँ रहना है!

गोरी चाम की उसी घरफोड़नी बामनी के संग!!

तो क्या पिता दूजा ब्याह करके अब उसी औरत के साथ रहेंगे!!!

बंसरी का चेहरा भय से किसट पड़ गया।

"ऐसे औंगा बनी मत बैठी रै। बोल किसके संग रहवैगी?"

यह गणित के सवालों से कहीं भारी सवाल था। किससे अलहदा हो! उसे माँ और पिता दोनों ही अत्याज्य थे। वह तिर्यक दृष्टि से कभी बिसूरती हुई माँ को देखती कभी अमर्ष से भभकते पिता को।

"तू बोल धंसी।" पिता की कड़क से नन्ही धंसरी का रोआँ-रोआँ सिहर उठा। उसकी आस भरी आँखें बड़ी बहन के चेहरे पर टिक गईं।

"तू जाएगी बंसरी? माँ इकली कैसे रैएगी!" बोलते हुए उसका गला रुँध गया था।

बंसरी को लगा अब एक वही है जो घर को बिगाड़ से बचा सकती है। चाहे जो हो जाए मगर यह बिलगाव न होने देगी। पल भर में उसने कोई इरादा किया और बिना चप्पलों के ही सत्वर वेग से सीधी दरवाज़े की तरफ़ दौड़ गई। इस उजलतबाज़ी में उसके नंगे पाँव में टूटी हुई चूड़ी का टुकड़ा धँस गया सो उसके साथ रक्त की एक बारीक लकीर भी दौड़ती चली गई थी।

बाहर निकलते ही उसने शीघ्रता से किवाड़ों पर साँकल चढ़ा दी और दीवार से टिककर बैठ गई। थोड़ी देर चिल्लमचिल्ली और रोवाराहट मची रही। भीतर से काठ की किवाड़ों पर ग़ुस्साई दमदार थापें पड़ती रहीं, फिर गहरा सन्नाटा छा गया।

धंधार कलूटी रात। चारों ओर खिंची हुई निस्तब्धता।

दूर-क़रीब की हर चीज़ अँधेरे में डूब चुकी थी। चौथ के चाँद की देहल्की चाँदनी पेड़ों पर गिर रही थी। खपरैली ओलती के तले खड़ी बंसरी ने दम साधे भीतर की टोह ली। मन में अंदेशे रोपती एक स्तब्ध चुप्प। वह गुड़मुड़िया होकर चबूतरे पर बैठ गई। उसने अंदाज़ा लगाया अब तक माँ अनैसकर चटाई बिछा भंडार में पड़ गई होगी! दिन भर खेलकर थकी धंसरी भी शायद सो गई हो! हो सकता है नशे की दाब में पापा भी अपनी खाट पर लुढ़क गए हों! लेकिन यह सब उसकी अटकलें भर हुईं तो! फिर वही बखेड़ा शुरू हो गया तो! झगड़े के अंजाम को सोचकर वह कल्पना में ही सिहर उठी। सवेरे तक पापा का नशा उतर जाएगा। माँ भी हमेशा की तरह दोएक घंटे को अबोली होकर रोज़ के कामों में जुट जाएगी। उसे किसी भी सूरत भोर होने तक हौसला धरना होगा। पता नहीं अभी रात कितनी और बाक़ी थी! बंसरी को हरारत-सी महसूस हो रही थी। इस समय उसके छिले हुए गोड़ पीर रहे थे, मरोड़ी हुई बाँह दुख रही थी और जाने क्यों तलवे में गड़ी हुई चूड़ी की कोंच पाँव की जगह कलेजे में हो रही थी। उसी कोंच से अचैन होकर वह लँगड़ाती हुई आँगन में टहलने लगी।

माहौल में पछुवा हवा की खुनकी भरी हुई थी। बाहरी आँगन में झोटे पिलखन के पत्तों पर ओस आ बैठी थी। बंसरी आँखों की ज़द में मौजूद चीज़ों को अचरजित होकर देख रही थी। अँधेरी रैन में रस्सी भी साँप। आधी रात की स्याही में सब कुछ कितना विद्रूप और डरावना लग रहा था। अगल-बग़ल अँधियारे घरों की लंबी, ठिगनी आकृतियाँ और ज़मीन पर लोटती पेड़ों की अतिकाय परछाइयाँ मन में शकना पैदा कर रही थीं कि अचानक ही वह किसी डराक भुतैले जहान में कूद पड़ी है। कच्ची उभड़-खबड़ सड़क पर गीध-उक़ाबों के डैनों जैसी बंकट शाख़ों के डरावने साए। जाने क्यों उसे अखिलेश भैया की रोएँदार नृशंस बाँहें याद आ गईं। हवा के ज़ोर से टहनियाँ हिलतीं तो शुबहा होता जैसे बीहड़ रास्ते पर धींगर दौड़ रहे हैं। मारे दहशत के बंसरी का ख़ून ख़ुश्क होने लगा। उसका मन

यूँ डगमग हो रहा था कि अभी के अभी घर के भीतर माँ के पहलू में जा घुसे। लेकिन एक बार अगर पापा घर छोड़कर उस गोरी चाम की बामनी के खूँट में बँध गए तो फिर लौट न होगी। उसने किसी के होने की आस में सूनी गली में झाँका। शायद भूले-भटके कोई जाग रहा हो! किंतु गली की सरहद पर नीम के हमसाए में खड़े खोखों और टपरियों को भी चुप्पा मार गया था। और तो और रातों को रोज़ हूकता कालू कुत्ता भी इस घड़ी जाने किस कूचे में पड़ा ऊँघ रहा था! बंसरी पलटकर दोबारा अपने दरवाज़े पर बैठ सवेरे की राह तकने लगी।

कल शनिच्चर है। यानी स्कूल में खेल का घंटा। कविता, कहानी, बुझौवल और अंत्याक्षरी का दिन। उसे सब दिनों में शनिच्चर अच्छा लगता है। अंत्याक्षरी में जब-जब उसकी बारी आती है वह झूमकर गाती है। कभी सिक्सा दीदी क़िस्से सुनाती है। राजा-रानी, जिन्न-जिन्नात और भूत-परेतों के क़िस्से। कभी घंटे भर अजीर-वज़ीर, पिट्‌ठू-पोसम्पा और लब्बा डँगरिया का खेल चलता है। आजकल सारे खेल बोतल के जिन्न की तरह उसके बस्ते में बंद हैं। वह बस्ता जिसमें हिसाब की अनसुलझी किताब रखी है। उसे ख़याल आता है हिसाब की कॉपी कोरी पड़ी है। कल कुपित होकर मास्टरजी दूर से ही कॉपी खींचकर उसके मुँह पर दे मारेंगे– "सवाल ना करे! ढीठनी! तिमाई की तरह छमाई में भी जीरो अंडा इ लाएगी?"

ख़यालों में ही दफ़्ती से अलग होकर कॉपी के पन्ने इधर-उधर उड़ने लगे। मालूम हुआ अपने घुटे हुए सिर पर हथेली फिराते और चिकनी खोपड़ी के बीचोबीच बलखाई चोटी में गिरह लगाए मास्टरजी उसके सामने चहलक़दमी कर रहे हैं।

मास्टरजी की सूरत ही उसे असहन लगती है। पुए-सी नाक के तले बेरंग होंठों के ऊपर लेटी कनगोजरे-सी मूँछें।

वह मास्टरजी की नागवार सूरत को ख़यालों से झटककर दीवार को

ताकने लगी। दीवारों पर गए चौमासों की भोथरी पपड़ियाँ जमी थीं। बंसरी फ़ालतू बैठी भुरभरी नाज़ुक पपड़ियों को खुरचने लगी। जगह-जगह सूख चुकी काई के चकत्ते अजीब शक्लें लेकर उसे डरा रहे थे। अचानक वो चकत्ते ज़ीरो के मानिंद गोल होते गए। उसे लगा जैसे ज़ीरो बने चकत्ते एक फंद की तरह उसके गले में कस रहे हैं। उसने दीवार की तरफ़ पीठ कर ली और आँखें मूँदकर बैठ गई। ठंडी दीवार से सटी पीठ में मज्जा तक सिहरन दौड़ गई।

शंकाओं, दुविधाओं और ख़याली धींगरों से लड़ते-भिड़ते जाने कब अचाहे ही उसकी आँख लग गई थी।

रात के पिछले पहर अचानक नींद टूटी तो बंसरी की कँपकँपी बँधी हुई थी। बेतरह दाँत बज रहे थे। बड़ा हुलहुलाकर बुख़ार चढ़ा था। समूची देह अंगार-सी दहक रही थी। उसने अपने जबड़े और मुट्ठियों को भींचकर दाँतों की किटकिटाहट को रोकने की नकारा कोशिश की मगर थरथराहट किसी तरह न थमी। दाँत बदस्तूर बजते ही रहे।

घर की सलामती के लिए उसने तमाम रात एक बहादुर लड़ाके की तरह पूरी शहज़ोरी से जंग लड़ी थी। अब उसका सब्र टूटने लगा था। बुख़ार की तेज़ी से बदन ढिलमिला रहा था। आँखें और सिर यूँ भारी हो रहे थे जैसे कई किलो वज़न कपाल पर धरा हो।

दूर कहीं मस्जिद में फ़जर की अज़ान सुनाई दी। मनहूस काली रात बीतने को थी। माँ जाग गई होगी। वह दीवार का अवलंब लेकर उठ गई। इस वक़्त वह अपनी चतुराई पर इतरा रही थी कि आज अगर वह सबको घर में न मूँद देती तो माँ-पापा का न्यारा होना पक्का था। इसका अलग तोष था कि बुख़ार में उसे अब कई दिन स्कूल न जाना होगा और वह मास्टरजी की दूभर सूरत देखने से बची रहेगी।

उसने चुप्पे-चुप्पे कुंडे से साँकल उतारी। दरवाज़ा खुलते ही फ़र्श पर

बिखरी शराब की सघन दुर्गंध उसके नथुनों में आ घुसी थी। उसने सख़्ती से उदर में मचलती मितली पर क़ाबू पाया। कमरों की बत्तियाँ बुझी हुई थीं। दोएक पल रुककर आधे अँधेर में आँखें गड़ाकर देखा तो दुनिया-जहान से ग़ाफ़िल धंसरी अपनी खाट पर सोई हुई थी। पिता अपनी जगह पर नहीं थे। संभवतः शौच-पेशाब के लिए उठे होंगे। माँ के जगा होने का भी कहीं कोई संकेत नहीं था। पिता से अनखाई शायद वह कोठार में लेटी होगी। बुख़ार से जलती हुई बंसरी का मन किया माँ की छाती से लगकर कई घंटों को बेसुध पड़ जाए। कोठारे के किवाड़ बेफ़िक्री से उढ़के हुए थे। वहीं से भिंची हुई हँसी और कनफुसकियाँ बाहर आ रही थीं। बंसरी वहीं ठिठक गई।

"कलेस में सगली चूड़ी मोल गईं।" माँ की दबी हुई रसीली झिड़की उसके कानों से टकराई।

"चूड़ियों का दुहेला मत कर... अबकी पैंठ से फिर ले लियो।" पिता के सुर में मान-मनौवल थी।

बंसरी ने किवाड़ों के बीच की सँकरी दरार से देखा। रात के अंधतमस को तोड़ती मोखलों से आती भोर की उजलाई में माँ की धुमैली साड़ी उसके बेडौल झाँवले बदन से विलग होकर बिछौने पर पड़ी थी। अधनंगे अंगों पर पिता के हाथों के शिकंजे कसे थे।

"चल हट्ट ऐबदार। मैं ठैरी भुच्चड़ गँवारन। यहाँ क्या लेवे... उसी डाकनी के नेड़े जा जिस्से तेरी लाग लगी है।" नकियाई ज़बान में दिखावटी रोष और उलाहना भर आया था।

"बावली हो रई है। मेरी कोई लाग ना लगी उस राँड से।" हाँफते हुए पिता के जबड़े भिंच गए थे।

"बस्स जब-जब अपने तले दबाकर उस भूरी बामनी को दोंचता हूँ ना... तो कलेजे को ठंड-सी पड़ती है।" पिता का चेहरा अचानक ऐसा वीभत्स हो गया था जैसे अरसे से दबी कोई भड़ास अपना कोआ फाड़कर

उस चेहरे पर आ बैठी हो। बंसरी ठक खड़ी थी। इस दम बंसरी को यह चेहरा इतना ही घिनौना लगा था जितना उस बियावान दोपहर में अखिलेश भैया का।

कोठारे में एक-दूजे को पराजित करने की होड़ में दो उतावली देह गुत्थमगुत्था हो रही थीं।

और बंसरी एक अतिरिक्त गाँठ में उलझती जा रही थी।

डाई अलोन

यह सब औचक ही हुआ था। एक सुखद अनहोनी की तरह। मरियल-सी बीप के साथ कई दिनों से चुप पड़े उसके फ़ोन पर छोटी-छोटी दो सतरों का एक संदेश चमका था– 'सफ़र का सारा बंदोबस्त हो गया है तारा... बस घंटे भर में निकलना होगा।'

और जैसे किसी ने मंत्र पढ़कर फूँक दिया हो, निरे जादुई ढंग से उसकी जर्जर होती जिजीविषा उसके भीतर उचककर बैठ गई थी। वह किसी भी ढंग यहाँ से निकल जाना चाहती थी। उसे ज़रा भी अंदाज़ा नहीं था कि उसका यह मददगार कौन है। कोई परिचित या अनजान! मर्द या औरत! अल्हड़ या उम्रदराज़! मगर ज़रूर वह कोई भला इंसान होगा जो इस गाढ़े वक़्त उसकी मदद के लिए यूँ मुस्तैद खड़ा है। वह उसकी सदाशयता पर अचंभित थी।

बड़ी रवा-रवी में एक डफ़ल बैग में अपनी ज़रूरियात का सामान ठूँसते हुए वह दिमाग़ पर ज़ोर डालती है। क्या उसने ही यहाँ से निकलने को कोई जुगत लगाई थी! ठीक से कुछ ध्यान में नहीं आता। नशेवर दवाओं की ख़ुमारी है या उसकी याददाश्त उसे झाँसा दे रही है! उसे इतना

याद पड़ता है कि थोड़ी देर पहले तक वह अपने मैले और शिकन भरे बिस्तर पर लस्त पड़ी थी। उसका जोड़-जोड़ सख़्त बेचैनी से भरा हुआ था। अनवरत खाँसते हुए उसकी छाती में दर्द की एक उग्र लहर उठी थी और उसे लगा था उस लहर के साथ उसके अंदरून अंगों की चाल सुस्त पड़ गई है। उसकी साँस उसके फेफड़ों में फँस रही थी और होंठ नीले पड़ रहे थे। तब बीप की यह आवाज़ हुई थी।

वह उस संदेश को दोबारा पढ़ती है। कुछ दूर पास की पहचान के लोगों पर ग़ौर करती है। कोई नाम उसके ख़याल में नहीं उमड़ता। उसका कोई मित्र और हितैषी नहीं है जो उसकी राहत के लिए आधी रात को इस तरह निरायास ही प्रस्तुत हो जाए। आख़िरश वह सोचती है यह नेकी के लिए जीने वाला कोई स्वयंसेवक हो सकता है और उस अज्ञात उद्धारक को भूल उसकी समूची चेतना यहाँ से निकल जाने पर जुट जाती है। उसके पास थोड़ा ही वक़्त बाक़ी है। बस घंटे भर में उसे यह घर छोड़कर एक अजाने सफ़र पर निकल जाना है। अंदेशों की ओझल परछाइयाँ उसे घेरने लगती हैं। क्या इस घर के अतिरिक्त किसी घर के खाँचे में वह इतनी कुशलता से फ़िट हो पाएगी! क्या कोई दूसरा घर इतनी उदारता से उसकी अराजकता को झेल सकता है! उसके लिए इतना निरापद और सुरक्षित हो सकता है जहाँ उसकी निजता, उसका आपा बना रह सके! वह अपने घर से इस अंतरंगता से जुड़ी है जैसे उदर में पलता भ्रूण माँ की गर्भनाल से। इस बख़्तर से बाहर की दुनिया उसके लिए एक अजूबा है। उतनी ही असंगत जितना गर्भ के बाहर का लोक एक शिशु के लिए। उसने सोचा वह कितनी आबद्ध है! कितनी संकीर्ण और परिमित!

वह एकबारगी आँख भरकर अपने घर को देखना चाहती है। उसके पूरे घर पर प्रेत की तरह डरावनी लेकिन ओझल कम्बख़्ती छाई है। सामने दीवारघड़ी पर समय ठहरा हुआ है। यह घड़ी कब बंद हुई! माँ कहती थी घड़ी पर रुका वक़्त ज़िंदगी की चाल रोक देता है। याद आते ही उसके

बदन में सनसनाहट दौड़ जाती है। वह कुर्सी पर चढ़कर तुरत-फुरत सेल बदलती है। घड़ी की टिक-टिक और उसके दिल की धक-धक एकमेक होने लगती है। गोया गई हुई जान रफ़्ता-रफ़्ता लौट रही हो।

दूसरी तरफ़ लकड़ी की वॉल शेल्फ़ पर सुर्ख़ और सुनहरे रंगों से संकुलित एक धूल चढ़ी तस्वीर रखी है। उसके विच्छेद हो चुके विवाह की अंतिम निशानी। इस तस्वीर में सुहास का हाथ उसके हाथ में है। उनकी आँखें एक-दूसरे की आँखों में। पता नहीं पाँच बरसों से यह तस्वीर यहाँ क्यों है। यह बस है। नाहक और बेमतलब। इसके प्रति न उसका राग है न विराग। हाँ इसे देखकर उसके मन में एक वीतराग बजता है। उसके गिर्द सुहास की तानाशाही और लानतों के तंबू तन जाते हैं। वह यादों के जंगल से गुज़रने लगती है। महसूस होता है तस्वीर से बाहर होकर सुहास उस साँझ की तरह अभी चीख़ने लगेगा।

"मेरे ऐबों के साथ निबाह करना सीख लो... और नहीं सीख सकतीं तो..."

"तो?" वह खौल उठी थी।

"तो लौट जाओ अपने उस मनहूस दड़बे में।"

"तुम क्यों नहीं सीख लेते मेरे साथ निबाह करना?"

"क्योंकि यह घर मेरा है और मेरे हिसाब से चलता है। समझीं?"

"तो मुझे इस घर को और तुम्हें छोड़ देना चाहिए।"

सुहास की तिलमिलाहट उसे धराशायी करने पर आमादा हो गई थी। उसने उसके बाल अपनी मुट्ठी में भरकर उसे ज़मीन पर पटक दिया।

"तुम और क्या कर सकती हो! एक छोड़ी हुई औरत की बेटी घर बसाना क्या जाने!"

वह सुहास के विकारों को फिर भी झेल सकती थी, मगर उस शाम माँ के तिरस्कार के विरुद्ध उसका अहं अकड़कर खड़ा हो गया था। जाने कैसे उसके अंदर हमेशा की भीरू औरत इतनी ढीठ और हिम्मती हो गई थी।

"मैं छोड़ी हुई औरत नहीं बनना चाहती। क्यों न तुम छोड़े हुए मर्द बन जाओ।"

सुहास उसके दुस्साहस के विरुद्ध पूरी ताक़त से डकराया था, "यू क्रेज़ी बिच आई एम सिक ऑफ़ यू... गो अवे एंड डाई अलोन।"

वह जिस हाल थी उसी हाल निकल आई थी। उसने सुहास के घर को अपना घर समझने की भूल की थी। अपने घर की तरह उसके आँगन में पौधे रोपे थे। उसकी दीवारों पर अपनी तस्वीरें सजाई थीं। दरवाज़ों पर अल्पनाएँ काढ़ी थीं। उसने सुबह-शाम दीये जलाकर उस घर के उत्थान के लिए प्रार्थनाएँ की थीं। उसके रोपे हुए पौधे, तस्वीरें, अल्पनाएँ और प्रार्थनाएँ वहीं छूट गई थीं। शायद किसी एक कोने में थोड़ी-सी वह भी। फिर भी यह सुहास के साथ हुआ उसका अंतिम रण था- जिसे दो बरस बाद वह उस रोज़ हार गई थी जिस रोज़ उसे मालूम हुआ था कि एक दूसरी औरत सुहास के ऐबों को बख़ूबी निबाह रही है।

तस्वीर 'डाई अलोन! डाई अलोन! डाई अलोन!' का कोहराम मचाने लगती है। वह तस्वीर को खींचकर फ़र्श पर दे मारती है। काँच खील-खील होकर बिखर जाता है। महसूस होता है काँच की किरचनें उसके अंदर किरक रही हैं। ख़यालों से छूटने की कोई चोर गली नहीं दीखती कि चुपके से निकल भागे।

वह गला फाड़कर चिल्लाती है, "फ़क द वर्ल्ड... मुझे किसी की नहीं पड़ी। जो मरता हो मरे। मुझे जीना है... और मैं जिऊँगी।"

वह बाईं ओर दीवार पर माँ की तस्वीर को देखती है। तस्वीर पर काठ की छीलन से बनी फूलमाला चढ़ी है। तस्वीर में माँ के चेहरे पर मुस्कान है। ओढ़ी हुई अनृत मुस्कान। असल में उसने माँ को कभी मुस्कराते नहीं देखा, न ही कभी रोते हुए। माँ अकसर उसे सिखाती कि– 'अकेलापन मज़ेदार है, इसमें कोई यह बताने वाला नहीं कि तुम्हें क्या करना है, कैसे जीना है... कि तुम बेकार की चीज़ हो... एक कचरे का डब्बा जिसके

अंदर बस अपनी गंद और भड़ास भरी जा सकती है।' जब-जब माँ यह बात सिखाती उसके चेहरे पर एक झाँईं घिर आती। माँ ने सारी उम्र उसके साथ छल किया। संभवतः अपने साथ भी। क्योंकि अपने अकेलेपन को दिलेरी से वहन करने वाली माँ उसके अकेलेपन को वहन न कर सकी थी। अपनी अंतिम रात माँ की आवाज़ में रिरियाहट थी– 'हो सके तो लौट जा तारू। पहाड़-सा जीवन कैसे काटेगी!'

वह अपने जीवन से उकताई थी या नहीं यह उसे ठीक से मालूम नहीं, मगर उस रात के बाद जाने क्यों उसे पहाड़ कभी न रुचे।

उसके कमरे में सब कुछ अस्त-व्यस्त है। बिस्तर की चादर और तकिए गर्द खा गए हैं। कुर्सियों के हत्थों, पलंग की पुश्त, मेज़ की माइका और फ़र्श पर धूल की एक महीन परत चढ़ गई है। उसका मन होता है जाने से पहले एक बार घर को बुहार दे। धूल-गर्द झाड़ दे। दरहम-बरहम चीज़ों को शऊर से रख दे। मगर उसके पास अब वक़्त नहीं है। पलंग के दूसरे कोर पर रखे लैपटॉप ने भी गाद की हल्की चादर ढाँप रखी है। इसमें उसके गढ़े कई यादगार हो जाने वाले अधबने क़िस्से और ला-फ़ानी किरदार बंद हैं जिन्हें उसे मुकम्मल करना है। इसमें एक संगदिल महबूबा के पाप की अधूरी दास्तान है। वह लैपटॉप को एहतियात से बैग में रख लेती है।

उसे लेने कोई सवारी बस आती ही होगी। उसे कपड़े बदल लेने चाहिए। उसके बदन पर कई दिनों के गंदले कपड़े हैं। इन कपड़ों से पसीने की असौध उठ रही है। वह कपड़े बदलकर आईने में अपनी सूरत देखती है। कोटरों में गहरी धँस गई उसकी आँखें तँबिया गई हैं। चेहरे पर हल्दी और होंठों पर नील बिखर गया है। उसके बदन पर लाल चकत्ते उभर रहे हैं। ड्रेसिंग टेबल पर कई तरह की दवाओं के चमकीले पत्ते पड़े हैं। मगर वह दवाओं की बदमज़गी से ऊबी हुई है। पलंग से सटे बाँस के रैक पर कुछ किताबों के नज़दीक क्रिस्टल डिकैंटर में पुरानी शराब भरी है। उसके

पलंग के तले पानी की ख़ाली बोतलें लुढ़की हुई हैं। उसे महसूस होता है उसके हलक में छाले पड़े हैं और गला बेतरह सूखा हुआ है। पुरानी शराब का एक जाम शायद उसे आराम देगा। वह रसोई में चली आती है। सिंक में जूठे बर्तनों का ढेर जमा है। स्लैब पर फुई लगी डबलरोटी और अंडे के छिलके बिखरे पड़े हैं। डस्टबिन कचरे से ठस्समठस्स है। वह एक पैग बनाने के निमित्त धुला हुआ गिलास ढूँढ़ती हूँ। लेकिन कुछ तश्तरियों और प्यालों के सिवा कोई बर्तन नहीं मिलता। तश्तरियों के नज़दीक एक लाल तरल की बोतल है। इसकी तली में बुराँश के फूलों का गाढ़ा रस अभी बकाया है। अनायास उसे लगता है उसके कंधों पर अपनी नरम हथेलियाँ टिकाकर किसी ने कानों में सरगोशी की है– 'शराब नहीं यह शर्बत पियो तारा। पहाड़ों का वाइटलाइज़र... तुम्हारे डूबते दिल की अचूक दवा।' एक शर्बती हँसी के क़तरे माहौल में बिखर जाते हैं। वह बोतल में आधा-तीहा पानी भर गट-गट पीने लगती है। ज़बान बुराँश के रस के शीरीं स्वाद को नहीं पकड़ पाती। मगर उसके सूखे गले को तरावट मिलती है। बाहर हर पाँच मिनट पर कोई एंबुलेंस हौलनाक हूटर का शोर मचाती गुज़र जाती है, उसके भीतर सन्नाटा सांद्र होता जाता है।

वह थकी हुई-सी सिटिंग रूम की तरफ़ बढ़ जाती है। मालूम नहीं कितने दिनों से लगातार टीवी चल रहा है। चेहरे पर मेकअप की तबक़ चढ़ाए तीखे नक़्श वाली छरहरी न्यूज़ एंकर हाँफती हुई बराबर चीख़ रही है– 'ये तस्वीरें विचलित कर सकती हैं... श्मशानों में शव फूँकने को लंबी क़तार लगी है... क़ब्रिस्तानों में पुरानी क़ब्र खोदकर मुर्दे दफ़नाए जा रहे हैं।'

थोड़े-थोड़े अंतराल पर लाल हुई स्क्रीन पर ब्रेकिंग न्यूज़ शाया होती है। न्यूज़ एंकर और ऊँचे स्वर में चीख़ने लगती है– 'फ़लाँ अस्पताल में ऑक्सीजन की क़िल्लत से बीस मरीज़ों ने दम तोड़ दिया। फ़लाँ जगह बारह मर गए।'

उसकी देह दहशत से फरफरा उठती है। वह झटके से टीवी ऑफ़ कर देती है। वह महसूस करती है वह हाँफ रही है। उसे ऑक्सीजन चाहिए। वह लंबी साँस खींचकर हवा को अपने भीतर भरना चाहती है मगर उसके नसूढ़ों में सड़ांध भरने लगती है। वह हैरान होती है यह कैसे संभव है! उसे याद है कई रोज़ पहले उसकी इंद्रियाँ स्वाद और गंध की अपनी सामर्थ्य खो चुकी हैं।

उसके घर में बहरजा एक नागवार बू उड़ रही है। ऊपरी मंज़िल से आँगन तक, आँगन से बरामदे तक, बरामदे से रसोई तक, रसोई से कमरों तक और कमरों से ग़ुस्लख़ाने तक एक अनसहत गंध। जैसी कसाईबाड़े के नज़दीक गुज़रने पर उड़ती है। सड़े हुए गोश्त की घिनावनी बू। वह इससे निस्तार पाने को एयर स्प्रे का नॉज़ल दबाकर लैवेंडर की सुहानी महक तलब करती है मगर माहौल में वही दुर्गंध थिर रहती है। जो शायद उसकी हथेलियों और नथुनों से होकर उसके रक्त में भी बस गई है। वह दुपट्टे से अपनी नाक भींच लेती है। उसकी साँस उखड़ने लगती है।

गंधाते घर में सब तरफ़ गहरी ख़ामोशी पसरी हुई है। एकाएक इस ख़ामोशी को तोड़ती हुई पैनी चिकचिकाहट उसके कानों में पड़ती है।

"तारा!... तारा!... तारा!"

"मेरी जान तारा!"

"कहाँ हो... कहाँ हो...?"

"ताराऽऽऽ! मेरी जान ता...रा... कहाँ हो?"

"ओ तारा!!!"

यह टूट्स की आवाज़ है। सब्ज़ परों वाला बातूनी टूट्स। समूची दुनिया में उसका अकेला संगी। वह बरबस ही आँगन की ओर मुड़ जाती है। पंद्रह बाई पच्चीस का यह आँगन इस सूने घर का इकलौता मुदित कोण है। यहीं से वक़्त-बेवक़्त टूट्स की बर्बर टेर उठती है।

एक अरसे से यह वाचाल नक़्लची तोता उसकी सनक है। वह कौन-

सा बरस था यह याद नहीं। उसे साल, महीने और तारीख़ें अमूमन याद नहीं रहतीं मगर जाने क्यों मौसम याद रहते हैं। वह इन दिनों की तरह एक उष्ण दोपहर थी जब माँ ने स्टील के चिलकते पिंजर में फड़फड़ाता यह हरियल परिंदा उसे थमाया था। उस दोपहर से पहले की रात तेज़ अंधड़ और बौछार हुई थी। बिजलियाँ अपनी पूरी ताब से कड़क रही थीं। घर की बत्ती गुल थी और माँ डेढ़ बजे तक नदारद थी। टूट्स उसकी उस तन्हा रात के लिए माँ का प्रायश्चित था जो उसे सौगात की तरह मिला था। माँ ने कहा था- "तारू, अब तू कभी अकेली नहीं होगी... तोते की उम्र अस्सी बरस की होती है।"

माँ उसके अकेलेपन को लेकर चिंतित और सजग थी। उसे अपनी इकलाई दूर करने को कोई कारण नहीं चाहिए था। वह माँ के लिए टूट्स की तरह थी। क़फ़स में क़ैद उसकी बोलती चिड़िया। किसी समय वह भी टूट्स की तरह फड़फड़ाकर खुली दुनिया में उड़ जाना चाहती थी, मगर धीरे-धीरे वह इस क़ैद की इतनी अभ्यस्त हो गई थी कि उसे बाहर निकलते खौफ़ होता था। असल में उसके अठारह का होने तक माँ हमेशा इस संत्रास में रही कि उसके पिता जबरन उसे छीन सकते हैं। आम बच्चों की तरह उसे घर से बाहर बाग़-बग़ीचों में खेलने की अनुमति नहीं थी। यहाँ तक कि वह सुबह ख़ुद उसे घर से पाँच सौ क़दमों के फ़ासले पर स्कूल छोड़ने जाती और अपनी तमाम व्यस्तताओं को नकारकर छुट्टी के वक़्त स्कूल के गराँदार फाटक के सामने मौजूद रहती। उसके बाद मुख्य दरवाज़े पर एक हट्टा-कट्टा ताला जड़कर माँ दफ़्तर लौट जाती। उसकी दुपहरियाँ निपट बियाबान होती थीं और शामें बेहद उबाऊ। टूट्स के बाद उसे किसी और की गरज़ न हुई। उसने किसी की राह नहीं देखी। माँ की भी नहीं। उसका खाना-पीना, सोना-जागना, पढ़ना-खेलना सब टूट्स के साथ था। वह उसके लिए अपरिहार्य हो गया था। वह उसके सिवा किसी के साथ मुखर न हुई।

मगर आने के चंद दिनों बाद ही टूट्स बीमार हो गया था। उसने खेलना और टेरना छोड़ दिया था। वह सब खाया-पिया उलट देता। उसकी भूख ख़त्म हो गई थी। उसके पिंजरे के तले तरल मल फैला रहता। उसके चमकीले पर झालरदार होने लगे थे। वह ज़्यादातर समय अपना सिर पंखों में छिपाए सोया रहता। उन दिनों उसका हाल भी कमोबेश टूट्स की तरह हो चला था। उसके साथ वह भी खाना-पीना भी भूल गई थी। लेकिन उसकी तरह सोने की जगह वह दो दिन दो रात हर पल जगी रही। वह किसी सूरत अपने उस संगी को नहीं खोना चाहती थी जिसे न जाने क्या हुआ था!

"साइटाकोसिस।" एवियन वेट ने बताया था।

"कैसे! यह तो हर वक़्त पिंजरे में रहता है।" उसका संक्रमित होना सचमुच हैरानी की बात थी।

"क्रॉनिक इन्फ़ेक्शन है। शायद जहाँ से आया वहीं से साथ लाया हो।"

"बच तो जाएगा न? तारू की जान बसी है इसमें।" माँ को अपनी चिड़िया की फ़िक्र थी।

"कह नहीं सकता।" डॉक्टर ने कोई पक्का आश्वासन नहीं दिया।

फिर भी टूट्स बच गया था। उसके लिए। अपनी संगी तारा के लिए। उसके बाद वह सचमुच ही कभी अकेली न हुई। माँ की तरह वह भी मान बैठी थी कि उसकी जान टूट्स में बसी है।

वह सोचती है यह क़िस्सा सदियों पुराना है कि एक दानव की जान तोते में बंद थी। क्या वह दानव फिर जन्म लेकर उसकी काया में आ बैठा है! उसके रोएँ-रोएँ में अतुराई-सी उठती है। क्या वह एक मानवी नहीं दानवी है!

टूट्स उसे आवाज़ देकर चुप पड़ गया है। बल्ब की ज़र्द रौशनी में अच्छा बड़ा खुला आँगन घिरा-घिरा सा लगता है। यहाँ बूचड़ख़ाने जैसी बदबू और गहरी हो गई है। ऊपर के कमरे को जाने वाली सीढ़ियों पर

गाढ़ी गर्द है। जैसे कब से न बुहारी गई हों। कमरे के दरवाज़े पर ताला जड़ा है। खुली खिड़की से ट्यूबलाइट की दूधिया रौशनी फूट रही है। वह जाने किस अदृष्ट भय से घबराकर खिड़की से नज़रें हटा लेती है। नीचे सीमेंट की नाँद में लगी नीले फूलों से लदी अपराजिता बदरंग दीवार का सहारा लिए दुमंज़िले पर चढ़ रही है। सूखे ज़र्द पत्ते और नीले फूल आँगन और सीढ़ियों पर बिखरे हुए हैं। गर्मी के ज़ोर से गमलों की मिट्टी तिड़क रही है। बौने डहेलिया और सदाफूली कुम्हला रहे हैं। आधी रात पौधों को छूते पाप लगता है लेकिन वह घर छोड़ने से पहले कुम्हलाए पौधों पर पानी छिड़कती है। प्यासी मिट्टी हल्की-सी छुन्न के साथ सारा पानी सोख लेती है। काश! अबकी मानसून जल्द आ जाए तो उसके पीछे पौधे हरे रहेंगे। वह घर के सारे अवयवों को गहरी चाह से देखती है। आँगन में रस्सी पर सूखने को टँगी धारीदार मर्दाना कमीज़ और सलेटी पतलून के रंग धूप में पड़े-पड़े फीके हो रहे हैं। वह उनसे कतराकर गुज़रती है। गोया वे कमीज़-पतलून नहीं हाड़-मांस की बाँहें और टँगड़ियाँ हैं। उसे लगता है ये बाँहें और टाँगें अजगर की तरह अपनी कड़क लपेट में उसे मसोस रही हैं। इस लपेट में उसकी खड़खड़ाती पसलियाँ तिड़क जाएँगी और कहीं इसमें उसकी गर्दन फँस गई तो! वह कमीज़-पतलून को रस्सी से नोच गड्ड-मड्ड कर ज़मीन पर फेंक देती है। उसका बदन ख़ौफ़ से थर्राने लगता है। वह आँगन के दूसरी ओर टूट्स के पास दौड़ जाती है। अपनी थरथराती उँगलियों से पिंजरे को टकोरती है।

"टूट्स तुम सो गए? उठो न। तारा को डर लग रहा है।"

सुस्त पड़ा टूट्स उसकी आहट सुनकर पिंजरे में बेकली से फड़फड़ाता है और जालीदार दीवारों से टकराकर हैंगिंग पर्च पर झूलते हुए फिर चिकचिकाने लगता है।

"तारा, टूट्स को भूख लगी है, टूट्स को खाना दो... तारा, टूट्स को भूख लगी है, टूट्स को खाना दो।"

उसके खाने का कटोरा ख़ाली है। वह उसके पिंजरे में हाथ डालकर उसे बादाम की गिरियाँ देती है। सूखे कासे को पानी से भरती है। वह जाने कितने दिनों से बेजान पड़ी थी! टूट्स कितने रोज़ का भूखा है! शायद यह चौहदवाँ दिन है। वह कुट्ट-कुट्ट बादाम कुतरता है, लाल चोंच में पानी भर अपने ख़ुश्क गले को तर करता है और वह उसके स्निग्ध पाँखड़ों पर उँगलियाँ फेरती है। चर्ब-चिकने परों की यह लचीली छुअन उसे हमेशा भली लगती है। वह अपने झलमल सब्ज़ परों को सुर्ख़ चोंच से फुलाकर उसे अयानेपन से तकने लगता है। टूट्स की गोल-गोल मटकती आँखों में उसके लिए लगावट भरी है।

उसकी पलकों पर नमी तिर आती है।

"टूट्स मेरी जान! मैं जा रही हूँ। मेरे बाद तुम्हें कौन देखेगा!"

वह जानती है अब वह उसे रिझाने के लिए क्या करेगा। वह उसे दोहराएगा। मगर वह नक़लची इस दफ़ा उसकी नक़ल नहीं करता। अपनी कंठीली गर्दन मचकाता हुआ वह बारम्बार एक ही बात टेरता है।

"तारा, मुझे खोल दो... तारा, मुझे खोल दो... मुझे खोल दो... मुझे... खोल..."

उसकी देह में सिहरन दौड़ जाती है। उसे लगता है जैसे कोई किसी बंद दरवाज़े को ज़ोरों से पीट रहा है। एक कातर आवाज़ भोथरी आरी की तरह उसे चीर रही है– 'मुझे खोल दो... मुझे खोल दो।'

वह अपनी हथेलियों से अपने कान बंद कर लेती है।

"इस तरह मत चिल्लाओ टूट्स। मुझे डर लग रहा है।"

टूट्स फिर दोहराता है– "मुझे खोल दो। मुझे खोल दो।"

उसे टूट्स की टेर में किसी की याचना सुनाई पड़ती है। वह भारी मन से उसे अपनी हथेलियों में भरकर अँधेरे आसमान में उड़ा देती है।

"तुम्हें आज़ाद करने की घड़ी आ गई टूट्स, उड़ जाओ मेरी जान। कहीं भी रहो जीते रहना कि तारा को अभी ज़िंदा रहना है।"

उसे लगता है उसका कोई बहुत ज़रूरी हिस्सा उससे छूट रहा है। उसके दिल में नुकीला चोबा-सा धँसता जाता है। मगर टूट्स एक बार भी मुड़कर उसे नहीं देखता। वह अपने पर फड़फड़ाकर अँधेरे आसमान में गुम हो जाता है। उसे सुग्गे की तरह आँखें फेरने वाली कहावत के मायने समझ आते हैं। अपने दायित्व निर्वाह के तोष और बिछोह के खेद में उसे क्या अधिक महसूस होता है, वह समझ नहीं पाती।

बरवक़्त बाहर टैक्सी का हॉर्न बजा था। वह डफ़ल बैग को पहियों पर ठेलती घर से निकल आई थी। दरवाज़े के आगे रबर के छल्ले में बँधे कई दिनों के बासी अख़बार उसके पाँव से टकराए तो बलात उसे धारावार चिंघाड़ती हुई न्यूज़ एंकर याद आ गई। उसने सिर झटककर दुनिया की तमाम डरावनी ख़बरों से रिहा हो जाना चाहा। कार के बंद काँच से झाँकता ड्राइवर उस पर नज़र पड़ते ही फुर्ती से बाहर निकल आया था। वह खल्वाट खोपड़ी वाला ठीक-ठाक क़द का तोंदल-सा आदमी था। उसने अपने मुँह पर लगा मास्क दुरुस्त किया और उसका सामान डिक्की में जमाने लगा। अपने ज़ेहन में देर से खदबदाती उत्कंठा को अंततः उसने ड्राइवर के आगे उगल दिया– "आपको यहाँ किसने भेजा है?"

"नाम तो बताया नईं मैडम जी।" ड्राइवर ने चिकना सिर खुजाया। "मैसेज मिला था कि लंबे सफ़र की सवारी है। यहाँ आने को बोला सो आ गए।"

"अच्छा... हम कहाँ जा रहे हैं?"

"आपको नहीं मालूम?" वह उसे हैरत से देखकर अपना फ़ोन खँगालने लगा। "एक पता भेजा था। अल्मोड़ा का कोई गाँव है।"

"हाँ ठीक है रहने दो।" वह पिछली सीट पर धम्म से पसर गई, "चलो।"

"बस आप ही जाएँगी... और कोई नहीं?"

"हाँ मैं ही। और कौन?" उसने अपने को सजग होते पाया।

"हमारा मतलब... बाल-बच्चे, माँ-बाप, भाई-बहन, यार-दोस्त कोई नहीं?"

"नहीं। मैं अकेली रहती हूँ।"

"इतने बड़े घर में अकेले कैसे रह लेती हैं साब!" उसकी आँखें अचरज से फैल गईं, "कोई किरायेदार ही रख लेतीं।"

"किरायेदार! क्या मतलब है तुम्हारा? मैं क्यों... क्यों रख लूँ भला?" उसके पूरे बदन में शंकाओं की सुइयाँ चुभने लगीं।

"ऐसे ही मैडम अकेली जो रहती हैं। रात-बेरात दुख-मुसीबत में सहारा रहेगा... बैठे-बिठाए दो पैसे जुड़ेंगे।"

"मुझे सहारों की लत नहीं।" उसने रूखा-सा उत्तर दिया।

उसकी वाचालता उसे परेशान कर रही थी। अपनी अरुचि दिखाने को वह कानों में ईयरफ़ोन ठूँसकर बैठ गई। मगर फिर ख़ुश्क खाँसी के सिलसिले उसे बेचैन करने लगे। वह नाक और मुँह पर मास्क चढ़ाए भिंची-भिंची खाँस रही थी और ड्राइवर छिपा-छिपा उसे बैक व्यू मिरर में संदिग्ध निगाहों से देख रहा था। उन दोनों के बीच प्लास्टिक की एक पारदर्शी झिल्ली थी।

"आपकी तबीयत ख़राब लगती है... बुख़ार-वुखार तो नहीं?"

वह घबरा गई थी। जैसे चोरी करते पकड़ ली गई हो। उसका हाथ आप ही आप माथे पर पहुँच गया था। उसे ताज्जुब हुआ। उसका हाथ और माथा एकदम ठंडे थे।

"नहीं-नहीं... बुख़ार ज़रा भी नहीं... मैं बिल्कुल अच्छी हूँ। बस मुझे धूल से एलर्जी है।"

"अरे होता भी तो क्या हुआ साब आदमियत भी कोई चीज़ है... आपको ठिकाने पर छोड़कर ही आते... ग़रीब को किसी की छूत-वूत नहीं लगती।"

वह अजीब तरह हँसा था। उस पर या फिर अपनी नियति की निर्दयता पर! वह नामालूम क्यों सिकुड़ गई थी। उसकी हँसी में उलाहना था। बराबर से कोई एंबुलेंस 'हुईंऽऽऽ हुईंऽऽऽ' हल्ला मचाती गुज़र गई।

ड्राइवर ने डैशबोर्ड पर रखी बीड़ी सुलगा ली। "सोचता हूँ कुछ दिन एंबुलेंस की ड्राइवरी कर लूँ। आजकल इनकी चाँदी है।" उसने उसकी सहमति के लिए अपनी मोटी गर्दन मोड़कर उसे देखा।

"इधर दो महीने हुए एक सवारी नहीं मिली। लोग घर में दुबककर बैठे हैं। गाँठ का जमा जथा सब उड़ गया। परिवार मुँह फाड़े बैठा है। ख़ाली पेट तो कुड़कता ही है। स्साला... वैसे नहीं तो ऐसे मरो।"

वह उसकी सम्मति में धीमी हुंकार ही भर पाई थी। उसे चौंक हुई थी कि वह उसकी बीमारी से डरा हुआ नहीं है। उसे बेफ़िक्री की साँस आई थी। मगर एसी की ठंडक से सिर वज़नी हो रहा था। ताज़ी हवा के लिए उसने शीशे खोल दिए। इतनी रात भी हवा में हरारत थी। कुनकुनी हवा उसके गालों से तड़-तड़ टकराने लगी। आसमान में धुँधलका था। चाँद-तारे सब नाबूद। धुँधुआया आसमान उसे किसी याद में ले गया। ड्राइवर की उँगलियों की हल्की-सी हरकत से आबिदा परवीन ने अपनी सूफ़ियाना आवाज़ में आलाप लिया।

'कुछ इस अदा से आज वो पहलूनशीं रहे
जब तक हमारे पास रहेऽऽऽ हम नहीं रहे।'

उसने अपनी थकी हुई आँखें मूँद लीं। अचानक जैसे मौसम बदल गया हो। उसे लगा वह अकेली इस अँधेरे आसमान में नहीं झाँक रही थी। कोई उसके साथ गुलाबी जाड़े में छत की मुँडेर से सटा इस धुँधलाई को ताक रहा है। उसकी उदास आँखें उससे महानगर की चुगली कर रही हैं।

"रोज़ी की ढूँढ़ कहाँ से कहाँ ला छोड़ती है तारा। धूल-धुएँ का यह शहर कितना अजीब है... देखो तो यहाँ आसमान में सितारे भी नहीं

दीखते।"

कहते हुए उसने नरमी से उसे अपने पहलू में ले लिया है। उसके उघड़े कंधे पर अपनी चिबुक टिकाकर उसने अपना चेहरा उसके घनेरे बालों में छिपा लिया है।

"मेरे साथ पहाड़ों पर चलोगी तारा... वहाँ ढेरों तारे होते हैं और हवा तो ऐसी खरी कि मरता भी जी उठे।"

वह कुढ़कर उसकी पकड़ से छूट गई है, "मरने को होऊँगी तो सोचूँगी... तुम क्यों नहीं लौट जाते अपने उन आसमानी सितारों के पास?"

"क्योंकि यहाँ धरती का सबसे आबदार तारा है। जो वहाँ नहीं है।"

वह हँसने लगा है। उसकी दँदानुमा शोख़ हँसी सिर से पाँव तक उस पर पसर गई है। उसके चेहरे पर साँसों की ताप तरंगें गिरने लगी हैं। वे खुले आसमान के तले ठंडे खुरखुरे फ़र्श पर बिछ गए हैं। उसकी देह उदार हो रही है। इतनी उदार कि वह अदेह हो गई है।

"आपको पहाड़ अच्छे लगते हैं?" ड्राइवर पूछ रहा था। वह अचकचाकर सिमट गई थी।

"नहीं।"

"तो इतनी दूर क्यों जा रही हैं?"

"जीने के लिए।" उसके होंठों से एक आह बिछल गई।

"किसी ने कहा था वहाँ रहने से उम्र बढ़ जाती है... मरता भी जी उठता है।"

वह हो-हो करते हुए हँसने लगा था। जैसे उसने कोई भारी मज़ाक़ किया हो। उसे उसका प्रहास चिढ़ाता हुआ जान पड़ा था।

महानगर पीछे छूट गया था। एंबुलेंस का डरावना शोर भी। हवा में हल्की ठंडक उतर आई थी। सड़कें साफ़ थीं। गाड़ी अपने वेग से निर्दिष्ट रास्ते पर दौड़ रही थी। यह रात का ऊँघासा पहर था। ड्राइवर की आँखों में नींद भरने लगी थी। वे चाय के सबब एक तबाह-हाल थड़ी पर रुक

गए थे। एक काला भुजंग मरघिल्ला आदमी चौदह इंची टीवी पर आँख जमाए बैठा था। उन्हें देखकर उसने अपने गमछे से टुटियल बेंच और जगह-जगह से उखड़ी चालू माइका से मढ़ी मेज़ पर झाड़न-सा फेर दिया। फिर कुछ सोचकर उसी गमछे को अपने नाक-मुँह पर कस लिया। अब उसकी आवाज़ किसी गहरे कुएँ से आती हुई लग रही थी।

"देवेंदर ओ देवेंदर... अबे ढै गया क्या?"

तिरपाल के पीछे से कोई कुनमुनाया। दस-बारह साल का एक लड़का आँखें मलता बेमर्ज़ी से हाज़िर हुआ।

"क्या है?"

"कम मीठे की दो कड़क चाय बना... इलाची गेर दियो।" कहते हुए भी उसकी आँखें टीवी स्क्रीन पर चस्पाँ थीं। ख़बर पढ़ने वाले की सर्द आवाज़ उसके बदन में सिहरन भर रही थी– 'ग़ौर से देखिए ये तस्वीरें। संगम की रेत पर मुर्दों का पूरा मोहल्ला बस गया है। नदी तट पर सैकड़ों मुर्दे रेत उघाड़कर बाहर निकल आए हैं। चील, कौवे और कुत्ते सड़ी हुई लाशों को नोच रहे हैं।'

"च्च च्च च्च च्च... ऐसा बखत ना देखा भैय्या... परलय ऐसेई आती दीखे।" छोटे लड़के को परे कर मरघिल्ले आदमी ने खदकती चाय कपों में छानी। "ईमान की बात कहूँ... जीता आदमी भले अनीत झेल ले, मरा तो अपना हक माँगेई माँगे।"

जवाब में ड्राइवर ने खौलती चाय की लंबी सुड़की भर कहा, "हाँ भई, रेत क्या सात तालों में छिपा लो, मुर्दे सड़ांध मारकर अपने होने की गवाही देते हैं।"

उसका मन वहीं अटक गया। अंदर जैसे कोई द्वंद्व छिड़ गया था। 'कोरी बकवास है,' वह ख़ुद में बुदबुदाई थी।

"मरा हुआ आदमी भला हक़ माँगता है! और... और कहीं अपने होने की गवाही देता है!"

उसके हाथ-पाँव निसत्व हो गए थे। वह चाय छोड़कर उठ गई। उसका मन हुआ वह अपनी आँखें मूँद ले और ये सारे द्वंद्व यहीं मर जाएँ। उसके बाद का सफ़र सघन चुप्पी में कटा। गाँव-गिराँव, क़स्बे-शहर, खेत-खलिहान, पुल-पोखर पार करते-करते उसके बदन का बंद-बंद दुखने लगा था।

चढ़ाई शुरू हो गई थी। कितना लंबा सफ़र था। कटता ही न था। जैसे यह आख़िरी सफ़र हो। जैसे उसे फिर कभी कहीं न जाना हो। साल-सागौन के संकुलों में उलझ-उलझकर आँखें पथरा गईं। घूम-घुमारे रास्ते आए तो चीड़ों की पाँत को देखते हुए सिर घूमने लगा। सवेरे की रौशनी अलग आँखों में चुभ रही थी। पहाड़ों पर शायद बरसातें शुरू हो चुकी थीं। पेड़ों के तनों को फ़र्न और लाइकन ने ढँक लिया था। पहाड़ी पेड़ों की सभ्य सुघड़ तराश को देखते हुए वह सोच रही थी टूट्स जाने किस पेड़ की फुनगी पर बैठा होगा या फिर किसी अजनबी छत पर। उसने मन-ही-मन टूट्स की सलामती की दुआ की।

डामर रास्ते को छोड़ एक अंधे मोड़ पर गाड़ी पथरीली सँकरी राह पर उतर गई। इस रास्ते पर शायद जाड़ों में बर्फ़ जमी रहती होगी। इसी से सड़क पर चोंकीले रोड़े उभर आए थे। कुछ देर हिचकोले खाकर घुर्र-घुर्र करते गाड़ी रुक गई। वहाँ दूर तक बसासत न थी। उसे ख़ुद पर खीझ हुई कि वह इस निचाट में आख़िर क्या करने को चली आई है!

"आगे रास्ता ख़राब है गाड़ी नहीं जाएगी... यहीं उतरना पड़ेगा।" ड्राइवर ने कहा।

"यहाँ कहाँ! यहाँ तो कुछ भी नहीं।" वह आर्त हो उठी थी।

"पहाड़ के पिछली तरफ़ गाँव है। वहीं ठहरना है। लॉज मालिक अभी आता होगा।"

ड्राइवर बाहर निकलकर गाड़ी के बोनट से टिककर बीड़ी फूँकने लगा। उसने सब तरफ़ झाँककर देखा। दूर से दूर तक कहीं आबादी न थी।

नीचे पहाड़ों के पैरों को पखारती मौज़खेज सुयाल अपनी रौ में भागी जा रही थी। दिन का आख़िरी पहर हो चला था। धूप ढल रही थी। घसियारनें, चरवाहे और चरिंदे-परिंदे घरों को लौट रहे थे। उसे ठंड चढ़ने लगी थी।

तभी कुछ दूर पगडंडी से एक लागर बूढ़ा चुस्त चाल से उतरता हुआ आया। उसके चेहरे पर अनगिनत सलवटें थीं और तीन-चौथाई बाल शुभ्र हो चले थे। गर्दन की चमड़ी पिलपिली होकर लटक रही थी। हाथों पर नीली नाड़ियों का महीन जाल बिछा था। उसके छिदे हुए कानों में मुरकियाँ पड़ी थीं।

"ठंडाक बखत हो रा बल।" उसने उसे काँपते देखकर ठेठ पहाड़ी तान में कहा और अपने बारीक बदन पर लिपटी पंखी उसे ओढ़ने को दे उसके वज़नी बैग को दफ़्ती के ख़ाली डिब्बे के मानिंद उठा लिया। उसने बूढ़े को हैरत से देखा। उसका पूरा वजूद ही बड़ा अज़गैबी था। वह उसके चेहरे पर आए भय को ताड़ गया था।

"डर नी चेली मि खीमानंद... त्यार बुबू जस ठैरा फिर।"

उसे हैरत नहीं हुई कि वह उसकी भाषा को लगभग समझ रही थी। उसने मुड़कर ड्राइवर को देखा। ड्राइवर ने गाड़ी मोड़ते हुए उसे विदा की मुस्कान दी।

"उकै जाण द्यो रे तु मेर संग औ।"

बूढ़ा बिना श्रम पगडंडी पर चढ़ने लगा। बूढ़े की काठ की चप्पलों की क़दमताल का पीछा करते उसका दम फूल रहा था। उसका हाल देखकर वह हँसने लगा।

"माथु माथ हिटो। आसान हैं जा।"

वह पाँव जमाकर धीरे-धीरे चलने लगी। उसके लिए इस टेढ़-मेढ़ औघट रास्ते पर चलना सहल न था। कहीं पिरूल बिछे थे कहीं कंकड़। बूढ़ा भली तरह अभ्यस्त था। सो बतियाता हुआ बेखटक चल रहा था।

"को सैर बटी छे रे चेली?"

"दिल्ली।"

"वाँ त लोग बिमारी बटी मर रईं नै?" वह रुककर उसे देखने लगा।

"हाँ रोज़। हज़ारों।" उसका गला ख़ुश्क हो रहा था।

उसके सिकुड़न भरे चेहरे पर सहसा चिंता डोलने लगी, "शिबू! शिबू! म्यर चेल वाँ रूँ। पर छब्बी-शताईश दिन बटी वेक क्वे खबर नि मिली, क्वै फोन-फाण नि आया बल। मैंक वीक फिकर है री। उकै सिवा म्यर ओर को छू नी यो दुनी में।" कहते-कहते बूढ़ा रोने को हो आया। उसने उसके हाथ थामकर आग्रह किया।

"तू वाँ जैबेर मिकें वीक खबर दिए चेली?"

वह भला किसी पचड़े में क्यों पड़ेगी! उसे बूढ़े की अपेक्षा बोझिल लग रही थी। उसने उसे टालने को कहा, "लौटती दफ़ा मेरे साथ ही चलना।"

"ओईजा। मि बूढ़ा ठैरा फिर। यो पहाड़ों थें उतरबेर कब्भै तली सैर तक नि ग्युं।"

"अच्छा तो उसका पता देना। मैं तलाश करूँगी।" उसने हाँफते हुए उसे नक़ली दिलासा दी।

"पता त मैंक पत्त नी छु।" वह उदास हो गया।

"बेकार की फ़िक्र न करो, वह ठीक ही होगा।" उसकी बातों से उकताई-सी वह एक चिकनी चट्टान के सहारे सुस्ताने लगी। "और कितनी दूर है?"

"बस याँ ई जरा आघिल।"

पगडंडी छूट गई थी। तुंग चढ़ान के बाद लकड़ी का जर्जर पुल पार कर कोई सात-आठ सौ क़दमों के उतरान पर ख़सपोश मैदान था। वे वहीं दरख़्तों से घिरे एक पुराने दोतल्ले मकान के आगे रुक गए। वह मंत्रबिद्ध-सी उस घर को ताकती रही। यह जैसे कोई जादुई गेह थी। जैसे वह लंबे वक़्त से एक पहाड़ी घर की अपनी फंतासी में इस इमारत को संजोती रही है। भड़कदार नीले रोगन में डूबे दुपल्ले दरवाज़े। चौखटों पर नक़्क़ाशी।

लोहे के सींखचे लगे जंगले। ढलुआ छत वाले दुमंज़िले के छाजे के आगे लक्कड़ की झाँप और छत की बल्लियों में चार सूत लंबे सुराखों से झाँकती चिकचिकाती गौरैयाएँ।

"य घिनौड़ाक घोल छे।" बूढ़े ने ज़मीन पर चिड़ियों के लिए दाने छिटकाते हुए बताया।

उसने सोचा, काश गौरैया के लिए बने इन सुराखों में किसी एक से झाँककर टूट्स उसे आवाज़ लगाता– 'तारा टूट्स को भूख लगी है, टूट्स को खाना दो।'

बूढ़ा उसका सामान घर के भीतर रख पिछवाड़े गोठ में चला गया था जहाँ गाय रंभा रही थी। वह सीधे भीतर जाने की जगह अपने चुरमुट बदन को हरी दूब पर चित छोड़कर लंबी साँसें भरने लगी। वह सारी ताज़ी हवा को अपने फेफड़ों में संचित कर लेना चाहती थी। यहाँ सचमुच जीवन था। उसे किसी संक्रमण का डर न था। उसके चौतरफ़ देवदारों की हरियल बनराई थी। साफ़ हवाओं से झूमती रंग-बिरंगे फूलों की कलगियाँ और गवैया चिड़ियों के गीत थे। मैदान के दूसरे छोर पर ऊँची पहाड़ी से गिरते फेनिल आबशार का नाद कानों को रिझा रहा था। उसने अपने धूलिहा चेहरे पर ठंडे पानी के छपके मारे। उसके चेहरे की रौनक़ लौट रही थी। एक पल को लगा वह बैकुंठ में है। उसने ज़ोर से अपना नाम पुकारा– 'ताराऽऽऽ... ताराऽऽऽ' उसकी आवाज़ बीच की खाई को लाँघ पहाड़ से जा टकराई।

सरेशाम ही रसोई के धुआँरे से धुआँ उठने लगा था। भट भुनने की सौंधी गंध उड़ी तो महसूस हुआ कि उसके नथुनों में अब सड़न की भड़क नहीं भरी है। उसकी भूख बढ़ गई थी। बूढ़े खीमानंद के चौके का आस्वाद उसकी ज़बान को लग गया था। ठेठ पहाड़ी खाना था। भट के डुबुक और भात, आलू के गुटके, काले तिल-भाँग की चटनी और मिष्टान्न में झुँअर

की खीर। बूढ़ा आग्रह और अनुराग के साथ खिलाता जा रहा था।

"अरे। बस्स हैगो! जरा भात आय लियो नै।"

कितने दिनों बाद वह अघाई थी।

आठ बजते-बजते घर में मौन भर गया था। बस ज़रा-मरा काम निबटाते खीमा बुबू की काठ की चप्पलों की ठक-ठक माहौल में गूँज रही थी।

"तु सै ज्यू चेली... मि भैर जागि रै हाँ।" कहकर न जाने किस सोच में ग़ोते लगाता बूढ़ा अँधेरी चाख (बैठक) में पड़ा चुरुट का धुआँ पीता रहा। और वह भीतर कोठरी में अपने देर रात तक जागने के व्यसन से अकुलाई ख़ाली-सी खिड़की से बाहर ताकने लगी। यह रात चँदीली न थी लेकिन साफ़ आसमान पर बेशुमार तारे थे। उसे अपने शहर के धुँधुआए आसमान की याद आ गई। जाने क्यों उसे अपने नंगे कंधे पर एक चुंबन की बेक़ाबू तलब उठी थी। उसने ढिबरी के उजास में सामने दीवार में जड़े क़द-ए-आदम आईने में अपना अक्स देखा, पंजों पर उचककर उघड़ी देह में एक अलज्ज लचक भरी और सोचा आज पहाड़ों पर धरती का सबसे आबदार तारा दमक रहा है।

सुबह खीमा की पोपली गुनगुनाहट ने उसे जगाया था–

'भुर भुरू उजाओ हैगो
डान काना में सुर सुर
बाज मुरुली तुर तुर
हाओ चली रे फुर फुर...'

खीमा बुबू हर आधे मिनट पर हिचकी लेता और फिर गुनगुनाने लगता–'भुर भुरू उजाओ हैगोऽऽऽ'

उस वक़्त वह आँखें मूँदे ही सोच रही थी कि यह बूढ़ा आख़िर सोता

कब है!

"दफोर हुण वाल छू। उठ जा चेली।" बूढ़े बुबू ने फिर हिचकी ली।

उसकी अलस देह पर धूप की पीली तितलियाँ उड़ रही थीं। आँखों पर अब भी कच्ची नींद से जाग पड़ने की कैफ़ियत तारी थी।

वह उसके पैताने खड़ा था। उसने उसे गुड़ की डली के साथ भर गिलास चाय दी। उसने मन-ही-मन अपनी देर से जागने की आदत को कोसना भेजा कि जीवन छीज रहा है। एक रोज़ तो उसे हमेशा को सो ही जाना है।

"पाख में काग बुलण लागरो एस लागु क्वे आल।" बूढ़े को लगातार हिचकी लगी थी।

इस उजाड़ में कौन आएगा भला! उसने सोचा और गुड़ के कटगे कुतरते हुए चुपचाप चाय चुसकती रही। वह हिचकियाँ लेते हुए उसका बिस्तर झाड़ने लगा।

"रात्ति बटी बाटुई लाग रे क्वे मैंक याद करनो।" वह आँख मूँदकर कुछ बड़बड़ाने लगा। उसे यक़ीन था बूढ़े बुबू ने हिचकियाँ रोकने के लिए ज़रूर अपने प्यारे लड़के का नाम लिया होगा। उसे उसके अहमकपन पर हँसी आने लगी थी।

बूढ़ा हिचकियाँ लेते हुए उसे अपने लड़के की सादगी और सीधेपन के क़िस्से सुनाने लगा। उसकी आल- जाल बातों से छूटकर वह चाख में पड़ी आरामकुर्सी में धँसकर बाहर फुदकती चिड़ियों को देखने लगी जो बड़ी चतुराई से आँगन में सूखते अनाज से अपना हिस्सा चुरा रही थीं। थोड़ी देर बाद उसने देखा बूढ़ा खीमा नई फतुई और पाजामे में सजा बड़ी अलबलाहट में कहीं भागा जा रहा था। उसने छाजे पर खड़े-खड़े ही उसे आवाज़ लगाई, "बुबू! ओ खीमा बुबू!"

पहली दो पुकार पर वह चुप रहा। उसे लगा वह ऊँचा सुनता है। तीसरी पुकार पर उसने पलटकर देखा। उसके सुर में चिड़चिड़ाहट थी।

"होई, क्ये छू रे? जाण बखत टोक-टाक नि करण चें।" उसके चेहरे की शिकन गहरी हो गई थी।

"कहाँ जा रहे हैं... मैं भी चली चलूँ?"

"चेल' क खैर-खबर लीजि तली गौं में देवता को थान में एक रातक जागर धर राखी। मि वाँ जांण्यु... तु भितर रईं। अमावस क रात भैर मसाण, खबिस भटकते बल।"

भीतर रहने की सख़्त आगाही के बावजूद वह बाहर निकल आई। दोपहर बाद से ही मौसम बिगड़ा हुआ था। ठंडी हवाएँ चल रही थीं। आसमान पर जलता अलाव पश्चिम तक पहुँचने से पहले ही उदस गया था। पहाड़ की ऊँचान से नीचे खर्बट में लहलहाती छिटकवा धान की फ़सल हरे गलीचे-सी नज़र आ रही थी। उसे देवता के मंदिर पर बूढ़े खीमा के लड़के की खोज के लिए होने वाली रतजगी का कौतुक हो रहा था। वह सर्पिल बटिया पर उतरती हुई गाँव की तरफ़ चल दी। झाड़-झंखाड़, गाड़-गधेरे लाँघकर जब बगड़ (नदी किनारे का मैदान) में पहुँची तब चारों दिशाओं में रात की कलौंस उतर आई थी।

कुल आठेक घरों का खंखड़ गाँव था। देवता के थान पर संझपूजन हो रहा था। अनगिनत घंटियों पर कच्चे सूत में असंख्य मन्नतें बँधी थीं। वह नहीं चाहती थी कि बूढ़ा खीमानंद उसे देख ले और नाराज़ हो जाए। उसने एक दरख़्त की आड़ से बिना धागे बाँधे ही टूट्स की लंबी उम्र की मन्नत माँगी।

देवथान पर जागर की सारी तैयारी हो चुकी थी। सामने गोविष्ठा से लिपी ज़मीन पर खोदकर कुंड बनाया गया था। ओस से बचने को ऊपर चानड़ी टँगी थी। बीसेक लोग जमा होकर एक गोलबंद में टाट पर बैठ गए थे। उन सबसे जुदा एक मज़बूत काठी के अधेड़ डँगरिया को एक नरम गद्दी पर बिठाया गया था। उस पर देवता को अवतरित होना था। बूढ़े खीमा ने कुंड में जलाऊ लकड़ियाँ भरीं। जगरिया ने शंखनाद कर धूनी

प्रज्वलित की। लकड़ियाँ दहर-दहर जलने लगीं। ढोल, दमाऊ, हुड़ुक और काँसे की थाल के नाद पर जागर लगाने वाला जगरिया और भगार देवता की तारीफ़ में गीत गाने लगे। हौले-हौले डँगरिया की काया में कंपन होने लगा। लोग विनत होकर ज़मीन पर लोट गए– 'दयाप्त ऐ ग्ये।'

बारिश की हल्की बौछार पड़ने लगी थी। मगर सबसे असंपृक्त डँगरिया साज़ों और देवगाथाओं की झुमाऊ धुन पर धूणी के गिर्द उन्मत्त होकर नाचने लगा। गीत का हर बोल आँखें मींचे डँगरिया के भीतर जोश भर रहा था। उसकी सारी देह बौराए आदमी की तरह डोल रही थी। जैसे-जैसे रात प्रौढ़ हो रही थी गीत-संगीत की ध्वनि तीव्र होती जा रही थी। एक समय आया कि साज़ों और गीतों का शोर तीव्र से तीव्रतर होते हुए एक झन्नाटे से बंद हो गया। देवता ने अपने लोहित नेत्र खोल एक गूढ़ हुँकार भरी। उसके हाथ में चावल, भस्म फूल और घी की जलती हुई बाती थी। उसने अपनी ग्रीवा डुलाते हुए मस्तक पर तपती हुई भभूत मल ली और अपने पैरों में पड़े खीमा के कान में जाने क्या कहा कि बूढ़े की आँखों में कर्ब उतर आया।

"ओ म्यर देवताऽऽऽ ! यो कै हैगोऽऽऽ !"

वह पछाड़ खाकर ज़मीन पर गिर पड़ा और छाती पीटते हुए चीत्कार करने लगा। उसके आर्तनाद से गाँव से जंगल तक का सन्नाट बिला गया था। कहीं जंगल में सियार ने हूक भरी। लोगों में कुलबुलाहट मच गई। देवता बिलखते हुए बूढ़े खीमा के सिर पर अपना फड़फड़ाता हाथ रख चिल्लाया।

"चुप है जा... त्यर च्यल रत्तिब्याण त्यु मिलु आल।"

भोर से पहले अपने लड़के से मिलने का आश्वासन पाकर भी बूढ़े खीमा की रुलाई रवाँ थी। वह उस रुदन से दहल गई थी। पेड़ की आड़ में बैठकर सारे कलाप देखते उसकी तितिक्षा चुक रही थी। वह घर के जानिब लौट पड़ी। गाढ़ी तमहाई में पेड़ों से लिपटी जंगली लतरों का घनेरापन उसे

डरा रहा था। तनों से चिपटे कीटों की गुनगुनाहट कानों में तीर की तरह चुभ रही थी। बूँदाबाँदी बरसाती तूफ़ान में बदल गई थी। पगडंडियों पर फिसलन हो रही थी। रास्ता सूझता न था। मगर वह चले जा रही थी। उस गाढ़ अँधेरे में जैसे कोई उसे राह दिखा रहा हो। घर पहुँचते-पहुँचते वह समूची भीग गई। पिछवाड़े गोठ में अधरात जाने क्यों गायें रंभा रही थीं। दरवाज़ा खुला था। क्या खीमा बुबू घर आ पहुँचा है! वह काठ की सीढ़ियाँ चढ़कर ऊपर पहुँची। आले में ढिबरी जल रही थी। ढिबरी की क्षीण रौशनी आधी चाख को उजला कर वापस लौट आई थी। बाक़ी बचे आधे कमरे में स्याही भरी रही। उस बाक़ी अँधेरे में एक रूपोश मर्दाना ढाँचा बेढबी से पाँव फैलाए आरामकुर्सी पर झूल रहा था।

उसके मुँह से घुटी-घुटी सी चीख़ निकली, "क... कौन... कौन है वहाँ?" उसकी आवाज़ बुरी तरह लरज रही थी।

"यह तो मुझे पूछना चाहिए... यह मेरा घर है। आप भला कौन हैं?" उसकी भर्राहट भरी आवाज़ की अजूबत उसे डरा रही थी।

"मैं... मैं... बीमार थी। कु... कुछ दिन यहाँ घूमने को चली आई। अच्छी जगह है।" मारे भय के उसके बोलों में हकलाहट भर गई। लेकिन वह निश्चिंत भी थी कि यह बूढ़े खीमा का वही लाड़ला है जिसके लिए वह दिन-रात कलपता है। इस सख़्त मौसम में उसका होना उसके डराक मन को तसल्ली दे रहा था।

"ओह! तो आप मेरी किरायेदार हैं?" उसने अपने मुँह में एक-एक शब्द को कुचलते हुए कहा।

"आप मेहमान भी कह सकते हैं।"

उसकी बात पर वह मज़ाक़िया ढब से हँसा। ठीक अगले ही पल उसके लहजे में टीस और रंज रिसने लगा।

"मेरे पीछे बुबू घर सैलानियों को किराये पर देने लगे! चलो ठीक ही किया। उनके जीने को आसरा हो गया।"

“आपकी कोई ख़बर नहीं मिली थी, तो खीमा बुबू बड़ी चिंता में थे। अच्छा किया जो आप आ गए।” उसने कहा।

“आया तो हूँ, मगर बस थोड़ी देर को ही। भोर से पहले वापस लौटना है।”

“अरे! ऐसे ख़राब मौसम में?” उसे हैरानी हुई।

“हाँ मौसम का क्या है, ज़रा देर में बदल जाएगा।”

“तो फिर आप आए ही क्यों थे?”

“एक ज़रूरी काम निबटाना था सो आना पड़ा।”

पहाड़ी अमावस का तमस वह भी मँझीली रात। तिस पर यह झंझावात। वह एक अजीब और अनजान आदमी के साथ थी। रात बूँद-बूँद उतर रही थी। ढिबरी की रौशनी में दीवार पर बैठी उसकी अपनी परछाईं स्थूल होकर उसे डरा रही थी। वह अजनबी आदमी रौशनी की ज़द से बाहर आरामकुर्सी पर सिर टिकाए सिगरेट के कश खींच रहा था। उसे बस एक हिलता-डुलता दहकता हुआ बिंदु दीख रहा था। बीच-बीच में धुआँ खींचते हुए उसकी खाँसी की उग्र लहर आती और सूने कमरे में खाँस भर जाती। वह नाक-मुँह भींचकर कमरे के दूसरे कोर पर सिकुड़ी-सी बैठी थी।

“हाँ तो आप क्या कह रही थीं... आप इन ख़राब हालात में यहाँ कैसे आ पहुँचीं?” उसने एक भरपूर कश खींचकर धुआँ छोड़ दिया। अँधेरे से उठती धूम्र रेखाएँ उसके चेहरे से टकराने लगीं।

“असल में सबसे बचते-बचते भी मुझे महामारी ने जकड़ लिया था। उस शहर में मेरी साँस टूट रही थी। किसी भले आदमी ने मुझे यहाँ पहुँचा दिया... अब मैं ठीक हो रही हूँ। जल्द अपने घर लौट जाऊँगी।”

“आप भीगे कपड़े बदल लीजिए। नहीं तो फिर बीमार हो जाएँगी।” अजनबी की सलाह में अपनायत थी।

“मैं ठीक हूँ... आप दिल्ली में कहाँ थे?” उसे कुतूहल हो रहा था।

“क्या कहूँ... मैं जहाँ था वह बड़ी बेदिल जगह थी। आपकी तरह

मेरा कोई मददगार न था।" वह ठंडी साँस छोड़कर नीम अँधेरे में कुछ टटोलने लगा।

वह कुछ बनावटी होने लगी थी, "दुनिया में अच्छे लोग भी हैं। इत्तेफ़ाक़न वो आपको नहीं मिले।"

उसकी बात पर वह ठठाकर हँस पड़ा था। धृष्ट और विषैली हँसी।

"हर आदमी में होते हैं दस बीस आदमी... जिसको भी देखना हो कई बार देखना।" उसने शायराना तर्ज़ में कहा और हिंसर की शराब प्यालों में उड़ेलते हुए पूछा, "आप पीती हैं न?"

"हूँ।" उसने गर्दन हिलाकर हामी भरी।

"तो यह प्याला आपकी सलामती के नाम।" अजनबी ने हवा में जाम टकराया। तेल ख़त्म हो रहा था। ढिबरी की लौ फड़फड़ाने लगी थी।

"ख़ैर मनाइए कि आप बच गईं। उस शहर में सुना एक क्रूर औरत ने अपने बीमार किरायेदार को इस डर से कमरे में मूँद दिया कि वो मनहूस बीमारी उसे न लग जाए... बेचारा मुफ़्त मारा गया।" उसने एक ठंडी आह भरी। उसके भर्राट सुर में ऐंठन भर गई थी।

वह थर-थर काँपने लगी। जिस्म का सारा लहू खिंचकर उसके मुँह पर आ गया। "कौन... हो... तुम?" उसकी आवाज़ चटखकर बिखर गई थी।

"कभी था। अब कोई नहीं।" अजनबी फिर हँसा था। और कुछ देर तक हँसता ही रहा था।

"भोर होने को है। मैं चलता हूँ... अब सो जाओ तारा।"

उसकी आँखों के आगे सहसा धुंध छा गई। एक पल को दिल धड़कना भूल गया। वह खलबलाकर कुर्सी की तरफ़ झपटी। अजनबी निमिष भर में किसी छलावे की तरह बाहर अंधे घुप्प में गुम हो गया था। कुर्सी पर 'तारा प्रदीपन' के नाम से लिखी एक किताब रखी थी। वह जिसे उसने अभी तक मुकम्मल न लिखा था– 'द कन्फ़ेशन ऑफ़ अ डाइंग वुमन'। उसने किताब को इस तरह दूर फेंका ज्यों धधकता हुआ अंगार छू लिया हो।

खुले दरवाज़े से हवा का तेज़ झोंका आया। फड़फड़ाती ढिबरी बुझ गई। अब उसके चारों ओर बस अँधेरा था। वह ग़श खाकर फ़र्श पर लुढ़क गई।

रात के दूसरे पहर बेसुधी हल्की होने लगी थी। उसके हलक में प्यास उमड़ आई। तालू सूख रहा था। उसकी कलक बढ़ती जा रही थी। बाहर बारिश थम गई थी। मगर बरसात के बाद पानी बढ़ने से ऊँचाई से गिरते छीड़े की आवाज़ बर्बर हो गई थी। उसने कमरे से निकल जाना चाहा। लेकिन दरवाज़ा बाहर से बंद था। वह पागलों के मानिंद दरवाज़ा पीटने लगी।

"खोल दो... मुझे खोल दो... मुझे खोल दो..." हर बार उसकी अपनी आवाज़ लौटकर उससे भिड़ जाती। वह पता नहीं कितनी देर दरवाज़ा पीटती रही। उसकी पुकार दरक रही थी।

"खी... मा... बु...बूऽऽऽ! खीमा... बुबू कहाँ होऽऽऽ? मुझे जाना है... मुझे अपने घर जाना है।"

दरवाज़े पर आहट हुई। लकड़ी की खड़ाऊँ की पहचानी ठक-ठक सुनाई पड़ी। उसे आस बँधी। वह जैसे एक अंधकुएँ में पड़ी थी और कोई उसे ऊपर खींचने लगा हो और.. और अचानक अधरस्ते कमंद टूट गई।

"तु कैंस जालै डायण... तेर काल ऐगो। आपण खड्ड खड़मु।" वह धाड़ से फिर उसी कुएँ में जा पड़ी।

वह नातरस लागर बूढ़ा उसे उसकी क़ब्र खोदने के लिए कह रहा था।

काठ के तले वाली चप्पलों की ठक-ठक दूर होती गई।

वह उस क़ैद से छूटने को हाँफती हुई पगलाई-सी अँधेरे घर में सब तरफ़ दौड़ गई। जैसे उस लौह-ए-तिलिस्म को ढूँढ़ रही हो जिस पर यह मारक जादू तोड़ने की विधि लिखी है। चाख के सामने की एक कोठरी में अराड़ और काठ-कबाड़ भरा था। जालों में मकड़ियाँ टहल रही थीं। वहाँ ज़मीन में एक तंग खोह थी। वह उस तलघर में उतर गई। दुबली-

सी बहुत लंबी गली थी। उसकी भित्तियों से बदबूदार पानी रिस रहा था। जैसे कोई उसे लील जाने को लगातार उसके पीछे दौड़ रहा हो। वह लंबी अँधेरी कीच-भरी ग़ार में दौड़ती जा रही थी। घटाटोप में दीमक के दूहों से टकराती हुई। मकड़जालों में उलझती हुई। उसे लग रहा था नन्हे-नन्हे नाग-सँपोनिये उसे डस रहे हैं। दौड़ ख़त्म होने को न आती थी। मानो उम्र भर की दौड़ हो। अचानक उसने देखा ग़ार के दहाने पर रौशनी फूट रही है। जीवन की जद्दोजहद में वह दूनी क़ूवत से दौड़ने लगी।

ग़ार ख़त्म हुई तो वह अपने घर में थी। यह कैसा तिलिस्म था! वह अपनी हस्ती और नेस्ती में फ़र्क नहीं कर पा रही थी। हाँ यह वही थी। सरतापा वही। अपने मैले शिकन भरे बिस्तर पर चित पड़ी, दम तोड़ती हुई।

"तुम यूँ नहीं मर सकतीं तारा!" मरते वक़्त उसने अपने आपसे कहा, "तुम्हारी जान एक नाशुकरा तोते में बंद है। और तोतों की उम्र अस्सी बरस की होती है।"

उसके कमरे की दीवारघड़ी पर वक़्त रुका हुआ था। बैठक में न्यूज़ एंकर लगातार ऊँचे सुर में चीख़ रही थी। लकड़ी के रैक पर रखी टूटे हुए रिश्ते की साबुत तस्वीर 'डाई अलोन' 'डाई अलोन' का कोलाहल मचा रही थी। पिंजरे में टूट्स की मुर्दा देह अकड़ी हुई थी और उपल्ले कमरे से आती बू की भड़क छुतैले मर्ज़ की तरह अब घर से बाहर भी फैलती जा रही थी।

धीरा

(अपने नाम के अनुसार यह कहानी आरंभ से अंत तक धीरा की ही है, मगर मैं इसका एक ज़रूरी हिस्सा हो जाऊँगी, मुझे इसका कोई अनुमान नहीं था। मुझे, संभवत: इस कहानी के समापन का निमित्त होना था इसलिए अरसे बाद पुन: ननहार लौटने का योग बना होगा।)

कंडक्टर ने उँगली में फँसे राँगे के छल्ले से बस की छत पर एक ख़ास अंदाज़ में टंकार दी।

"गुलखेड़ा वाले अगाड़ी आ लो।" और पूरे वेग से दौड़ती बस अपने खड़खड़ाते वजूद की एक करुण चीत्कार के साथ रुक गई। बेआराम सीट में देर से पड़े निकम्मे बदन में हल्की-सी ऐंठन भरकर मैं दरवाज़े पर चली आई। यहाँ तक पहुँचते-पहुँचते यह छकड़ा बस लगभग ख़ाली हो चुकी थी। इक्का-दुक्का ऊँघते लोग भी आँखें मलकर अगले किसी स्टॉप पर उतरने को चौकस होकर बैठ गए थे। दाहिनी ओर दूर तक जाती कोलतार की चिकनी काली सड़क थी। जबकि मेरी याद के हिसाब से यहाँ पिंडलियों तक रेत से भरा कच्चा दगड़ा होना चाहिए था। इस नवेलेपन को

देखकर दम भर को मैं चकरा गई थी। बाईस बरस का दीर्घ अंतराल। इतने में एक पीढ़ी जवान हो जाती है, एक बूढ़ी और एक दिवंगत। मुद्दत से मेरी याद में ठहरी हुई चीज़ों का कायाकल्प भी इतना ही सहज था जितना ख़ुद मेरा अपना बदल जाना।

"यहीं उतरना है न?" मैंने पक्का किया।

"हाँ जी यंईं उतर लो। योई सीधी सड़क जावेगी... तनक आगे से कोई सवारी पकड़ लियो।" कंडक्टर ने कान पर टिकी क़लम से दाँत कुरेदकर कहा।

छकड़ा बस जिस अप्रिय चीत्कार से रुकी थी उसी चीत्कार से मुझे छोड़कर आगे बढ़ गई। मैं सड़क के किनारे दिशाभ्रमित-सी खड़ी थी। मुझे इसी सड़क पर सीधे जाकर कहीं बाएँ मुड़ना होगा। या शायद दाएँ! इतने सालों बाद जब सारे नाते, सूरतें और रास्ते बिसरा गए हैं तो मैं किन अजाने मोह-तंतुओं से बँधी यहाँ चली आई हूँ! जब सालों पहले अम्मा ने ही अपना नैहर तज दिया तो मेरा ननहार कैसा! बाऊजी के अवसान के बाद अम्मा को निचले ओहदे पर उनकी नौकरी मिली थी और मुझे हॉस्टल। जिस उम्र में माँ-बेटी के बीच सहलापा पनपता है हमारे बीच अनमिलत रही। साल में कुल माहे-अधमाहे ही अम्मा का संग होता था। सो हमारा संवाद नितांत औपचारिक था। ननिहाल के बाबत मुझे कुछेक बेतुकी बातें याद हैं, जैसे यह कि मैं आठ साल की थी जब अम्मा ने सौगंध उठाई थी– 'पीहर की देहली पर कभी पाँव ना धरूँगी', जैसे यह कि इस सौगंध के बाद भी माँ डाकिए से अकसर ही पूछती थी– 'गुलखेड़ा से कोई चिट्ठी आई है?' भले ही कालांतर में कुछ चिट्ठियाँ आई थीं मगर कोना कटी चिट्ठियाँ जो माँ को तोष के बजाय महीनों का शोक दे जाती थीं।

मेरे पास सचमुच यहाँ आने का कोई ठोस प्रयोजन न था अलावा इसके कि बीमारी के बाद के दिनों में मैंने अम्मा के भीतर एक कसक देखी थी। "नानी की तुझसे बड़ी लाग थी नीरजा... कभी मौका निकालकर हो

आना।" मगर उस घड़ी उनकी अपेक्षा पर मैं खीज गई थी। न जाने किस आन-तान में जीवन गुज़ार दिया। अब बीस बरस बाद उन्हें उस लाग की सुध हुई है। उन दिनों घर, नौकरी और अम्मा के मर्ज़ की सँभाल में मैं एक यंत्र की तरह हो गई थी। अब मुझे यहाँ से जोड़ने वाला सेतु ढह चुका था। अम्मा को देह छोड़े भी महीना होने को आया। हठात् ही उनकी अपेक्षा जैसे मेरा धर्म हो गया था।

सड़क के हाशिए पर खड़े-खड़े मेरी कच्ची याद में ननिहाल की कितनी ही चीज़ें कौंधने लगती हैं। मेरे सम्मुख टूक-टूक दृश्यों और शब्द-शब्द आवाज़ों का एक कारवाँ-सा यूँ गुज़रता जाता है जैसे कोई रेल धड़धड़ाती तपाक से गुज़र जाए। उन दृश्यों में एक तूल-तवील पक्की हवेली है। एक गहरा कुआँ है। और है आबनूसी पेटी में सहेजा एक क़दीमी हारमोनियम। जिसे छूने की सख़्त मनाही है। ज़ेहन से थोड़ा जूझने पर चित्रों और आवाज़ों के मायने कुछ साफ़ होने लगते हैं। सात बरस की एक लड़की कुएँ की जगत पर खड़ी बार-बार कुएँ में झाँककर अपना नाम पुकार रही है– 'नी...र...जाऽऽऽ'

कुएँ से तुरंत एक बाज़गश्त आवाज़ उठती है– 'नी...र...जाऽऽऽ'

लड़की हैरान हो रही है। वह ध्वनि परावर्तन के नियम को नहीं समझती। वह उझककर कुएँ में झाँकती है कि उस अंधे गह्वर में भला कौन छुपा बैठा है जो उसकी ऐसी निर्विकार नक़ल उतारता है। मगर कुएँ में घुप्प अँधियार पड़ा है। इतने में हवेली के किसी कोने से हारमोनियम की धुन मचलती आती है। लड़की कुएँ में बैठे नक़लची की ताक-झाँक भूल उस धुन के पीछे दौड़ जाती है। हवेली के ओसारे में बूढ़े हारमोनियम पर सिर निहुराए एक ठसक भरी औरत अपने अतीत की अज़्मत में खोई है। वह बड़े कौशल और नज़ाकत से बाजे की एक-एक कुंजी पर अपनी उँगलियाँ रखती है।

"तोय पतो ए निज्जो, मेरी चटसाल के सालाना जलसे में यू बाजा लाट साहब इरविन से मोए नेग में मिलो थो।"

सात बरस की बारीक-सी लड़की को हारमोनियम बजाती वह औरत दुनिया की सबसे अज़ीम औरत जान पड़ती है कि उसके पास ऐसी नायाब और अमोलक चीज़ है जिसे निरी नाज़ुकी से छुआ जाता है। और ज़रा-सी छू-छा से भी ठेस लग सकती है। वह अपने मन में अँग्रेज़ी अंदाज़ में हिंदी बोलते सूटेड-बूटेड लाट साहब इर्विन की फ़र्ज़ी सूरत गढ़ने लगी है। लाट साहब ज़रूर ही कोई बहुत बड़ा आदमी होगा। इसलिए उसकी सौग़ात भी इतनी ख़ास है जिस पर नानी इतना इतराती है। वह अभिभूत हो हारमोनियम बजाने की हठ में ठिनठिनाने लगती है। "नानी... नानी... मैं भी बजाऊँगी लाट साब का बाजा... बस एक बार!"

"एक बेर काएको मेरी लाडो, तू रोज बजाए करियो... जब मेरो दम निकलैगो तो तोएये दे जाऊँगी... यहाँ किसीए गरज नाय याकी।"

"नानी... और इसकी पेटी भी?" उसके लिए निश्चित ही बाजे की पेटी भी एक नेमत है।

"हाँ याकी पेटी भी।"

लड़की उसी क्षण हारमोनियम को अपनी धरोहर मान चुकी है। इस हुलास में वह ठसक भरी औरत के गले में झूल जाती है। औरत लाड़ से उसे अपनी गोद में भर लेती है।

"आ धोरे को आजा... बजवाऊँ।"

सुगढ़ सुजान उँगलियाँ छोटी लड़की की नन्ही उँगलियों पर घिरकर बाजे की कुंजियाँ चाँपती हैं। बायाँ हाथ अहरह धौंकनी दाबता है। औरत आसूदगी से आँखें मींच लेती है। छोह भरी गोद में सिमटी लड़की की आँखें और उँगलियाँ बूढ़े हारमोनियम की कुंजियों और धौंकनी में उलझ-उलझ जाती हैं। एक मीठी सुर लहरी विराट हवेली की पथरीली दीवारों से टकराती है।

'झीनी... झीनी...ऽऽऽ बीऽऽऽनी... चदरियाऽऽऽ
काहे कै... तानाऽऽऽ काहे कै भ-र-नी
कौन तार से... बीनी... चदरियाऽऽऽ
झीऽऽऽनी... झीऽऽऽनी...'

अचानक भीतर के कोठे से उठती दारुण खाँस ठसक भरी औरत में बेकली भर देती है। हारमोनियम पर क़ायदे से टहलती उँगलियाँ तेज़-तेज़ चलने लगती हैं।

'झीनी झीनी बीनी चदरिया...'

औरत के सुर एकदम से गड़बड़ाने लगे हैं। बाजे की धुन बिगड़ गई है। उसका ध्यान सेहन पर पड़े जाल से टपकती आवाज़ों पर जा लगा है। उपरले तल्ले से मुँह बिराते हुए एक मीठी-सी झिड़की टप्प से नीचे गिरती है।

"जाओ हटो... फिर कट गई तुम्हारी तिलंगी... निरे अनाड़ी!" मख़ौल उड़ाती ज़नाना हँसी जाल से गिरकर सेहन में बिखर जाती है।

"अब कहोगे मेरा दोस नाय... माँझा-ई-कच्चा-था... धीरा।"

हारमोनियम की कुंजियाँ चाँपती ठसकीली औरत के भाल पर सलवटें पड़ गई हैं। वह गीत रोककर गरजती है। "धीऽऽऽ राऽऽऽ .... ओऽऽऽ धीराऽऽऽ! तेरे केस ना सूखे अब तक... के आज अटारे पे ही साँझ करेगी?"

"आई माताजी!" ऊपर खिलखिलाता उपहास खलबलाहट में बदल गया। "लो उड़ ली पतंग... मैं जाऊँ... पकड़ो अपनी चकरी।"

मगर उजलत में लपकने से चूक गई चकरी जाल पर आ पड़ी है। भीगे बालों का जूड़ा लपेटती... झनक- मनक करती एक सत्रह साला लड़की हड़बड़ी में ज़ीना उतरती आती है। घबराहट में उसकी ज़बान अँठलाने लगी है।

"ल लल्ला जी... प... पतंग उड़ा रहे थे ना... तो च... चकरी थमा रक्खी थी।"

"वाकी पतंग उड़न दे, तू मत ना उड़... जाके लिए तोय ब्याह के लाई हूँ वाके काज देख। परमोद कित्ती देर से खाँस रा है।"

एक दूसरी औरत हैंडपंप के ओटले पर झाँवें से एड़ियाँ रगड़ रही है। उसके शीतला के दाग़ों से भरे चेहरे पर मक्कारी थिरकने लगी है। "तुम्हारी भली चलाई माताजी... इस निराली भावज के उड़े बगैर कहीं लल्ला जी के कनकौए उड़े हैं! लक्खनखोई हर बखत चौंडा उघाड़े छत्त पे खेल करती फिरै है... चाहे कोइयों झाँक ले।"

सत्रह साला लड़की सिटपिटाकर सिर पर आँचल ढँकती कोठे में जा घुसी है। वहाँ उसके सिवा कोई पाँव नहीं रखता सो छोटी लड़की ने भी फ़ासले से ही झाँका। अंदर अजीब-सी असौंध भरी है। बिस्तर पर पड़े हड़ीले आदमी ने खाँसते-खाँसते कै कर दी है। उस कै में अपचे भोजन के साथ रक्त के क़तरे हैं। अपनी लाचारी से चिड़चिड़ाए हड़ीले आदमी ने पूरी ताक़त से पैर तानकर सत्रह साला लड़की के पेट पर लात मारी, "कहाँ मर रई थी हरामजादी! आध घंटे से उल्टी में पड़ा हूँ।" मगर लात का आघात इतना कमज़ोर है कि लड़की बस तनिक लड़खड़ाई भर है। लात खाकर भी वह गूँगी-सी बिना घिन्नाए गीले अँगोछे से खाट पर पड़े आदमी की मराऊ देह पोंछकर पाँयते बैठ गई है।

माहौल से ग़ाफ़िल होकर ठसक भरी औरत के सुर फिर सध गए हैं–
'ओढ़ि... कै... मैली... कीनी... चदरियाऽऽऽ'

"सोनगढ़ी, भट्टा, गुलखेड़ा, भिन्सारी... बीस रुपैय्ये सवारी।"

अचाहे ही एक कड़वी हाँक से मैं चिहुँक उठी थी। ननिहाल की पुरअसरार हवेली अर्रा-अर्रा कर ज़मीन पर आ गिरी। दृश्य आँखों में चौंधियाकर वीरान हो गए। आवाज़ें गुंग पड़ गईं। फटर-फटर शोर मचाता

एक बिना छत का टैंपो मेरे क़रीब रुक गया था।

"किंगे को जाओगी भैनजी?"

"गुलखेड़ा।" मैंने टैंपो के अंदर झाँका। मेरे अलावा एक भी औरत नहीं थी। तिस पर सवारियाँ ऐसे ठुँसाठुस कि एक-दूसरे की रगड़ से देह छिल जाए।

"इसमें जगह कहाँ है?"

"आप बैठो तो मैडम जी। भतेरी जगह हो जागी।" टैंपो चालक अंदर बैठे लोगों से मुख़ातिब हुआ। "तनक-तनक सरक लो भैया... जनाना सवारी हैगी।"

मैंने अपनी धुँधली याद से गंतव्य का अंदाज़ा लिया– डेढ़-दो किलोमीटर से कम तो क्या ही होगा। हालाँकि साँझ अभी दूर थी और दो जोड़ी कपड़ों और ढाई किलो मिठाई के सिवा मेरे पास कोई भारी बोझ नहीं था। फिर भी इतनी दूर पैदल चलना मेरे लिए सहल न था। ड्राइवर की कृपा से मेरे लायक़ जगह बन गई थी। मैं चुपचाप सिकुड़कर बैठ गई।

आते जाड़ों के दिन थे। बदन के उघड़े अंगों को अगहनिया धूप की नरम गरमाई भली लग रही थी। खेतों में एक तरफ़ ईख सयानी हो रही थी। दूसरी ओर हाथी घास के ढूंडों में कल्ले फूट रहे थे। ज्यों-ज्यों टैंपो कोलतार की पक्की सड़क पर आगे बढ़ रहा था त्यों-त्यों मैं अपनी स्मृति में कहीं बहुत पीछे रेत भरे कच्चे दगड़े पर लौट रही थी। मेरी यादों से उछलकर अब छोटी बारीक लड़की अम्मा का हाथ थामे ननिहाल जा रही है। ननिहाल में उसकी मौज होती है। भाँत-भाँत के पकवान और न्यारे-न्यारे खेल। गुट्टे खेलने को तिदरे बारजे का चिकना लाल फ़र्श। छुपन-छुपाई को सब तरफ़ जगह ही जगह। जलावन के भंडार में पुआल की गाँज में जो छिप जाए तो मजाल कोई साँझ तक पा ले। और सबसे मज़ेदार तो राजा-रानी का स्वाँग है जो हवेली के अकेले कोने में भरी दुपहरी चलता है। इस स्वाँग में वह हमेशा रानी बनती है। उसके लिए धीरा अपने ब्याह

की सलमा-सितारों वाली झलाबोर लाल साड़ी देती है। राजमुकुट बनाने को अपने फेरों का मौर। पिछले सलूनों की बची हुई पौंचियों से बाज़ूबंद बाँधती है। चोटी में चुटिल्ला डाल गेंदे की लड़ी गूँध देती है। धीरा की सिंगार पिटारी में कितनी चीज़ें होती हैं। नख रँगने को नख़ूनी, पाँव रचने को आलता, पौडर-सुर्ख़ी, कस्तूरिया अतर, जिससे उसकी गर्दन, कनपटी और काँख हरदम गमकती रहती हैं। वह जाने कौन-सी छड़ी फिराकर सिर से नख उसका रूप ही बदल देती है। तब वह बेहद उजली दिखती है। उस वक़्त उसे नानी की टोक एकदम ज़हर लगती है जब रानी के अधूरे सिंगार बीच वह धीरा को पुकार लेती है– "जले पाँव की बिलैया बस इंगे उंगे डोलती फिर... आदमी बुखार में तप रा है... यहाँ जवान धींगड़ी बालकों में बालक बन रई है... जा तनक परमोद के पाँव दाब दे।"

छोटी लड़की मन-ही-मन कसमसाती है, अच्छा हो किसी दिन धीरा पाँव की जगह उस गंधाए आदमी का गला ही दाब दे।

लड़की का हाथ थामे अम्मा किसी डुबाऊ ख़याल में खोई ऐसी चुप चल रही है मानो उसके संग है भी कि नहीं। अम्मा के हाथ में कसी उसकी हथेली पसीज रही है। उनकी अधीर गति से तालमेल बिठा पाने में नाकाम वह मट्ठर चाल से घिसट रही है। नन्हे पाँव पिंडलियों तक रेत से भरे हैं। जूतों के अंदर किसकिसाती रेत के संग तलवे में कोई कंकड़ी भी रड़क रही है। शायद मन में भी। बीती शाम ननिहाल से जाने कैसी चिट्ठी आई थी कि सवेरे हड़बड़ी में काम निबटाकर अम्मा उसका हाथ थाम चल पड़ी थी। न राखी न दौज, न ब्याह न भोज, न गर्मी की छुट्टी। बेमौसम के बुलावे पर वह अचरज में पड़ी है। अम्मा की चुप उसे अखर रही है।

"हम नानी के यहाँ क्यों जा रहे हैं?"

"कुछ काम है।" अम्मा के चेहरे पर अजीब-सी सख़्ती है।

"क्या काम?"

"है कुछ... तेरे मतलब की बात नहीं।"

लड़की अम्मा की चुप्पी से किसी अनिष्ट का अंदाज़ लगाती है। इस अंदाज़े के साथ उसके भीतर हारमोनियम का लोभ गुल मचाने लगता है।

"क्या नानी का दम निकल गया अम्मा ?"

"जादा बड़-बड़ मत कर निज्जो... चुप चल।" फटकार सुनकर लड़की बुझ गई है।

मतलब नानी सलामत है। तो आज भी वहीं ओसारे में अपनी सुखासंदी पर पसरी पेटी में क़ैद हारमोनियम की चौकसी करती होगी! जाने कब नानी का दम निकलेगा! कभी निकलेगा भी कि नहीं! एकाएक उसे लगता है लाट साहब का बाजा उसका कभी न होगा। नानी उसे झूठ ही भरमाती है। आज भी देखते ही अपनी बाँहें पसार देगी, "अय मेरी निज्जो आ गई... अब नानी नतनी की ताल बाजेगी। बाजा तो आखिर मेरी लाडो का ई होवेगा।"

नानी सबसे चिड़चिड़ाई रहती है लेकिन उस पर लाड़ लुटाती है। उसे इस बात का कौतुक रहता है। अम्मा कहती है, "ममेरों-मौसेरों में तू पहल की है न, इसलिए उनकी दुलहैटी है और घर कुनबे में कोई लड़की भी तो ना जनमी। नानी को लड़कियाँ अच्छी लगती हैं।"

"तो धीरा क्यों नहीं लगती ? वह तो रोज़ नानी के पाँव दाबती है। सिर देखती है। उँगलियाँ चटकाती है।"

"वो बहू जो ठहरी।" अम्मा हँसती है। नन्ही लड़की को औरतों के नाते का यह टहूका समझ नहीं आता।

उसे ननिहाल में हारमोनियम के बाद जो सबसे ज़्यादा भाता है वह है धीरा। वह हारमोनियम की तरह ही उसकी आत्मा में बजती है। धीरा के सघन केश। नरम पेट, खमदार कमर। उसकी चूड़ी, महावर,बिंदी, सिंदूर। उसका सब कुछ उसे मोहता है। बनाव-सिंगार का बहुत शौक़ है धीरा को। लेकिन एक दिन धीरा का प्राणप्रिय सिंधौरा हमेशा को संदूक़ची में मुँद गया। घर-कुनबे की कई औरतों ने मिलकर उसकी चूड़ी फोड़ दी। सिंदूर

धो दिया। औरतें चूड़ी फोड़ती जाती थीं और रोती जाती थीं– 'सबर कर ले लाली... अब इस ध्वज का क्या होवेगा! जाड़े की चाँदनी है... तेरे भाग में घरवाले की सेवा लिक्खी ही बीबी, तूने कसर ना रक्खी। अपने तईं सुरग के दुआर खोल लिए।' रोदन क्रंदन से घबराई वह माँ की टाँगों से चिपकी सहमी खड़ी थी। उस दिन भी ऐसे ही अचानक चिट्ठी आई थी। कोना कटी चिट्ठी। अम्मा ऐसे ही औचक भागी थी। हवेली के सेहन में बीचों-बीच चादर ढाँपे एक मुर्दा सोया था। अनगिन लोग जमा थे। रोवाराहट मची थी। नानी छाती पीट-पीट कलप रही थी।

"अरे प-र-मो-द... मोय ना ले गयो रेऽऽऽ... अपनी अम्मा पे तरस ना आया तोय... मेरे रामजी... मैं डुकरिया कैसे जिंदी बैठी रै गई...! मोय उठा लेता!"

धीरा मुर्दे के पाँयते बैठी थी। अडोल, एकदम चुप। उसकी आँखें निर्निमेष उस मुर्दे को तक रही थीं। वह जो काया छोड़ने से पहले भी एक मुर्दा ही था।

साल भर से मुर्दा अहर्निश कराहता था, घिघियाकर मरने की दुआएँ माँगता था, खुल्ल-खुल्ल खाँसता हुआ खाट के तले रखी बाल्टी में थूकता था। खाँसते-खाँसते कभी खाँसी का दौरा उठता फिर देर तक उसकी साँस न जुड़ती। सब उससे दूर रहते। मगर धीरा उसकी सेवा-टहल को पाँयते बैठी रहती। सब पक्की नींद सोते। वह रातों को कुत्तों की-सी झपकी लेती। सवेरे उसकी उल्टी और खखार भरी बाल्टी खँगालती। लिसड़ी चादर धोती। अर्थी को एकटक ताकती धीरा की आँखों में संदेह भरा था कि बाँस की तिखटी से उठकर वह गंधैला मुर्दा फिर खाँसते-खाँसते हलक से खखार और ख़ून उगल देगा।

मुर्दे की उठावनी हो रही थी। सेहन में औरतों की रुलाई तेज़ हो गई थी। मगर धीरा की आँखें सूखी थीं।

"इंदु जीजी, सुरग ना चईये था मोय, पर सच्ची कहूँ आज नरक से छूट

गई... मेरे पीहर चिट्ठी गेर दो... मोय ले जाएँ।"

धीरा की गुहार पर छाती पीटती बुढ़िया दहाड़ उठी, "बरसी तक तो मरन भी ना दूँ तोय। अपसगुनी एक आँसू ना गिरा तेरी आँख से... आते ही पाँच हाथ लंबा ठाड़ा आदमी खा गई... डकार भी ना भरी।"

बुढ़िया की अंड-बंड बातों पर लड़की की अम्मा भड़क उठी, "झूठ के पाँव ना होते... तू जाने तो है अम्मा दिक खा गई तेरे परमोद को। पर इस बिचारी को तू खा रई है।"

बुढ़िया की भौंहें तन गईं, "औरत में सत्त होवै तो अपने आदमी के परान जमराज से भी छीन लेवै।"

"बेकार की बात मत कर अम्मा... तेरे सत्त में क्या खोट था जो बाऊजी चले गए?"

इस तर्क पर बुढ़िया तिलमिलाकर रह गई थी। धीरा उसकी अम्मा के पाँव पकड़ दीनता से बोली।

"क्या करूँ जीजी? ना आ रई मोय रुलाई... यहाँ तो येई कचोके सुन घुट-घुट मर जाऊँगी मैं।"

माँ के साथ घिसटती ख़यालों में ग़ारत लड़की के अयाने मन में सहसा कोई खटका हुआ। कहीं धीरा तो नानी के कचोके सुन घुट-घुट! रोकते-रोकते भी डर ज़बान पर आ गया, "अम्मा बताओ तो धीरा मर गई क्या?"

"मामी लगती है तेरी... बड़े-छोटे का लिहाज रख। वो क्यों मरे!" अम्मा की फटकार अबकी और भी करारी थी।

क्या धीरा अब भी हवेली में घुट-घुट मरती होगी! स्मृति की वीथिकाओं में भटकते गाँव की सरहद आ गई थी। गाँव बस सौ गज़ दूर रह गया था। सरहद पर एक पायाब बंबा था। उसके बाद सड़क दो सिम्त में बँट गई थी। टैंपो से उतरकर मैं फिर दाएँ-बाएँ के फेर में उलझ गई। बंबे के अवार पार कच्चे-पक्के मकानों की पंगत शुरू हो गई थी। सालों बाद भी

सब जाना-बूझा सा। बंबे की पुलिया पर पाँव लटकाए बैठे बच्चे, घास में थूथनी घुसाए गाय-भैंसों का कुनबा, सिर पर घास के गट्ठर ढोते आदमी और दरवाज़ों के बाहर बतक्कड़ी में मुनहमिक औरतें। दृश्यों के रेले में निज्जो कहीं रिल गई थी। अपने दरवाज़े पर मौजूद एक मरी-सी औरत मेरे हाथ में थमे मिठाई के डिब्बों पर उत्सुक नज़र डालकर निकट चली आई।

"पाहुनी दीखो?"

मैंने हाँ में गर्दन हिलाई।

"कौन लगो या गाम की?"

"ननसार है।"

"किसके यहाँ?"

"कुएँ वाली पक्की हवेली।"

"अरे तो बिरहमदत्त पंडज्जी की धेओती हो!" मुझे तसल्ली हुई कि अब मैं सही ठिकाने पर पहुँच जाऊँगी। मगर तभी मराऊ औरत ने एक गहरी साँस भरी।

"वहाँ काएको जाओ हो बीबी! हवेली तो ऊजड़ हो गई। वहाँ कोई ना रैता।" बोलते हुए औरत का स्वर किंचित धीमा हो चला था। "जनै किसका सराप लगा है सगला ही बंस खतम हो गया। सास-बऊ पता ना कौन से पातक भुगत रई हैं!"

"तो वो लोग अब कहाँ हैं?" मेरे ऊपर थकन घिर आई थी। अंदर तेज़ी से बहता कुछ ठिठक गया था।

"अच्छा तुमैं खबर ना है... फेर तो कहीं हेरा जाओगी।" औरत ने निकट ही गोलियाँ खेलते घुटे हुए सिर वाले लड़के को आवाज़ दी।

"अरे किरसन, उरै कू आ।" लड़का कमर से खिसकती पतलून को सरकाता आ खड़ा हुआ।

"तेरी फुआ लगे हैं ढोर... ना जै जै ना राम राम।" औरत उसकी टक्कल खोपड़ी पर चपेट लगाकर भिनभिनाई।

"जा फुआनने वेदवती अम्मा के घर तक छोड़िया।" मैं उपकृत हो उठी। क्या अब भी किसी अनजान राहगीर को रास्ता दिखाने लोग जाते हैं!

लड़का हुमक-हुमककर अपने क़द से दुगनी बड़ी साइकिल खींचता मेरी अगुआई कर रहा था। वह बीच-बीच में रुकता, मुड़कर मुझे देखता फिर पैडल मारने लगता। मैं उसके पीछे मूढ़ अनुचर की भाँति रेंगती जा रही थी। मुझे एक-एक क़दम भारी हो रहा था। सारी पुलक कहीं बिला गई थी। हवेली भला क्यों ऊजड़ हो गई! ऐसा क्या हुआ कि कोई न बचा! नानी के संग तीनों में कौन-सी बहू होगी! मन में कितने ही सवाल घुमड़ रहे थे। कच्ची-पक्की, टेढ़ी-मेढ़ी अनचीन्ही गलियों को लाँघकर हम गाँव के आख़िरी छोर पर एक घर के आगे रुक गए। जान पड़ता था किसी वजह से वह अधबना ही रह गया। क्योंकि अच्छे बड़े मैदान की चहारदीवारी के अंदर बिना पलस्तर के दो-ढाई कमरे चिनने के बाद बुनियाद भरकर छोड़ दी गई थी।

लड़के ने साइकिल को दीवार का सहारा दे फाटक भड़भड़ाकर ज़ोर से आवाज़ लगाई, "बेदो अम्मा! कहाँ हो... मेहमान आए हैं।"

कई मिनट भीतर से कोई हलचल न उठी। लड़का बंदर की-सी चपलता से चौहद्दी पर चढ़ा और हल्की-सी धप्प की ध्वनि के साथ भीतर कूद गया। थोड़ी देर बाद फाटक की ओट से पचासेक साल की झिलंगी-सी धोती पहनी प्रौढ़ा ने आधा धड़ बाहर निकाला। शीतला के दाग़ों से भरा सँवलाया चेहरा धूप की चौंध से और मनहूस लग रहा था।

"कौन? "सूरज से बचने को आँखों पर हथेली की आड़ बनाकर दरवाज़े पर खड़ी औरत ने मुझे अचंभव से देखा। चौड़े-चकाट माथे पर अपरिचय की सिलवट पड़ गई।

"देखी-सी तो लगो... मैं पैचान ना रई।"

मैं अनाहूत अतिथि होने की आत्महीनता से सिमट गई। लज्जा और संकोच मेरे पूरे-समूचे अस्तित्व पर शैवाल की तरह फैल रहे थे।

"मैं... मैं नीरजा... बड़ी मामी हो न?" मेरे शब्द मानो कंठ में ही फँस रहे थे।

अगले क्षण हड़ियल चेहरे पर जड़ी पीली निस्तेज आँखों में चौंक भर गई। "अरी... निज्जो बीबी हो! अय मैं भी तो कहूँ देखी भाली-सी सूरत है। अनी-बनी इंदरानी जीजी हो... वोई नाक-नकस, वोई काठी।"

सालों बाद अचानक मुझे देखकर मामी अचकचा गई थी, "दरवज्जे पे क्यों खड़ी हो, भीतरे को आ जाओ।" मामी ने फाटक से हटकर मुझे अंदर आने की जगह दी।

"आज कैसे ननसार याद आ गई?"

मुझसे कोई जवाब न बना, मैं बस एक झेंपीली मुस्कराहट ही दे सकी। मामी ने धोती की खूँट में बँधे दस-दस के दो सिक्के निकालकर साथ आए बच्चे की मुट्ठी में ठूँस दिए।

"जइयो रे किरसन... गनेसी की दुकान से बिस्कुट और दालसेव लेया।"

मैं छिपी निगाह से मामी में आई तब्दीलियों को पकड़ रही थी। दुहरा बदन इकहरा हो गया था और सूरत की बदनुमाई दूनी। ज़्यादातर बाल सफ़ेद हो चले थे। आँखों के गिर्द कालिमा गहरा गई थी। वह मेरी निगाह को ताड़कर तेल-हल्दी से सने हाथ मैली धोती में पोंछते हुए झेंपी-झेंपी सी हँसी।

"तुम भी कैओगी मामी ने कैसा रूप बिगाड़ रक्खा है। अचार गेर रई थी, अबके मिरच अच्छी उतरी हैं... तनक धोती बिलौज बदल लूँ।"

मैं खिसियाकर फिर मुस्कराने लगी।

"खड़ी क्यों हो बैठ जाओ। तखत पे जाजिम डाल दूँ?"

"अरे नहीं ठीक तो है।" मैं तपाक से नंगे तख़्त पर बैठ गई। लंबे बरामदे के सामने एक सीध में दो कमरे बने थे। बाईं तरफ़ रसोई। दाएँ में शायद ग़ुस्लख़ाना। बाक़ी जगह खुली अँगनाई में नीम के पेड़ के नीचे

गाय-भैंसों की खोर। कभी हवेली से दूर इस अहाते में ढोर बँधते थे। अब वहीं बस रहने भर को दो कमरे डाल दिए थे।

मामी ने हैंडपंप से पानी खींचकर गिलास भरा और मेरे हाथ में देकर भीतर के कमरे में घुसकर साँकल चढ़ा ली। अंदर से संदूक़ खखोड़ने की आवाज़ें आने लगीं। मेरे चारों ओर बेगानापन कुदकने लगा। मैं ख़ाली-सी, गिलास की तली में बैठी गाद को देखने लगी। सालों बाद भी यहाँ के पानी का बकसीला स्वाद मुझे याद था। मैं ननिहाल के पुराने घर को सोच रही थी। अजब-सी हवेली थी। साल की लकड़ी पर आरकूट के चोबदार बोझिल दरवाज़े के भीतर पाँव रखते ही घुटी-घुटी सी दुआरी। दुआरी की एक सीध में ज़ीना, नहानघर और पाख़ाना। दुआरी के पार सेहन, सेहन पार तितरफ़ बरामदे और बरामदों के पार उदार कोठे। कोठों में बैठते नानी का जी घुटता था, वो महल सरीखे घर से आई थी। नानी मिडिल पास थी। उसकी हर बात में ठसक थी। सो उसकी खाट बरामदे में एक नियत जगह पर बिछी रहती। नियत जगह खाट के तले पेटी में हारमोनियम और पीछे आले पर कलसी में नानी के लिए पानी रखा रहता था। बिल्कुल ऐसा ही बेस्वाद और बकसीला।

थोड़ी देर बाद मामी कमरे से बाहर निकली तो बाल पट्टेदार कढ़े थे। चेहरे पर सस्ती क्रीम की सफ़ेद परत चढ़ी थी। नई जुलहटी धोती ढीली चरबी वाले पेट पर क़ायदे से फैली थी। मगर मामी अब भी असहज लग रही थी। या शायद हम दोनों ही कुछ असहज थे। मैं चोर आँखों से घर की दुर्दशा देख रही थी।

घर की दीवारें, खिड़की, किवाड़ें सब तंगहाली की गवाही दे रहे थे। दीवारों पर चलताऊ रोगन चढ़ा था। खिड़कियों के काँच में दरारें थीं। उन पर पड़े पुरानी धोतियों के परदे हवा से फरफरा रहे थे। गणपति का दो साल पुराना कैलेंडर दीवार पर घड़ी के पेंडुलम की तरह दोलन करता अपने काल का हाल कह रहा था। मामी ख़ुद को व्यस्त दिखाने के लिए

तख़्त पर रखी चीज़ों को उलट-पलट करने लगी।

"अब वो ठाठ ना रए निज्जो बीबी। सोलह सौ बीघा जमीन थी। तुमारी सारी मौसी-मामाओं के ब्याह जमीन बेक के ई तो हुए। कई बीघे बिचले लल्ला जी की बीमारी खा गई। कुछ माताजी ने एक भगत जी के नाम कर दी। नहर पार की सगली जमीन सरकारी पिलान में चली गई। आज तलक बी मुआवजा ना मिला। खेती-बाड़ी देखने वाला कोई होता तो कुछ हिस्से आता। बँटाई पे देके कुछ ना बचता। साल भर का गेंऊ-दाल, बस्स।"

मैंने अनचाहे ही बकबकाए पानी का घूँट भरा।

"तो हवेली भी बेच दी?"

"ना... उसे कौन खरीद रा है!"

"फिर यहाँ क्यों?"

"इत्ते बड़े घर में जी घबरावे था। माताजी हर बखत डरै थीं। अब तो कैई साल हो लिए।"

मैं हैरान हुई, "वहाँ तो ख़ूब रौनक़ होती थी।"

"रौनक तो बालक-बुतरुओं से थी निज्जो बीबी, डाँण ने वेई ना छोड़े।"

"डायन!" मेरी उत्सुकता बेलगाम हो रही थी।

मामी ने दीवार का सहारा लेकर बिलखना शुरू कर दिया, "हाँ, हवेली किसी परेतनी ने कबजा रक्खी थी। भगतिया ने भतेरे तंतर-मंतर करे... कोई असर ना हुआ।"

"क्या कह रही हो मामी, इन बेकार की बातों पर हवेली छोड़ दी!" मैं मामी की मूढ़ता पर खुंदक खा रही थी।

"छोड़ दी तो देहली पे दीया बालने को बच गई। तुमारी मान ली मैं भरमा गई, सारा गाम थोड़ी भरमा गया। सब कहवैं है हवेली में से बालक-बुतरुओं के रोने की आवाज आवै। कोई औरत रातों चिचियावे है। ना तो बताओ घर के सगले बालक किसने खा लिए। एक बी ना जिया।" मामी

शून्य में देखती बोले जा रही थी।

"मेरा बड़ा कोठे पे चिड़ियान को बाजरा गेरने गया... तिमजले से सीधा जाल पे आके पड़ा। खोपड़ी के दो फाड़ हो गए। बिचले को बिजली ने पकड़ लिया। छोटा गोद का रात को सोया... सवेरे मरा मिला। कतई नीली देह।"

बोलते-बोलते मामी आँखों पर आँचल धरकर विलापने लगी।

"मामा तुम्हारे, औलाद के सदमे में ही चले गए। छोटे लल्ला जी का पहलौठा बस दो दिन जिया। गोल-मटोल एकदम खरगोस-सा था। फिर तले उप्पर दो पेट में ही गए। छोटकी मामी मर-मर के बची।"

मैं सन्न बैठी सुन रही थी। मेरी कनपटियों पर ख़ून की चाल तेज़ होने लगी थी। मामी अपनी रौ में थी।

"छोटे लल्ला जी की सोते में घिग्घी बँध जावे थी। सो अपना हिस्सा बेक के खुरजा बस गए। कदी-कदार भी ना आते। अब तो खैर लुगाई भी उनै छोड़ के अपने पीहर बैठी है। जी तो मेरा बी करे सब छोड़ के कहीं भाग जाऊँ। पर इज्जत से पड़ी तो हूँ। बिराने घर थूकने का बी डर।"

मेरे दिल के नरम कोने में लगातार कोई फाँस चुभ रही थी। मामी के रूजोरंज में मुब्तिला होते हुए भी मेरा मन धीरा का ज़िक्र सुनने को कलमला उठा। मगर वह तो हमेशा ही हीन और नगण्य थी। उसकी बात कौन करता!

मेरे आतुर्य से बेख़बर मामी ने चौके में चाय चढ़ा दी। चौके की दीवारों पर कलौंछ थी। कुछ वैसी ही कलौंछ मेरे ज़ेहन पर छाई थी। वह कलौंछ मात्र संवाद से ही मिट सकती थी। मैं बातों का सिरा ढूँढ़ने के औरेब में थी।

"और धीरा उसका क्या हुआ... म मेरा मतलब... बिचली मामी?" मैंने सँभलकर पूछा।

"वो भी खतम हो ली... दसियों साल हो गए... चिट्ठी ना पौंची?" मामी निकट पड़े बेलन से अदरक कूटते हुए नितांत बेलागी से बोली।

"कैसे?" मेरे अंदर एक झनाका हुआ। मुझे लगा मेरी थकन और गहरी हो गई है।

"वाका दिमाग चल गया हा बीबी। वाई बावलेपन में कुएँ में कूद मरी।"

मामी ने जैसे कलेजे में कोंचनी भोंक दी हो। अचरज से मेरी आँखें फैल गईं। कानों में सनसनाहट-सी हो रही थी। धीरा के पागलपन की बात मुझे बेतरह साल रही थी, "वह तो अच्छी-भली थी। पागल कैसे हो गई!"

"दिमाग का कुछ पता है कहीं का कहीं भागे है।" मामी क़िस्से को टरका रही थी।

"फिर भी कुछ तो हुआ होगा!"

"उसे खसम चईये था। बिगड़ैल ने छोटे लल्ला जी फँसा लिए। गौनहाई बऊ का जोड़ा कैंची से कतर दिया।"

"क्यों?" मेरे लिए धीरा पहेली हुई जा रही थी।

"जलापे में और काएको? नई ब्याहली से होड़ करे थी। साँझ पड़े ही चुट्टे-बिंदे कर अतर उड़ा के लल्ला जी के आगे-पीछे डोले थी। वो अपने कोठे में घुसते तो उनका दरवज्जा पीट के हल्ला करती। उनके कोठे के आगे बैठ के रातों चीखे थी।"

अब तक लड़का बिस्कुट-नमकीन लेकर आ गया था। मामी ने प्याले में चाय डालकर बेमेल प्लेटों में नमकीन और बिस्कुट सजा दिए। मेरे साथ आई मिठाई के कुछ टुकड़े भी। लड़का खाने के लोभ में तख़्त के किनारे पर जमा हुआ था। उसकी नदीदी आँखें बिस्कुट और कतलियों पर चिपकी थीं। मैं धीरा के प्रसंग को छोड़ने को तैयार न थी। मामी की आँखों ने मेरी इस उद्विग्नता को लपक लिया था।

"जा रे किरसन, तनक बाहरे को खेल ले।"

वह मेरे कान के पास अपना मुँह लाकर फुसफुसाई, "क्या बताऊँ निज्जो बीबी... एक रात तो वाने दल्लान में लल्ला जी के आगे अपने

धोती बिलौज फाड़ गेरे। कतई नंगी हो गई। 'मोय बच्चा चईये।' कुछ तो बावली कुछ भूतों खदेड़ी... लल्ला जी की सगली देह बकोट ली। उस दिन माताजी और लल्लाजी ने बहुत मारी। उस्तरे से वाके केस मूँड दिए। रोज ही मार खावे थी। पर ऐसी पक्की कि एक आँसू ना रोई।"

मुझे अपना सिर फटता हुआ लगा। एक स्नायविक आकुली से मेरे सारे रोएँ खड़े हो गए थे।

"फिर अपने घर क्यों न लौट गई धीरा?"

"वाके पीहरियों ने हाथ झाड़ दिए। वे तो बिचले लल्ला जी के मरन में रोने को बी ना आए। बस चिट्ठी भेजी कि हमने तो अपनी ओर से देख-भाल के ब्याह करा। बाकी बहन-बेटी का भाग। अब वे जैसे रक्खें उनकी चीज है।"

नमकीन में सरसों के तेल और मिर्च की झाँस थी। चाय में मीठे की अति। मैं चुपचाप बिस्कुट कुतरने लगी। चाय पीते मेरे होंठ चिपकने लगे थे। मामी खड़े-खड़े ही मीठी चाय को कटोरे में सहरा-सहराकर पी रही थी।

"मैं बी क्या जिकरा ले बैठी। तुम कहो, इंदरानी जीजी ठीक-ठाक हैं?"

"अम्मा तो पिछले महीने छाती के कैंसर से..." मैं दरअसल इस वक़्त धीरा के सिवा और कुछ नहीं सुनना चाहती थी।

अम्मा की ख़बर सुन मामी चाय का कटोरा तख़्त पर टिका लद्द से ज़मीन पर बैठकर बिलखने लगी, "ऐसी नाराजी कि मरते बखत भी याद ना करा जीजी ने!"

कुछ देर को हमारे संवाद में मातम छितरा गया था। मैंने ही माहौल को हल्का करने की कोशिश की।

"अम्मा किस बात पर नाराज़ थी?"

"उनै भी नाराज होने को कोई बात चईये थी भला! किसियों बात पे बिगड़ जावें थीं।" मामी रोते-रोते पपड़ाए होंठों पर उचड़ आई चाम को दाँतों से कुतरकर बोली।

"बिना वजह तो न हुई होंगी!" मैं मामी को पूरी शिद्दत से कुरेद रही थी।

"माताजी से ई कोई राड़ हुई ही।" मामी ने आँख चुराकर कहा, "ऐसी गरब गहेली हीं कि फेर पलट के ना आईं। दौज सलूनो भी छोड़ दिए।"

मामी बातों का रुख़ बदलने की जुगत में थी।

"तुमने भली करी जो आ गईं। माताजी का जी तुममें ई पड़ा है। चाय-पानी पी लो तो मिल लियो। अबी सो रई दीखे हैं। जाड़े-जाड़े धूप में खाट गेर दूँ हूँ।"

सहसा मुझे सुध हुई कि मैं यहाँ क्यों आई हूँ!

"नानी कैसी है?"

"तीनेक साल हो गए उनै फालिज मार गया... अब तो बस आजकल लगी है।"

चाय ख़त्म होते ही मामी नानी के पास लिवा जाने को खड़ी हो गई। आँगन के एक निकम्मे कोने में गूदड़ लिहाफ़ ओढ़े एक ठठरी झिलंगी खाट पर पड़ी थी। मेरे दिल में एक धक्क-सी हुई। रोबीली नानी का यह रूप पहचान में न आता था। नानी के पेट-पीठ मिलकर एक हो गए थे। आँखें कोटरों में धँसी थीं। बदन से बास उठ रही थी। चिपचिपी लार से लिथड़े मुँह के पास मक्खियाँ भिनक रही थीं। मेरे अंदर कुछ पिघलने लगा था।

"ऐसे अचानक क्या हुआ?"

"सब उसकी लीला है बीबी... हम-तुम कौन!" मामी ने आसमान की ओर ताका। "अच्छी-भली रोटी खाके सोईं... तड़के भैंस की सानी-पानी को उठी तो बरामदे में निसस पड़ी हीं। अब बस्स इसी ढाल पड़ी रहवैं हैं।

ना मरों में ना जिंदों में। गू-मूत सब इकली कर रई हूँ।" मामी ने नानी के मुँह पर बैठी मक्खियाँ उड़ाते हुए कहा।

"नानी कुछ खाती-वाती है?"

"तनक-मनक सी दलिया-खिचड़ी निगल ली तो भौत जानो। पैले जरा नमक जादा पड़ जाए तो थाली सरका देवें थीं। ले जा याय मोसे ना खाए जा रए तेरे तीमन। अब रोटी की भी ना रईं।"

मामी ने खाट पर पड़े लोथ को हिलाया, "माताजी! माताजी! उठ ना रईं। देखियो कौन आया है... रात-दिन याद करै थीं।"

कोटरों में धँसी आँखें खुलीं। आँखों ने मेरी शिनाख़्त की। आँखों में हैरत भर गई। आँखों ने हल्का-सा झपककर मुझे क़रीब बुलाया। बोलने के प्रयास में पपड़ाए होंठों के कोरों पर बेतरह लार इकट्ठी होने लगी थी। बड़े यत्न के बाद हिलते नानी के टेढ़े होंठों से फूँक भर निकली। जैसे दो गूँगे बोल मेरे कान में सुर-सुर हुए– "नि... ज्जो... बा... जा..."

मेरा कंठ रुँध गया था। मैंने नानी की क्षीण देह को अपनी बाँहों में भर लिया। मैं हैरान थी कि बूढ़े बाजे ने नानी और मुझे आज भी उसी पुख़्ताई से जोड़ रखा है। नानी की आँखों ने मेरे अगल-बग़ल देखकर सवालिया ढब से पलक झपकाई। उस झपक का मंतव्य मैं समझ गई थी।

"अम्मा नहीं रही।" बोलते हुए मेरी आवाज़ भारी हो रही थी। नानी का नहीफ़ बदन फरफरा उठा। हतप्रभ आँखों से बल्ल-बल्ल खारा दरिया बह निकला। एक व्याकुल चुप हमारे बीच पालथी मारे बोलती रही। दिन बुझ रहा था। नानी की खाट बरामदे में खींचकर मामी ने पुरानी चादर की धूल भरी आयताकार गठरी मेरे सामने रख दी।

"ये धरी तुम्हारी सौगात। ननहार से बस यू ई नेमत आई तुम्हारे हिस्से।" कहते हुए मामी के चेहरे पर रंज उतर आया था।

मगर मेरे भीतर बैठी सात बरस की निज्जो हुलस उठी, "अरे इसमें अब भी जान बाक़ी है!" मैं ताज्जुब में थी। हारमोनियम जस-का-तस

था। हारमोनियम बजाना सीख चुकी मेरी अँगुलियाँ बाजे की कुंजियों को महसूस रही थीं। सफ़ेद-काली तमाम कुंजियाँ सलामत थीं। किंतु मैं जाने क्यों उस आबनूसी पेटी के बारे में सोच रही थी जिसमें नानी हमेशा बाजे को बड़ी एहतियात से रखती थी। हारमोनियम का उस पेटी से जुदा होना कोई सामान्य बात नहीं थी।

"इसकी पेटी कहाँ गई?" हैरत मुझ पर वाक़ई तारी थी।

"पता ना। रहवै तो था पेटी में ई। पर कैई साल हो गए याईं गाँठ में बँधा है। बीमारी से पैले भी माताजी रोज सवेरे इसमें से ई खोले थीं।"

मामी मेरी मनोदशा से असंपृक्त हो हुलास से मेरी मेहमानदारी में रम गई थी।

"थोड़ी-सी कचौरी उतार दूँ? तुम आ गईं तो जी कर आया, ना तो एक टैम बनाया दो टैम खाया। मुज इकली का कित्ता पेट! अब पैले जैसी बात ना रई। जादा देर खड़ी रऊँ तो गोड़ टूटन लगैं।"

मैं पास ही आसन डालकर मटर छिलवाने बैठ गई। मेरे अंदर देर से एक नासब्र तलब उठ रही थी, "मैं ज़रा हवेली हो आऊँ?"

"अब इस बखत! अबेर हो गई... बिजली-बत्ती भी ना है।" मामी के लिए मेरा आग्रह असंगत और अनपेक्षित था।

"गली-मोहल्ले में कोई तो होगा... दीया-ढिबरी दे देगा।" बोलते हुए मुझे लगा था मैं असभ्य और निरंकुश हो रही हूँ।

"पूरा मोहल्ला बियाबान हो गया। अब गामन में कौन रहवै! बड़े-बूढ़े पड़े उमर टेर रए हैं।" मामी ने अपने कौशल से निबटारा करने का यत्न किया, "फिर भी ना मानो तो कल बखत हो अइयों।"

ठंड से सिकुड़ी हुई-सी फ़ाख़्तई साँझ में मामी धुएँ के परदे के पीछे कचौरियाँ तल रही थी। कोई सीली लकड़ी लगातार धुआँ छोड़ रही थी जिससे आँखें कड़ुआ रही थीं। या ये कड़वाहट किसी और चीज़ की थी! मामी ने अपने जानिब ख़ासा तर भोज बनाया था। तेल-मसालों की तह में

लिपटा सूखा सीताफल, रसेदार आलू-मटर, मोयनदार कचौरियाँ।

लेकिन मेरे अंदर धीरा बेतरह कुलबुला रही थी। जैसे बस अभी उस कुएँ में झाँक लूँ जिसमें धीरा कूद मरी थी। मेरा मन बुझा हुआ था। अनमनाहट में थोड़ा-सा खाकर मैं एक तुर्श डकार छोड़कर उठ गई।

"ठीक ना बना?" मामी ने मायूसी से पूछा।

"नहीं अच्छा था। रात को कम ही खाती हूँ।"

मामी ने चूल्हे की राख बराबर की। बुझबुझाती लकड़ियाँ तसले में भरीं और नानी की खाट के तले रख दीं।

"सारी रात माताजी के खर्राटों की डाक बँधी रहवै। पलक से पलक ना लगती। सो इनकी खाट अब बरामदे में ही कर दूँ।"

मामी ने मेरा बिस्तर भीतर बरोठे में लगाया था। तकिए और चादर ने शायद सालों से धूप न देखी थी। उनमें अजीब-सी हमक भरी थी। चादर के किनारे पर रेशमी धागों से कढ़े गुल-बूटों के बीच लाल डोरे से धीरा और प्रमोद कढ़ा था। यह पच्चीसों साल पुरानी धीरा के दायजे में आई चादर थी। मामी गिलास में दूध रख लालटेन की लौ नीची कर चली गई। मैं तकिए में मुँह गाड़कर सोने की कोशिश करने लगी। अचानक लगा जैसे सीलन भरी बोसीदा चादर से धीरा के कस्तूरी इत्र की सुवास उठ रही है। मेरी आँखों में दूर तलक नींद न थी।

अगहन की ठंडी बौखलाई-सी वह रात गुज़रनी भारी हो रही थी। जाड़ों की रात और जेठ की दोपहर कैसी सूनी और स्तब्ध होती हैं। ऐसे सूनेपन में किसी कुत्ते के भौंकते ही कुत्तों के लगातार भौंकते जाने की आवाज़ें, किसी रात के पंछी की बेसुरी टेक बेचैन कर देती है। हारकर मैं खुली अँगनाई में निकल आई।

बरामदे में नानी अब भी जाग रही थी। बीमार की रात पहाड़ बराबर होती है। बाहर ख़ूब चाँदना था। मगर मेरे मन पर अंधकार छाया था। हवा में अजीब सनक थी जैसे बर्फ़ छूकर लौटी हो। मैं किसी ख़ल्वत में

दूध का गिलास उठाए आसमान को ताकने लगी। क्या किसी तूफ़ान के आसार हैं? प्याला ख़ाली होने तक भी आसमान ने अपना हाल न कहा। जैसे नानी चुप थी। जैसे मामी और मेरे भीतर की हलचल मेरी शक्ल पर शाया न हुई थी। मैं मामी की बातों से अपनी स्मृति का सिलसिला जोड़ रही थी। कड़ियाँ जोड़ते मन फिर विगत में भटकने लगा। इस भटकाव में मैं नीरजा से फिर निज्जो हो गई। और यह सोचकर अचंभित होती गई कि कैसे अपनी सारी चेतना को एक बिंदु पर एकजुट कर देने भर से मेरी याद पर पड़े परदे उघड़ने लगे हैं।

अब निज्जो अम्मा के साथ ईंट-खरंजे की गली में उस पुरानी पक्की हवेली के सामने खड़ी थी। हवेली पर नया रंग-रोगन हुआ था। फिर भी चौमासों में आई सीलन दीवारों से चिपककर बैठ गई थी। कच्चे दगड़े से गुज़रकर आने की वजह से उसके पैर धूल से भरे थे। उसे अम्मा उद्विग्न लग रही थी। वह चिट्‌ठी भेजकर आए अप्रत्याशित बुलावे पर घबराई हुई थी। दुआरी पार करके अम्मा ने अटैची बरामदे के थमले से टिका दी। बरामदे में पटसन के पीढ़े पर बैठी नानी सारा वज़न घुटनों पर तौलकर– 'अरेऽऽऽ मेरे रामजी तेरा ही सहारा...' कहते हुए खड़ी हो गई और ऊँचे सुर में रोने लगी। घर आई मौसियाँ और मामी भी सुर में सुर मिलाकर विलाप कर रही थीं। निज्जो महीनों पहले हुई किसी मृत्यु के बाद बरसी होने तक हर मिलन पर रुदन के इस रिवाज को नहीं जानती, वह इस माहौल से अप्रतिभ होकर ऊपर की मंज़िल पर दौड़ गई थी। सीढ़ियों के ठीक सामने एक बड़ी बैठक थी। बैठक के आगे लोहे का बड़ा जाल था। जाल के पार लाल फ़र्श वाला तिदरा बारजा। निज्जो जाल से नीचे झाँकने लगी। वहाँ किसी बात पर ऊँची आवाज़ में जिरह हो रही थी। वह उकताकर लाल फ़र्श पर बने वृत्त में किसी माहिर नर्तकी की तरह अपनी घेरदार फ्रॉक को लहराकर गोल-गोल घूमने लगी। उसके पैरों में जैसे

चकरघिन्नियाँ लगी थीं। घूमते-घूमते वह निढाल होकर जाल पर औंधी लेट गई। उसकी आँखों में सब कुछ तेज़ी से गोल-गोल घूम रहा था। अब पूरी दुनिया उसे गोल लग रही थी। गोल... गोल... और बिल्कुल गोल। नानी दरवाज़े के पीछे दुबकी धीरा पर बिगड़ रही थी। दुबली बेहाल हो चुकी धीरा में कुछ तंदुरुस्त और बहाल था तो उसका पेट। वह अपने उभरे पेट को अपनी बेरंग साड़ी का पल्लू फैलाकर छिपाने की नकारा कोशिश कर रही थी और पल्लू का दूसरा सिरा रुलाई रोकने को मुँह पर रखा था। इस कोशिश में उसका चेहरा अजीब लग रहा था। उसके पेट को देखकर निज्जो की कल्पना में नन्हे-नन्हे हाथ-पाँव उग आए। अब उसकी प्रजा में वृद्धि होगी। किंतु अचानक उसकी अम्मा ऊँचे कंठ से बोलने लगी। वह क्रोध से नानी को बँकार रही थी– "पाँचवाँ महीना चढ़ गया है अम्मा... अब सफ़ाई के माने जानती है? ये मर जाएगी।"

"उत्ती राँड कल की मरती आज मरे... जनम में थुकवा दिया।" नानी झौंहाकर बोली। प्रतिवाद में अम्मा के चेहरे पर घृणा फैल गई थी। वह तल्ख़ हो उठी- "थुकवाया तो तुम्हारे लल्ला ने भी... उसका क्या?"

धीरा डबकौहाँ आँखों से गरजती नानी को देख रही थी। "आदमी को मरे साल ना हुआ... इसके ऐसी आग उठ रई थी कि पूत समान देवर ना छोड़ा। मैं तो सोच रई थी यूँ ही फूल रई है।"

"पूत समान देवर तो माँ समान भौजाई... छोटे को ये पाठ ना पढ़ाया अम्मा... जो हुआ दोनों की राज़ी थी।" अम्मा ने माहौल में जैसे ज़हर उगल दिया हो। बड़ी मामी एकदम से बमक उठी थी। चेचक की दगीली सूरत असम्मति की भड़क से ललिया गई।

"आदमी को भी कहीं दोस लगै है इंदरानी जीजी!"

मौसियाँ अलग तन्ना रही थीं– "इज़्ज़त पर ढेले फेंकने आई हो जीजी कि सुलह-सफ़ा करने!"

पीढ़े पर बीजना झलती नानी को हौसला मिल गया। बीजने की डंडी सँट से धीरा की कमर पर पड़ी। उसकी छिलमिलाहट से वह दरवाज़े पर सिर पटककर चीख़ पड़ी। "माताजी, मैं अपना बच्चा ना गिराऊँ... देखो पेट में कैसे डोल रा है।"

रेडियो की आवाज़ बढ़ा दी गई। धीरा अपने उभरे हुए उदर पर हाथ रखकर लगातार रिरिया रही थी, "पैर पड़ूँ हूँ, मोय बालक खाने वाली डायन मत बनन दो। परमोद जी का हिस्सा दे दो यहाँ से कहीं दूर चली जाऊँगी। कसम उठाऊँ जो कभी दीखूँ।"

"आ तोय तेरा हिस्सा दूँ!" नानी का बीजना फिर घूम गया। और कुछ देर घूमता ही रहा। अम्मा नानी को धकेलकर चिल्लाने लगी।

"तू कहीं न जाएगी धीरा। तेरा इकली का दोष ना है। इस उमर में क्यों पाप कमा रही है अम्मा... एक काम कर चद्दर डलवाकर इसे छोटे को बिठवा दे। जिसकी करनी उसके माथे... इस बेचारी को भी आसरा होगा।"

अम्मा ने जैसे सलाह नहीं बम फेंका था। नानी गश खाकर धड़ाम से गिर पड़ी थी, "जीते जी हवेली के माथे नील का टीका ना लगन दूँ।"

नानी के दाँत भिंच गए थे। आँखों की पुतलियाँ उलट गई थीं। बाक़ी लोग उसकी हथेलियाँ और तलवे रगड़ रहे थे। पानी के छींटे मारती बड़ी मामी अम्मा को गरियाने लगी थी।

"कुछ तो लोक लिहाज रक्खो जीजी। तुमने तो दुनिया पेट में धर ली। चौके की राँड बालक जनेगी!" मामी की भद्दी सूरत पर सधवा होने का दर्प चिलकने लगा था। वह धीरा को खा जाने वाली नज़र से घूर रही थी।

"मोरी की ईंट कँगूरे पर ना चिनी जाती। पंडज्जी चलन-कलन देख गए हैं। नहान पीछे लल्ला जी का लगन है।"

अम्मा ने तुरंत थमले से सटी अटैची उठा ली। निज्जो की बाँह खींचती बोली, "तो समझ लो इंद्राणी मर गई। अब इस देहरी कभी पाँव ना धरूँ।"

अचाक ही मेरे क़रीब एक सरसराहट हुई। बड़ी मामी शायद पेशाब के

लिए उठी थी। मुझे जागते देख मेरे क़रीब चली आई थी।

"अरे सोईं ना निज्जो बीबी! यहाँ काएको जड़ाई मर रई हो?"

"नींद नहीं आ रही।" धीरा अब भी मेरे ज़ेहन को जकड़े हुए थी।

"माताजी की नाक बज रई होएगी।" मामी हँसते हुए मेरे पास ही खोर की ठंडी मुँडेर पर बैठ गई। मैंने उसकी अलसाई आँखों में अपनी आँखें गाड़ दीं।

"धीरा के उस बच्चे का क्या हुआ?"

मामी का चेहरा एकदम फ़क्क पड़ गया, "कौन-सा बच्चा! कहाँ सुनयाईं! कानों और आँखों में चार अंगुल का फरक होवे।"

"बनो मत मामी। वही बच्चा जिसने सारा वंश खा लिया। धीरा डायन बन गई।" मेरी बेचैनी फनफनाकर बेलगाम हो रही थी। आवाज़ में ज़हर भर गया था मानो मेरे अंदर अम्मा की रूह उतर गई हो। मामी के चेहरे की मुर्दनी अँधेरे में भी दीख रही थी।

"माताजी ने कुछ कही? कसम धरा लो बीबी... जिस रात उसे दरद उठे मैं पीहर गई थी।" मामी मेरे हाथ पकड़कर सिसकने लगी।

"इंदरानी जीजी ने ठीक कही थी। धीरा को छोटे लल्ला जी को बिठा दो पर माताजी ना मानी। लल्ला जी बी मुकर गए। उनै कोरी लौंडिया चईये थी।"

मेरे मन में घृणा घुमड़ रही थी। मैंने मामी की दिलासा के लिए कोई यत्न न किया। वह ग्लानि थी या ग़ुबार बोलते-बोलते मामी की सिसकारियाँ रुदन में बदल गई थीं।

"धीरा को इस घर में कोई सुख ना मिला। जाते-जाते परमोद जी अपना मरज बी दे गए... उनकी तरह ही रोज बुखार चढ़न लगा था। खाँसते-खाँसते बेदम हो जावे थी। जो छोटे लल्ला जी के गैल बैठ जाती तो घर का नास काएको होता। काएको सारे बालक मरते।"

जी भर रोने के बाद मामी कुछ सँभलने लगी थी।

"बच्चा गिराने में धीरा मर-मरा जाती तो सगले गाम में हल्ला हो जाता। सो चार महीने वो कोठे में मूँदे रक्खी। जापे को चार गाम पार से दाई बुलाई। लड़की हुई थी। मैंने पूछी तो माताजी बोलीं दाई को ई दे दी। चार बीघा जमीन भी वाके नाम लिख दी।"

"वो दाई कहाँ मिलेगी?" अँधेरे में एक आस किरण चमकी थी जिसे मामी ने ठीक अगले ही पल बुझा दिया।

"मोय खबर नाय। अब तो मर-मरा गई होएगी। माताजी धीरा को लड़की का मोह दिखाके ई काबू रक्खे थीं। कहवै थीं बड़ी हो जान दे हवेली में लियाऊँगी। बस काई को खबर ना हो तेरी लौंडिया है। धीरा वाई दिन की बाट देख रई थी। पर एक दिन पता ना क्या देख लिया कि आधी रात माताजी की छाती पे चढ़ बैठी। दोनों हाथों से गला दाब लिया। डकरा-डकरा के रोई– 'लबरी कसाइन आज तुजे ना छोड़ूँगी... मेरी बच्ची खा गई...' बड़ी मुस्किल छुड़ाई। उस दिन से ई घर के दुरदिन आ गए। एक-एक कर घर के सगले बालक खतम हो गए।"

मैं सन्नाई बैठी थी मगर दुविधा की धुंध पूरी तरह छँट चुकी थी। मैंने बरामदे में खर्राटे भरती नानी को झिंझोड़ डाला।

"धीरा की बेटी कहाँ है नानी?" नानी मरी मिट्टी-सी अवाक पड़ी रही जैसे बहरा गई हो। मामी ने मेरा हाथ पकड़ लिया।

"मेरा जी ना मानता वो जीती होगी। जिसे छुपाने को इनोने इतने जतन करे उसे हवेली के बाहर निकलन देतीं भला!"

अगली सुबह मैं ऊजड़ हवेली के सामने खड़ी थी। मामी ने चाबी थमाते हुए ताक़ीद की थी, "देखके पैड़ी चढ़ियों। छजली अछुआई हो रई है। पार साल असाढ़ के हल्लन में पिछल्ला कोठा ढै गया।"

गली में किसी की आहर-जाहर न थी। चबूतरे पर सूखी हुई काई के छिलके जमा थे। हवेली की दीवारों में पीपल फूट आए थे जो चौमासों के

बाद और हरे हो गए थे। दीवारों पर उकेरी हुई शेरों, मोरों, हाथियों और फूलों की आकृतियाँ बिगड़ गई थीं। दरवाज़े के ऊपर जालीदार मेहराब में कबूतरों के कुनबे बस गए थे। सूनी गली में उनकी गुटकन गूँज रही थी। सालों से बंद पड़े ज़ंग खाए ताले को खोलने में मुझे ख़ासी मशक़्क़त लगी। लकड़ी का बोझल दरवाज़ा कई धक्कों के बाद उग्र चरमराहट के साथ खुला था। उस बंद दरवाज़े के पार जैसे कितने साल और मौसम रुके हुए थे। मुझे लगा हवेली के हरेक कोने में परछाइयाँ भटक रही हैं। रीते घर में मेरी पहचान की आवाज़ें निर्वात में तिरती आती हैं। सेहन से एक पुलक उठकर मुझे गोद में भर लेती है– 'अय मेरी निज्जो आ गई, अब नानी-नतनी की ताल बाजेगी।'

बंदूक़ की गोली-सी दनदनाती कोई पुकार चीख़ती है- 'धी... राऽऽऽ... अरी जले पाँव की बिलैया।'

एक मुर्दार हकलाहट सीढ़ियों से उतरती आती है- 'आ...ग...ई... ल... लल्ला जी ने चखरी थमा रक्खी थी।'

कोई धिक्कार पैनी कटार की तरह गड़ती है– 'चौके की राँड बालक जनेगी!'

कोई गिड़गिड़ाहट मन को द्रवित कर जाती है– 'मोय बच्चा खाने वाली डायन मत बनाओ।'

कोई ठसक ऐंठने लगती है– 'हवेली के माथे नील का टीका ना लगन दूँ।'

सेहन में हारमोनियम की आदिम धुन के टुकड़े बिखरे हुए हैं। कोई दारुण खाँस, कोई दौड़ती पदचाप, कोई हँसी, कोई गीत, कानों में झन-झन बजता है।

मैं निज्जो की काया में उतरने लगती हूँ।

जिस दिन निज्जो ने धीरा को आख़िरी बार देखा था उस दिन बरामदों से सेहन तक जाजिम बिछी थी। दरवाज़ों पर आम्रपत्तों के तोरण सजे थे।

पिछवाड़े भट्टियों पर कड़ाह चढ़े थे। हलवाई लड्डू बाँध रहा था। मठरियाँ छन रही थीं। नानी अपनी धराऊ बनारसी पहने मोतीचूर और बताशे बाँट रही थी। ढोलक की थाप पर औरतों के संकुल में बैठी धीरा लहक-लहककर बन्ने गा रही थी। मगर उसकी आँखों में अजीब वीरानगी थी।

'माई री... मैं टोना करिहौंऽऽऽ
सुआ की चोंच कबूतर के डैना
उड़त चिरैया के नैन री... मैं टोना करिहौं।
इन तीनन का मैं भसम बनइहों
लगाऊँ बन्ने के पाँव री
भसम लगाय बन्ना पाँव न चलिहै
चढ़े ना पराई सेज री... मैं टोना करिहौं।'

अपनी क़सम पर क़ायम अम्मा अपने छोटे भाई के ब्याह में नहीं आई थी। धीरा का पेट सपाट था। निज्जो की समझ के मुताबिक़ उसकी गोद में आँचल ढाँपे चुसर-चुसर दूध पीता एक बच्चा होना चहिए था। मगर वह नहीं था। वह क्यों नहीं था! उस रोज़ उसकी खोज में निज्जो की आँखें हवेली के सारे कोने झाँक आई थीं।

कोई कबूतर फड़फड़ाया तो मेरा ध्यान बिखर गया। मैं मंद क़दम चलती कुएँ की जगत पर बैठ गई। आज मैंने कुएँ में झाँककर अपना नाम नहीं पुकारा था। मैं भर्राए कंठ से चिल्लाई– 'धीऽऽऽ राऽऽऽ' और प्रतिनाद में मुझे मानो 'ब...चा...ओ' जैसी कोई गुहार सुनाई पड़ी थी। जाने कितनी देर अपना रीता मन लिए मैं कुएँ की जगत पर बैठी रही।

धीरा पागलपन में कुंए में कूद पड़ी थी या उसे कुएँ में फेंक दिया गया था मुझे यह बात कोई बताने वाला न था। वैसे भी दोनों बातों में कोई बड़ा अंतर नहीं था। मैं ज़ोरों से रोना चाहती थी लेकिन छाती पर भारी बर्फ़ जमी थी। साँझ ढलते मैं थके क़दमों से लौट पड़ी।

चौथे पहर का सात्विक सूरज उस घड़ी नामालूम किस दिव्य कोण

पर था कि उजालदानों से आती रौशनी सीधे टूटे किवाड़ों वाली बखारी पर पड़ रही थी। अचानक मेरी चुँधियाई आँखें चिहुँक उठीं। रौशनी की उन नारंगी लकीरों से बखारी में लकड़ी के वज़नी लट्ठों के तले दबी वह गराँदार आबनूसी पेटी मुझे मिल गई थी जिसमें नानी का हारमोनियम क़ैद रहता था। उसके कुंदे में ताला पड़ा था। मगर मुझमें उसे तोड़ने का हौसला न था। मेरी आँखों में पेटी में बंद एक सद्यजात बच्ची के गदबदे हाथ-पाँव कुलबुला रहे थे।

अज़ाब

जाने किसी की मन्नत फली थी या आह पड़ी थी कि आसमान ऐसा टूटकर बरस रहा था जैसे अबके बरसकर फिर बरसना ही न होगा। दोपहर में भी माहौल पर झुटपुटा-सा तारी था। सूरज का कोई अता-पता न था। गोया रोज़ की नौकरी से बेज़ार हो बादलों की चादर ढाँप किसी कोहग़ार में सुस्ता रहा हो। शहर की आबादी से अलगाया रात-दिन कामदारों से घिरा घूरपुर का ईंट भट्ठा भी इस वक़्त सुनसान पड़ा था। ऊजड़ भट्ठे के चारदांग जहाँ तक नज़र जाती थी ईंटों की जगह अगर कुछ था तो बस अनहद मिट्टी का फैलाव।

दो दिनों की धारासार बरसात ने भट्ठे पर फड़ों में रखी कच्ची ईंटों को मिट्टी के लोंदों में बदल दिया था। चटयल मैदान पर सूखने को दूर तक बिछी तमाम कच्ची ईंटें भी गलकर गारा हो गई थीं।

भट्ठे के हमगोशे में लचर झुग्गियों का एक भरा-पूरा कुनबा आड़ी-टेढ़ी और बेढंगी सफ़ में हैरान खड़ा था। अजहद नीची छतों वाली इन झुग्गियों की साख़्त बहुत कुछ दियासलाई की डिबियों के मानिंद थी। जिनके भीतर ईंट पथेरे, बेलदार, और मज़दूरों की बसावट है। इन्हीं में से

एक झुग्गी में बदनतोड़ बुख़ार से लरजती सजीली चारपाई पर तीन इकाई बनी पड़ी थी। कल आधी रात से उसका सारा बदन ऐसे जल रहा था जैसे अभी-अभी उस डाले की ओर से झुलसकर लौटी है जिधर रात-दिन जलने वाली सुरंगनुमा भट्ठी की शदीद आग में उसकी पाथी हुई ईंटें पकती हैं। जब-जब सजीली उस आग को देखती है तब-तब उसे अज़ाब में मिलने वाली जहन्नुम की आग का तसव्वुर होता है और मारे ख़ौफ़ के उसका रोआँ-रोआँ सिहर उठता है। उस घड़ी उसके मुँह से ख़ुद-ब-ख़ुद ही एक दुआ फूट जाती है–'या अल्लाह रहम कर! मेरे गुनाह माफ़ कर। मुझे नेकी अता कर, जहन्नम के अज़ाब से बचा।'

लेकिन आज सजीली किसी और ही दहशत में थी। अलसुबह भट्ठा मालिक ने अपने माथे पर हाथ मारकर सूखी आवाज़ में कहा था। "काहे की दिहाड़ी दूँ, ईंट कहाँ रहीं? मिट्टी है मिट्टी। मिट्टी का क्या मोल और क्या मजूरी!"

वह नन्ही ज़ैनब को सीने से चिपटाए दीवार के सहारे धप्प से ज़मीन पर बैठ गई थी। बिना पलस्तर की खुरखुरी दीवार से उसकी नंगी पीठ खुरचती चली गई थी। एक जुमले से उस खुर्रे आदमी ने उसके जिस्म का सारा अरक निचोड़ लिया था। वह जाने और लोगों से किस किस बात पर देर तक बहसता रहा था। मगर उसने बस एक हरफ़ 'मिट्टी' सुना था। एक बार को लगा जैसे अपनी क़ब्र से उठकर शरबरी उसके कान में फुसफुसाई है– "क्यों रंज रखती है गुल्लन, सब मिट्टी है मिट्टी!"

दूसरे कान में भट्ठा मालिक के बोल लहर रहे थे– "काहे की दिहाड़ी, मिट्टी का क्या मोल!"

सजीली से ज़्यादा कौन जानता है मिट्टी का मोल और मजूरी! जबसे एक मनहूस शाम को शरबरी ने उसे अपनी छाती में भींचकर मिट्टी का मतलब समझाया था, उसे वह घमस भरी शाम किसी हादसे की तरह याद रहती है।

अंदाज़न पंद्रह का सिन था। शदीद गर्म शाम में उसे पाँच फीट लंबी पाँच फीट चौड़ी बोसीदा कोठरी में धकेलकर दरवाज़ा मूँद दिया गया था। कैसा तो फूहड़ सिंगार किया था और उससे भी फूहड़ था उसका लिबास। गहरी काट का गला और एकदम नंगी पीठ। उस पर कच्ची छातियों पर कसी हुई गद्देदार अंगिया में उलटी-सीधी साँस आ रही थी। बेहिसाब गर्मी में नीची छत पर चक्कर काटता पंखा देह को पछोरने वाली लू फेंक रहा था। बदन पर लदी हुई भड़कदार इत्र की महक से उसे मिचलाहट होने लगी थी। फिर कोठरी का दरवाज़ा थोड़ा-सा खुला और एक अजनबी अंदर घुस आया। उसका पहला ख़रीदार उससे तिगुनी उम्र का थुलथुल और नदीदा आदमी था। उस पहले के बाद हर रात दूसरा, बीसवाँ, पचासवाँ, सौवाँ, जाने और कितने! मगर उसे पहला याद है। उसके मुँह से कच्ची शराब की बू उड़ रही थी और बदन से पसीने की ऐसी बास फूट रही थी जैसे वह मुर्ग़ियों के दड़बे से उठकर आया हो। वह मिट्टी के तूदे की तरह उसके ऊपर गिर पड़ा था। उसने उसके बदन पर चढ़े तमाम कपड़े नोच दिए। बाद में उसे महसूस हुआ कि ज़रूर वह मुर्ग़ियों और बकरों को तड़पा-तड़पाकर जबह करने वाला कसाई रहा होगा। वह बड़ी बेरहमी से बजबजाती हुई अपनी सारी गिलाज़त को उसके भीतर उतार गया। बाद उस रात के उसे लगा था उसका जिस्म गंदे ख़ून और मवाद की गिलाज़त से भरा एक फोड़ा है। काश! कोई किसी नुकीले ख़ंजर से उस फोड़े में चीरा लगा दे और उसके अंदर की सारी गिलाज़त बह जाए। वह गला फाड़कर कितने घंटे लगातार रोई थी। अपनी देह की बेहाली के दुख से भी बड़ा था अल्लाह के अज़ाब और क़हर का ख़ौफ़। जहन्नम में काँटेदार थूहड़ खिलाए जाने का डर। संडासी से उसके गलफड़ों को फाड़ दिए जाने का डर। ऊँट-खच्चरों जितने बड़े साँप-बिच्छुओं के डंक मारने का डर। इस ज़िना के अज़ाब में अब जहन्नम की सियाह आग में झुलसकर उसकी सारी खाल बदन से जुदा होकर गिर पड़ेगी। सोचकर ही

दहशत से उसका मुँह ज़र्द पड़ गया था। वह रो-रोकर आसमान की तरफ़ हाथ और मुँह उठाए उस गुनाह की माफ़ी माँगती रही जो उसने नहीं किया था, "मेरे अल्लाह मुझे बख़्श दे! मैं अज़ाब में पड़ गई... इस गलीज़ बदन के साथ कैसे जिऊँगी!"

उस रुलाई से शरबरी दहल गई थी। उसे अपनी छाती में भींचकर वह फूट पड़ी थी, "तुझे क्यों अज़ाब मिले, उस निट्ठुर अल्लाह को क्यों न मिले... जिसने बेक़सूर ही हमें इस दोज़ख में फेंक दिया। तेरे उस अल्लाह की भी किसी को जवाबदारी है कि नहीं?"

लेकिन उस बेपायाँ रात को उसकी आँखें बरसाती नाबदार हो गई थीं। सो बरसती ही रहीं। तब शरबरी उसे झिंझोड़कर चिल्ला पड़ी थी।

"तू रंडी है। याद रख तेरी आँख के आँसुओं से ज़्यादा यहाँ तेरी आँख में पड़े काजल का मोल है। किस बात का सोग मना रही गुल्लन? रूह पाक रहे। जिसम का क्या मलूल, मिट्टी है मिट्टी।"

फिर शुदा-शुदा जाने कैसे ख़ुद-ब-ख़ुद ही उसकी आँखों का पानी सूखता गया और उसने मिट्टी को बस मिट्टी ही समझा। बिला उज्र अपनी मिट्टी को बेहयाई से हर रात ख़रीदारों के तले बिछा दिया। रोज़ सवेरे उस रौंदी हुई मिट्टी को समेट लिया और समेटी हुई मिट्टी से अगली बेहया रात के लिए अपना एक नवेला बुत गढ़ लिया।

मगर मीरगंज के कोठे पर मिट्टी का इतना मातम न होता था जितना इस घड़ी ईंटों के मिट्टी हो जाने से उसे और बाक़ी कामदारों को हो रहा था। झुग्गियों की सफ़ में एकदम से कोहराम मच गया था। भट्ठा मालिक अपने जानिब निपटारा करके चलता बना था।

"मैं कहाँ तक नुक़सान उठाऊँगा? अब भादों बाद ही कुछ काम होगा। रह सको रहो, न तो और कोई हिल्ला देखो।"

दिहाड़ी गई सो गई लेकिन अचानक बेरोज़गार हुए मज़दूर रोज़ी की फ़िक्र में बुरी-बुरी बातें बकने लगे थे।

"इस स्साले हरामखोर की भली चलाई। हलक में हाथ डालकर दिहाड़ी खींच लेंगे। ईंटें मिट्टी हुईं तो हमारा क्या कसूर, मौसम की मार हम मजूर क्यों भुगतें? बिना काम बीस दिन कैसे कटेंगे? रात बारह से नौ तक बैल की तरह जुते रए... ढलाई-पथाई सीखी। इसके कहे अब दूसरे हिल्ले लग जाएँ?"

ख़ूब हैस-बैस के बाद दोपहर तक आधी से ज़्यादा झुग्गियाँ वीरान हो चली थीं।

आसमान इकसार बरस रहा था। बीच-बीच में हवा की झोंक के साथ बारिश की कोई ख़ूँखार बौछार आती तो अलकतरे से रँगी टीन के इकहरे किवाड़ ज़ोरों से भड़भड़ा जाते। भड़भड़ाते किवाड़ों के पीछे सजीली का सूखा दुबलाया जिस्म किसी अंदेशे में भुरभुरे पत्ते की तरह सिहर उठता। बुख़ार की तमल्मुली में वह बार-बार उठकर बैठ जाती। उसकी शहरग तेज़ी से फड़कने लगती। आज बरसते पानी में ऐसी धार थी मानो छत के कई फाड़ कर देगी।

चारपाई के नज़दीक ही साल भर की ज़ैनब पुरानी ओढ़नी से बनी झुलनी में पड़ी थी। झुलनी की डोरी सजीली की उँगलियों में फँसी थी। आधी नींद आधी जाग में वह हर दो-चार मिनट पर उसे हिलाए जा रही थी। झुलनी हिलती तो कुनमुनाती ज़ैनब चुप हो जाती। सजीली को लगता है शरबरी की रूह हर वक़्त उसके आस-पास डोलती है। उसके भीतर से जन्मा लिजलिजे गोश्त का लोथड़ा एक बरस से उसने अपने कलेजे से लगा रखा है। जैसे उसके सीने पर शरबरी का क़र्ज़ रखा है। शरबरी ने भी तो उसे बच्चे की तरह पाँच बरस अपने कलेजे से लगाए रखा था। मरते दम वह पेट से घुटने सटाए सिकुड़ी चमड़ी वाली ननकी ज़ैनब को उसकी हिफ़ाज़त में दे गई थी।

"गुल्लन अपने अल्लाह से दुआ करना इसे हयात मिले। इज़्ज़त की रोटी नसीब हो। कैसे भी हो इसे तालीम देना। कुछ कमा खाएगी। एक

कसबी तो बस जनमती और मरती है, जीती थोड़े ही है!"

सजीली ने मिचमिची आँखों से झुलनी में पड़ी शहद की चुसनी चूसती ज़ैनब को देखा। बादाम की गिरी जैसी आँख, सुतवाँ नाक, गोरा भभूका रंग। पूरी की पूरी शरबरी। शरबरी का ख़याल आते ही वह और भी मुस्तैदी से झुलनी की डोर हिलाने लगी थी। उसे महसूस हो रहा था शरबरी उसके सिरहाने बैठी उसका सिर थपक रही है। धीरे-धीरे उसकी बुख़ार से लस्त आँखें वज़नी होती गईं।

कच्ची नींद के अल्ल-बल्ल ख़्वाबों में उसे अमीनाबाद के ज़ायक़ेदार महक भरे ललचाऊ कूचे दिखाई पड़ते हैं। नींद में भी पेट में भूख का बगूला-सा उठने लगता है। दसेक साल का सिन है। वह अब्बू की साइकिल के डंडे पर बैठी है। वे दुकान से लौट रहे हैं। जिस दुकान में चिकन की नाज़ुक कशीदाकारी से सजे कपड़ों के थान के थान रखे हैं। यह उसके अब्बू की दुकान है। वे कारीगरों को समझा रहे हैं, "फ़लाँ कपड़े पर जाली, फ़लाँ पर मुर्री, फ़लाँ पर टेपची डालनी है और सफ़ेद मलमल पर ज़ंजीरा।" अब्बू ने गल्ले से निकालकर पैसे अपनी कोथली में भर लिए हैं। अब वह किसी शहंशाह की शहज़ादी है। एक हुक्म पर सब हाज़िर। सड़कों पर मेले जैसी भीड़ है। वह डंडे पर बैठी ख़ामख़ा ही घंटी टिनटिनाए जा रही है।

अब्बू मुस्करा रहे हैं, "हमारी गुल्लन लाडो क्या खाएगी... टुंडे कबाब... कि नल्ली नहारी?"

"वाहिद की बिरयानी, अब्बू।" वह तपाक से बोली थी।

खाने की लज़्ज़त सचमुच ही उसके तालू पर घुलने लगी थी। उसे याद पड़ा, वह कल शाम से भूखी है। ख़ाली पेट की गुर्राहट से उसकी नींद टूट गई।

बुख़ार ज़ोर पकड़ रहा था। अजीब आलम था। थूक सटकते गला ऐसे कसक रहा था जैसे गले में खारदार झाड़ उग आए हों। उसकी

कमज़ोर याद में मीरगंज कोठे की एक मरियल-सी लड़की उभर आई। वह अक्सरहाँ रातों को नींद में अपना गला थामकर गेंऽऽऽ गेंऽऽऽ कर घिघियाती थी। मगर उसकी आवाज़ उसके हलक में ही दबती जाती थी। तब किसी ने कहा था– काबूस रोग ने पकड़ा है। उसे नींद में लगता है कि जिन्नात ने उसकी छाती पर चढ़कर उसका गला भींच रखा है। इस वक़्त उसे ठीक वही कैफ़ियत हो रही थी। डॉक्टर के पास जाए बिना शायद निजात नहीं मिलेगी। उसने अधबैठी होकर ढुलमुल छातियों के बीच फँसा बटुआ निकाला। कुल जमा एक सौ साठ रुपये। इनमें से सौ रुपये डॉक्टर की हथेली पर रखने की दिलेरी कहाँ से लाए! रात-दिन लगकर तीन हज़ार ईंटें पाथी थीं। हज़ार ईंट पर पाँच सौ के हिसाब से डेढ़ हज़ार हाथ में आते मगर भट्ठा मालिक की संगदिली देखो, सारा रुपया डकार गया। काम बंद हुआ सो अलग। यह भी कोई धंधा है जो मौसम का मोहताज रहे। कोठे पर थी तो सर्दी, गर्मी, बरसात बटुआ भरा रहता था। ज़िंदगी ज़लील थी मगर सहल थी दोनों जून सालन-रोटी। कभी मीठे को मन मचल जाए तो शीर-खुर्मा। अभी भूख से उसकी आँतें कुलबुला रही थीं। वह सीली हुई दीवार का सहारा लेकर पानी घूँटने लगी। पानी का स्वाद भी अजीब बकबका-सा था या फिर मालूम नहीं अचानक उसकी ज़बान ने स्वाद पकड़ने का हुनर खो दिया है कि अब बस तसव्वुर में ही उसे चीज़ों का स्वाद आता है। बुख़ार की थकावट में वह बारिश में तर हुई कच्ची ईंट-सी चारपाई पर ढह गई। माहौल में घनी बियाबानी थी। ऐसे में ख़ैर-ख़बर लेने को भी कौन आता जो उससे कहकर दवाख़ाने से बुख़ार की कोई पुड़िया-गोली ही मँगवा लेती। ख़ुद भी जाए तो कहाँ जाए। भट्ठे के दो मील इधर और दो मील उधर तक कोई दवाख़ाना तो क्या नून-हल्दी का दुकानचा भी नहीं। इतवार के रोज़ सब औरतें ईंटों के ट्रक में लदकर हफ़्ते भर की साग-सब्ज़ी और ज़रूरियात का सामान ले आतीं। भट्ठे की तरह कोठे पर उसे हारी-बीमारी की फ़िक्र नहीं रहती थी। कोठेवालियाँ कितनी भी बेग़ैरत

थीं मगर एक-दूसरे के दुख-दर्द में शिरकत करती थीं। उसकी थकी हुई आँखों में उसके बदन की खुरचनों को सहलाती हुई शरबरी फिर मुस्कराने लगी। एक दफ़ा उसे चिरकारी बुख़ार ने धर लिया था। शरबरी हर दूसरे रोज़ बिना नागा उसे डॉक्टर को दिखाने ले जाती थी। हफ़्तों तक पाबंदी से तीन ख़ुराक देती थी। धौंस से दलिया, खिचड़ी, फल-फ्रूट खिलाती थी और अपने रोज़ के बँधे हुए ग्राहक छोड़कर उसके कमज़ोर होते हाथ-पैर मलती थी।

उसे याद है उन दिनों मौसम पर गुलाबी जाड़ा चढ़ने लगा था। मग़रिब का समय था। वह बुख़ार से बेतरह तप रही थी। ठीक ऐसे जैसे यहाँ भट्ठी में पड़ी ईंट तपती है। शरबरी उसके माथे का ताप देखकर हौल गई थी। ठंडे पानी की पट्टी से भी बुख़ार क़ाबू न हुआ तो वह उसे अपनी पीठ पर लादकर डॉक्टर के पास ले जाने लगी। आते-जाते सारे रिक्शों पर सवारियाँ बैठी थीं। एक रिक्शेवाला सड़क किनारे खड़ा हथेली पर सुर्ती और चूना रगड़ रहा था। शरबरी उसे गोद में लिए हड़बड़ी में बिना कुछ पूछे ही रिक्शे पर सवार हो गई, "डॉक्टर सलाउद्दीन के दवाख़ाने ले चलो।"

"ख़ाली नई है।" रिक्शेवाला रुखाई से बोला।

शरबरी ने उसकी रुखाई को बिल्कुल तवज्जो न दी थी।

"ख़ाली तो है भले आदमी... बच्ची बीमार है। पाँच मिनट का रास्ता है। सर्राफ़ा बाज़ार से ज़रा आगे जाना है बस।"

"कहा न... ख़ाली नई है। सवारी पकड़ रखी है। उतर जाओ।" रिक्शेवाले ने लापरवाही से कहा।

शरबरी ने सजीली का जलता हुआ माथा छुआ। उसके भीतर की हड़बड़ी और गहरी हो गई, "अच्छा दस की जगह बीस दूँगी। अब जल्दी चलो।"

"जा न और कोई देख। अल्लाह वाला हूँ... किसी रंडी की हराम कमाई नहीं खाता मैं।" रिक्शेवाले की आवाज़ में तल्ख़ी और नफ़रत भरी थी।"

अचानक जैसे शरबरी के अंदर किसी शेरनी की रूह घुस गई। उसने भरे बाज़ार अपने पंजे से रिक्शेवाले का गरेबान थाम लिया, "नीच! भड़ुए! क्या बोला? हराम की कमाई! मुझसे ज़्यादा हलाल की क्या खाएगा तू?"

रिक्शेवाला शरबरी की ग़ुस्सैल पकड़ में छटपटाने लगा था। शरबरी उसका गरेबान थामे बोले जा रही थी, "पता भी है कैसे कमाती हैं रंडियाँ! मरभुक्खे गिद्धों के पंजों से अपने लिए रोज़ का निवाला छीनती हैं। अपने रिक्शे में बिठाकर रोज़ कितने नदीदों को हम रंडियों के दरवाज़े छोड़ता है तू! ख़ूब चैन से यहाँ खड़ा उन हरामज़ादों की कमाई की खैनी रगड़ता है। वो हलाल है तुझे?"

एक पल को रिक्शेवाला भौंचक रह गया। उसे शरबरी से ऐसे ग़दर की उम्मीद नहीं थी। शरबरी गला फाड़कर डकराती रही, "जिसम भले बेचती हूँ पर ज़मीर बचा रक्खा है। हराम और हलाल की बड़ी फ़िकर है मरदूद, एक मासूम जान की नहीं!"

शरबरी के चिल्लाने से आते-जाते लोग एक जगह जुट गए थे। बलवे से घबराया रिक्शेवाला तेज़-तेज़ रिक्शा खींचता कहीं ग़ायब हो गया था। उसके बाद शरबरी अपनी पीठ पर लादे हुए ही हाँफती-कलपती उसे डॉक्टर सलाउद्दीन के दवाख़ाने ले गई थी।

शरबरी जिस्म भी बेचती थी तो धींगाई से। बिना रोए बिना मलाल किए– "जिस्म का क्या मलूल, मिट्टी है मिट्टी।"

और उसी मिट्टी से सरेशाम मीरगंज के कूचे आबाद रहते थे।

उसे क़तई याद नहीं वह अमीनाबाद से मीरगंज कैसे पहुँची थी। यादों की तख़्ती पर जैसे किसी ने गीला कपड़ा फेर दिया है। सब मिटा-मिटा सा है। बस इतना याद पड़ता है कि रमज़ान के आख़िरी अशरे की ताक़ रात थी– यानी शब-ए-क़दर की रात। जहन्नम से आज़ादी की रात। और इसी रात की सुबह वह जहन्नुम में पड़ी थी। गली-गली सिवइयों और मेवों के

बाज़ार सजे हुए थे। चूड़ी, बूँदों, मेहँदी और रुपहले चुटिल्लों के ठेले-गाड़ों पर औरतें और लड़कियाँ टूट पड़ी थीं। मस्जिदों में इबादत करने वालों का जमावड़ा था और मस्जिदों के बाहर ज़कात-सदक़े लेने वाले मंगतों-फ़क़ीरों की लंबी क़तारें। ताक़ रातों में अब्बू दीनी लोगों के साथ रात के पिछले पहर तक मस्जिद में ठहरा करते थे। घर की देखभाल को एक बेवा फूफी गाँव से आई हुई थीं। ख़ास तौर पर अम्मी की देखभाल को। लड़का पैदा किए छह महीने हो गए थे लेकिन अम्मी जच्चा बनी पड़ी थीं कि पहला जाड़ा जच्चा-बच्चे पर भारी होता है। वो उन दिनों हर वक़्त अकड़ी रहती थीं जैसे तीन लड़कियों के बाद उन्होंने अपनी नस्ल से जुदा कोई अज़ीम जीव जन दिया है। वह अज़ीम जीव हर वक़्त बंदरिया के बच्चे की तरह अम्मी से चिपटा रहता। दो मिनट गोद से बिस्तर पर रखो तो उसका रोना शुरू हो जाता। उसे गोद की बुरी लत पड़ गई थी। वह था भी चिरक ढाँस। कुछ-न-कुछ लगा ही रहता। कभी नाक चल जाती कभी छाती पर बलग़म। कभी उल्टी-दस्त। उसके फेर में लड़कियों की तरफ़ अम्मी का ग़ौर नहीं रहा था। मगर अब्बू तीनों बेटियों को ख़ूब लाड़ करते। उसे याद है उस रात अब्बू उसके लिए संजाफ़ वाला फ़िरोज़ी दुपट्टा लाए थे। वह इतनी ख़ुश थी कि खेलते-खेलते दुपट्टे को ओढ़े ही सो गई थी। आधी रात अम्मी के अलकलड़ैते का रोना शुरू हो गया तो अम्मी ने उसे झिंझोड़कर जगा दिया, "गुल्लन, ज़रा देर भैया को सँभाल शीशी में दूध बना लाऊँ।"

वह पलंग से पीठ टिकाए आँखें मींचे ही आदतन उसे गोद में लिटाकर टाँग हिलाने लगी, "आऽऽऽ आऽऽऽ निन्नी आऽऽऽ भैया को निन्नी आऽऽऽ" अचानक उसे अपनी गोद में गरम गीलापन महसूस हुआ। एक झटके से उसकी आँख खुल गई थी– अल्लाह उसका फ़िरोज़ी दुपट्टा!

"हट्ट मुतोड़े।" मारे ग़ुस्से के उसने उस नन्ही जान को बिस्तर पर पटक दिया। फिर तो उस पर अम्मी का क़हर टूट पड़ा। अपने लाल को लगी ठेस का अंदाज़ा कर मालूम नहीं अम्मी ने तड़ातड़ कितने झापड़

और धौल बजाए थे। उसके नाज़ुक गाल सुर्ख़ और कमर नीली पड़ गई थी। वह अब्बू के इंतज़ार में सुबकती हुई ड्योढ़ी पर ही ऊँघने लगी थी।

वह शायद बहुत गाढ़ी नींद सोई थी। पता नहीं तसलसुल कितने घंटे! उसे लगा था वह रेल में है मगर आँखें खुलने को न हुई थीं। जब आँखें खुलीं तो सूरज आसमान में ऊँचा चढ़ आया था। शायद दिन के दस-ग्यारह बजे होंगे। वह रिक्शे में दुपल्ली टोपी लगाए एक अधपकी दाढ़ी वाले की गोद में थी। उसके होंठ एकदम सियाह थे और आँखों पर मोटी-सी ऐनक चढ़ी थी। बेगाने नावाक़िफ़ रास्तों से गुज़रते हुए रिक्शा हड़बड़ी में उछलता हुआ दौड़ रहा था। वह बार-बार रिक्शे की चिकनी सीट से उखड़ जाती। अपनी शशदर आँखों से एक-एक चीज़ को वह यूँ देख रही थी जैसे अब भी रात की उसी कम्बख़्त नींद में है। एक जगह ज़ेवरात का बाज़ार था। घनी दुकानों के बीच तंग-तवील घबराई-सी गलियाँ। बिजली के खंभों पर तारों का मकड़जाल। उन जालों में फँसी हुई कटी पतंगें और पॉलीथिन की थैलियाँ। जगह-जगह पर कचरे के घूरे थे जिन पर मुर्ग़े कुड़कुड़ा रहे थे। वह ज़रा-बहुत पढ़ना जानती थी। एक दुकान के नीचे 'मीरगंज इलाहाबाद' लिखा था। अमीनाबाद के सिवा दुनिया में और कोई जगह भी है! अल्लाह! मालूम नहीं वह अमीनाबाद से कितनी दूर है! अब्बू उसे कहाँ-कहाँ ढूँढ़ते फिर रहे होंगे। वह हड़हड़ाकर रो पड़ी थी, "हमें अब्बू के पास जाना है।"

दाढ़ीवाले का सपाट सख़्त चेहरा थोड़ा-सा नरम हुआ, "रो मत। सब्र रख। ले चलेंगे तुझे तेरे अब्बू के पास।"

"कितनी देर में?"

"अगर चुप रहेगी तो दो-चार दिन में।"

"दो कि चार?"

"चोप्प। भेजा मत खा। अपना मुँह बंद रख।"

उसकी आवाज़ में कुछ ऐसी सनसनाहट थी कि उसके हाड़ तक सिहर

उठे। वह अपने रोने को हलक में दबाए-दबाए सुबकती रही। तनिक आगे बीच बाज़ार में ही लोहे के घिरे-घिरे से छज्जों पर छोटे-छोटे आईनों में झाँककर सँवरती हुई पीलिहाई औरतें नीचे आते-जाते लोगों को इशारों से बुला रही थीं।

उफ़्फ़ कितनी घुटी-घुटी सी गलियाँ थीं। गलियों के भीतर और घुटनभरी गलियाँ। वहीं कहीं वे रिक्शे से उतर गए थे। हरे रंग में लिपटी एक भद्दी और डरावनी-सी इमारत थी। उसके ज़ेहन में अब भी उस इमारत का नक़्श ताज़ा है। लकड़ी का अधखुला दुपल्ला दरवाज़ा था। पतले गलियारे के दोनों तरफ़ छोटे कमरे। फिर एक ठीक-ठाक बड़ा दालान। दालान में तख़्त पर दरी बिछी थी। गावतकियों से टिकी बैठी एक गिराँडील औरत सरौते से छालियाँ कतर रही थी। उसकी आवाज़ उसके ढाँचे से मेल नहीं खाती थी। उस भरी-भरी सी औरत ने उसके गाल छूकर पूछा, "नाम क्या है तेरा ?"

उस बेजा छुअन से सहमकर उसने कहा था, "गुल्लन।" फिर वह उसके हाथों की ज़द से कुछ परे हटकर बोली, "गुलनाज़ बानो।"

औरत बिना बात हँसने लगी थी। हँसते समय उसकी पूरी देह हिचकोले खा रही थी ख़ासकर चर्बीदार थुलथुला पेट।

"इस नाम को बिल्कुल ई भूल जा। अब से कोई पूछे तो कहेगी तेरा नाम सजीली है। समझ गई न ?"

वह बिल्कुल नहीं समझी थी। उसका नाम सजीली क्यों होने लगा! उसका नाम तो गुलनाज़ है। वह अपनी गरदन घुमाकर इधर-उधर देखने लगी। दालान के चारों तरफ़ दुमहले की छज्जेदार खोर में इधर-उधर टहलती लड़कियाँ झुककर उसे झाँक रही थीं। उनमें से कुछेक नीचे उतर आईं। उसके गिर्द लड़कियों का एक घेरा-सा बन गया था। लड़कियों से मुख़ातिब भारी औरत की हल्की आवाज़ दालान में बिखर गई थी।

"अभी कच्ची है। गोश्त ग़िज़ा खाएगी तो दो साल पीछे पक जाएगी... जब तलक तुममें से किसी की निगरानी में रहेगी।"

लड़कियाँ चुप रहीं। बारीक आवाज़ कुछ कड़क हो गई, "सुना कि नहीं?"

लड़कियों ने मरे मन से हुंकार भरी, "जी खाला।"

"तो बताओ कौन लेगा ज़िम्मा? रोज़ का सौ रुपया बेसी दूँगी। खाना-कपड़ा मेरा।" मोटी औरत अपनी पैनी आँखों से एक-एक चेहरे को बेधती हुई बोली। लड़कियों के हुजूम में से आगे होकर बीसेक साल की एक गदबदी, भूरी-भक्क लड़की ने उसके उलझे बालों को सहलाकर उसकी कलाई थाम ली थी। उसकी आँखों में लाड़ की लहर थी।

"इसका ज़िम्मा मैं लेती हूँ, खाला।"

लड़की उसे लेकर सँकरा अँधेरा ज़ीना चढ़ने लगी। लंबी खोर में कई सारी तंग कोठरियाँ थीं। गलियों में गलियों की तरह कोठरियों के अंदरून भी कोठरियाँ। सीलन भरी, बदशक्ल और बोसीदा। वहाँ न बादगीरें थीं न रौशनदान। माहौल में हवा और रौशनी की गुज़र न थी। उसकी साँस बोझिल होने लगी थी। हमदर्दी पाकर उसने लड़की की कुरती की खूँट पकड़ ली और ज़ार-ज़ार रोने लगी, "हमें हमारे घर अमीनाबाद भिजवा दो।"

लड़की उसके हाथ थामकर उसके नज़दीक उकड़ू बैठ गई। वह उसकी कातर गुहार सुनकर उदास आवाज़ में बोली, "यहाँ से कोई रास्ता तेरे घर को नहीं जाता।"

"कैसे नहीं जाता... फिर क्या हम यहाँ उड़कर आ गए?" वह और ज़ोर से रोने लगी थी।

"कुछ दिनों बाद सब समझ जाएगी। यहाँ बस आने का रास्ता है जाने का नहीं।" कहते हुए लड़की का चेहरा अजीब हो गया था। सजीली उसे बेयक़ीनी से देखने लगी थी।

"भेजवा दो न। हमारे अब्बू की ओढ़नियों की दुकान है। हम आपको बजंकली की ओढ़नी दिलवाएँगे।" लड़की ने अपनी हथेलियों से आँसू

पोंछकर लाड़ से उसकी चिबुक उठाई।

"यहाँ ओढ़नी ओढ़ने का कोई काम नहीं है। अच्छा बता, तुझे भूख लगी है?"

"नहीं।" उसने कहा।

"चल कुछ खा ले। कितनी देर से भूखी होगी।" वह कुछ याद करके बोली, "तेरा नाम गुल्लन है न?"

"गुलनाज़ बानो। बस अब्बू-अम्मी गुल्लन बुलाते हैं।" वह खुलने लगी थी।

"मैं तेरी अप्पी हूँ। तुझे गुल्लन ही बुलाऊँगी।"

सुनकर उसे अच्छा लगा था। कि वह उसे नए नाम से नहीं बुलाएगी। "और तुम्हारा क्या नाम है?"

"शरबरी। तू शब्बो अप्पी कहना।"

उसने हाँ में सिर हिलाया।

"बोलकर बता।"

"शब्बो अप्पी।"

"फिर बोल।"

"शब्बो अप्पी।" उसने दोहराया।

लड़की के भीतर जाने क्या उमड़ रहा था वह उसे बेसाख़्ता अपने गले लगाकर रो पड़ी थी, "हाँ मेरी लाडो बोल... बोल... फिर बोल। मैं तेरी शब्बो अप्पी हूँ।"

उस दिन से वह आठों पहर शरबरी के संग लगी रहती थी। खाना, नहाना, सोना, जागना सब संग-संग। शरबरी उसके लंबे बाल सँवारती और थू-थू कर बलाएँ लेती। जब पहली बार महीना हुआ तो शरबरी ने कपड़ा धरना सिखाया। उसे शरबरी किसी परी के मिसल लगती थी। क़ुदस सीरत वाली आसमानी परी। इस बदतर जगह पर एक फ़िरिस्तादा जो बस उसकी हिफ़ाज़त के लिए आई है। वह सोचती थी वह बड़ी होकर

शरबरी जैसी बनेगी– मुक़द्दस और मददगार। लेकिन एक रात दिल-ओ-दिमाग़ में शब्बो अप्पी के लिए पाले नेक भरम उबकाइयाँ लेने लगे।

उस रात पेड़ू में दर्द की बेचैनी से नींद खुल गई थी। माहवारी का दूसरा दिन था। ऐंठन से अँतड़ियाँ कटी जा रही थीं। जाँघों के पिछले और निचले हिस्से में जैसे रोड़ियाँ भर गई थीं। वह बूढ़ी गेंदा अम्मा की कोठरी में पेट में गोड़ घुसाए पड़ी थी। दिन भर तो शरबरी साए की तरह उसे साथ रखती मगर रात होते खाना खिलाकर गेंदा चाची की कोठरी में सुला जाती थी। शरबरी की बात उसे अल्लाह मियाँ का फ़रमान थी। सो मन में किसी तरह के सवाल की गुंजाइश ही न थी। सोते-सोते जाग पड़ी तो उसे सीधी शब्बो अप्पी याद आई। वह कोठरी की तरफ़ चल दी। कोठरी की सिटकनी भीतर से बंद थी। वह दरवाज़ा खड़काने लगी।

"अप्पी दरवाज़ा खोलो। पेट में दरद है।"

अंदर से शरबरी की हाँफती हुई आवाज़ आई, "गेंदा अम्मा से कहकर गरम पानी की बोतल रखवा ले।"

वह हैरान हो गई थी। शब्बो अप्पी उसके दर्द की बात सुनकर भी दरवाज़ा मूँदे पड़ी है। उसने दरवाज़े की दरार से आँख सटाकर देखा तो जैसे एक ज़लज़ला आ गया।

शरबरी एक लंबे-चौड़े से आदमी की तरफ़ मुँह किए करवट लेकर लेटी थी। सरापा नंगी। उसके बदन पर एक कत्तर भी नहीं थी। वह सन्न रह गई थी। उसकी आसमानी परी शब्बो अप्पी बरहना बदन इस आदमी के साथ क्या कर रही है! दरवाज़े की दरार से उसके चेहरे की एक फाँक दिखाई पड़ रही थी। उस पर एकदम बेहयाई सवार थी। उसके बदन से अंगुल भर की दूरी पर साथ में पड़ा आदमी हाँफते हुए अपना इज़ार बाँध रहा था। फिर शरबरी भी धीरे से कुछ बोलते हुए सिरहाने पड़े अपने कपड़े पहनने लगी। दरवाज़े से एक आँख सटाए वह अंदर की एक-एक हरकत देख रही थी। वह अपनी आँखों को देखने और कानों को सुनने से रोक

लेना चाहती थी। जब उस आदमी ने कुछ रुपये बड़े भोंडेपन से शरबरी के गिरेबान में ठूँस दिए। वह चुपचाप गेंदा अम्मा की कोठरी में जाकर लेट गई। आँख मूँदती तो सामने सरापा नंगी शब्बो अप्पी ठिठियाने लगती। सारी रात बेदारी में कटी। सुबह शरबरी आई तो वह एकदम से फट पड़ी।

"अप्पी, रात कोठरी में आपके संग कौन आदमी था?"

"मुझे क्या मालूम कौन था! नाम-पता थोड़े ही पूछा था!" नंगा सवाल सुनकर भी शरबरी सहज रही।

"पराए मर्द के आगे बदन उघाड़े ज़िना होता है।"

"होता होगा। तेरा अल्लाह बिगड़ेगा तो तिरवेनी नहा लूँगी। यहाँ दुनिया भर के पाप कटते हैं। मेरे भी कट जाएँगे।" शरबरी ने शरारत से उसके गाल पर चिकोटी भरी तो वह बिदक गई।

"लड़कियों को परदे में रहना चाहिए। पता भी है कितनी मुद्दत जहन्नम में भटकती फिरोगी! कितने अज़ाब झेलोगी!"

"सयानी लाडो, तुझे यह सब किसने कहा?" शरबरी मुस्कराने लगी।

"मौलाना साहब ने।"

"तेरे मौलाना ने देखा है जहन्नम?" अबकी उसकी मुस्कराहट मद्धम हँसी में बदल गई थी।

"उन्होंने अल्लाह की किताब में पढ़ा। जहन्नम की सत्तर हज़ार वादियाँ हैं। एक-एक वादी में सत्तर हज़ार खाइयाँ। हर खाई में सत्तर हज़ार बिल हैं और हर बिल में कितने-कितने साँप हैं। वो तुम्हारे जिस्म को खाएँगे।"

उसकी बात सुनकर शरबरी पहले तो ढिठाई से हँसती रही। फिर उसके चेहरे पर अँधेरा घिर गया।

"तू बड़ी पागल है गुल्लन। तेरा मौलाना तुझे इसी जहन्नम के बारे में बताता होगा। किसी रात उसने इस जहन्नम का फेरा किया होगा। यह दुनिया ही जहन्नम है। और इस जहन्नम में इस कोठे जैसे सत्तर हज़ार जहन्नम हैं। ये जो कोठरियाँ हैं न यही वो बिल हैं जहाँ साँप रहते हैं जो

हर रात हमें खाते हैं।" बोलते-बोलते शरबरी का चेहरा भभकने लगा था।

"जा नहीं डरती मैं तेरे अल्लाह के अज़ाब-फज़ाब से। इससे बड़ा और क्या अज़ाब भोगूँगी! छह दिन भूखी रही तब जाना पेट की आग से बड़ी कोई दूसरी आग नहीं। जो औरतों की नंगई इतनी बुरी लगती है तेरे अल्लाह मियाँ को तो बिजली क्यों न गिरा दी इस कोठे पर?"

साल-छह महीनों में ही सजीली के ज़ेहन में शरबरी की बातों के मायने साफ़ होने लगे थे। फिर उसे शरबरी से नाराज़ी नहीं होती थी, बस उसे जहन्नम में मिलने वाले अज़ाब की फ़िक्र रहती थी। वह दिन चढ़े, आधी रात, जब-तब अल्लाह से उसकी बख़्शाइस की दुआएँ करती थी। वह सुबह-सुबह के ख़्वाब देखती थी कि उसकी शब्बो अप्पी को कोई नेक आदमी ब्याहकर अपने साथ ले गया है। वह बड़ी उम्मती और पर्देदार हो गई है। उसे बहुत बाद में समझ हुई कि सुबह के ख़्वाब क़तई सच्चे नहीं होते। कोठे पर सब तरह के मर्द आते थे। पकी दाढ़ियों वाले नमाज़ी और बोदी वाले पुजारी, बाँके क़द्दावर और काने-कुतरे, तजुर्बेकार और नौसखुए, खुर्रे और मोहब्बती। लेकिन सब एक मुसाफ़िर की तरह बस रात भर को। साँझ आई ठहर गए, सवेरा हुआ चल पड़े। कोठे वाली खाला की हिदायत थी मर्दों को बस रिझाना है उनसे मोहब्बत नहीं करनी। कोई लड़की अगर इश्क़ में पड़ती तो खाला के टहलुए उसकी खाल उधेड़ देते। उन्हीं दिनों शरबरी का एक असामी रोज़ आने लगा था। शरबरी गदरा गई थी। हर वक़्त खिली-खिली दीखती थी। वह उसके सिवा बाक़ी सारे ग्राहकों को साफ़ इनकार करने लगी थी। खाला के गोइन्दों पर यह बात ज़ाहिर थी। मगर शरबरी धींग थी। अपनी मर्ज़ी की। चाहे कोई मार-मार खाल खींच ले। कोई चार महीने यह सिलसिला चला। मगर अचानक उसका आना बंद हो गया। शरबरी दिन-ब-दिन मुरझाने लगी। गुलाबी जिल्द वाली बेलाग परी ज़र्द पड़ती गई। धीरे-धीरे वह हँसना-बोलना भी भूल गई थी। हँसाने की कोशिश होती तो उसकी आँखों के कोर भीग जाते।

कभी ग़फ़लत में बड़बड़ाती– "गुल्लन, तू बस देखती रह। आज नहीं तो कल तेरा नौशा भाई आएगा ज़रूर।" कभी खाला का गला पकड़ लेती– "आदमख़ोर कुतिया! तूने मार दिया न उस फ़रिश्ते को?" फिर एक दिन सबको मालूम हुआ कि वह पेट से है। पूरे तीन महीने का हमल था। मरी को कोई क्या मारता! अल्लाह-अल्लाह कर दिन पूरे हुए। अठवाँसी लड़की जनमी और शरबरी इस जहन्नम से हमेशा को निजात पा गई। उस दिन बहुत रोई थी सजीली। कलेजे पर दर्द की ऐसी बरफ़ जम गई थी जो तिड़कती ही न थी। जितना रोती, जमी हुई बरफ़ और सख़्त होती जाती।

शरबरी के बाद उसका कोई निगेहबान न था। बस उसके पेट से जने लोथड़े में जीने की एक वजह मिल गई थी। एक रात वह उस ढाई पसली की जान को लिहाफ़ में दुबकाए बैठी थी कि भारी बूटों की आवाज़ से सारा कोठा थर्रा उठा। तमाम कोठरियों में अफ़रा-तफ़री मच गई थी। किसी लड़की की तलाश में पुलिस ने छापा मारा था। कई लड़कियाँ मौक़ा पाकर निकल भागीं। उसने भी जो हाथ आया एक झोले में भरा और बच्ची को सीने से चिपकाए बिना पीछे देखे दौड़ती चली गई।

सजीली के बदन की तपिश से बिस्तर तप रहा था। बुख़ार की कच्ची नींद में इतने सारे दिन, महीने और साल किसी सपने की तरह उसकी आँखों से गुज़र गए। ज़रा होश हुआ तो सुध हुई कि कई घंटों से ज़ैनब न दूध को और न गोद को रोई थी। वह गूदड़-सी चादर झटकारकर एकदम उठ गई और लपककर झुलनी में सोती हुई ज़ैनब को गोद में उठा लिया। उसे छूते ही वह घबरा गई। ज़ैनब के जिस्म में आँच पर रखे हुए तवे की तरह दहकन उठ रही थी। उसके होंठ पपड़ाए हुए थे और चेहरा सुर्ख़ पड़ गया था। वह घबराकर उसके माथे पर भीगी पट्टियाँ रखने लगी। बुख़ार की इस शिद्दत को वह तो झेल जाएगी मगर इस ननकी जान का

क्या होगा! उसे आख़िरी साँस लेती शरबरी याद आने लगी। "दुआ करना गुल्लन इसे हयात मिले।"

उसने दहकती हुई ज़ैनब को अपनी बाँहों में भींच लिया। एक फ़िक्र से दूसरी बड़ी फ़िक्र सामने खड़ी हुई तो उसका बुख़ार टूटने लगा। किसी भी सूरत हज़ार-पाँच सौ का जुगाड़ तो करना ही होगा। पंद्रह-बीस दिन भट्ठे पर काम की कोई उम्मीद नहीं थी। सोचते-सोचते उसका चेहरा अजीब हो गया। वह कोई सख़्त फ़ैसला करके बिस्तर से उठ गई। मग़रिब का समय था। देर से लस्त पड़ी देह में एकदम से फुर्ती भर गई थी। उसने देग भर पानी गरम किया और मल-मलकर नहाने लगी। नहाने के बाद मुसल्ला बिछाकर नमाज़ की नीयत बाँधी। फ़र्ज़ के बाद नफ़िल पढ़ी। भीगी आँखों से ज़ैनब की सेहतमंदी की दुआ की और उस पर दरूद भेजे।

बाहर बरसात रुक चुकी थी। लेकिन लगातार बरसे मेह से दीन बस्ती की सूरत और दीन हो गई थी। आमने-सामने खड़ी झुग्गियों के बीच आने-जाने को बनी पगडंडी कीचड़ से तराबोर थी। पिछवाड़े में कच्ची उथली मोरियों में बहता मैला बारिश के पानी के साथ जहाँ-तहाँ बह रहा था। उसने आस-पास की झुग्गियों का फेरा किया तो एक दरवाज़ा खुला हुआ दिखा। भीतर चार जन का परिवार था। परिवार की औरत नरमदिल थी। उसने हाथ जोड़कर अपनी और बच्ची की तबीयत का हवाला दिया।

"आस-पास कोई दवाख़ाना नहीं है। दो-ढाई घंटे बच्ची को सँभाल लें तो बड़ा एहसान होगा। बस दवा लेकर लौट आऊँगी।"

फिर वह अपनी झुग्गी में लौटी। बहुत दिनों बाद उसने गहरी काट वाले गले की कुरती पहनी और छाती पर गोटदार ओढ़नी बिछाकर आँखों में कीच के मानिंद गाढ़ा सुरमा भर लिया। भट्ठी के नज़दीक रहने से उसका चेहरा कजला गया था बहुत दिनों बाद उसने अपनी कजलाई सूरत पर सिंगार किया था। अपने जिस्म पर भड़कदार इत्र की महक लादी थी और बदरंग हुए होंठों पर सुर्ख़ी चढ़ाई थी। बहुत दिनों बाद उसे लगा था कि

ईमान की रोटी खाकर भी वह बाज़ारू और बिकाऊ ही दिखती है। आज अपने को बिकाऊ ज़ाहिर करने में उसने कोई कसर न रख छोड़ी थी। साज-सिंगार के बाद उसने मन-ही-मन बिस्मिल्लाह किया। वह लंबे-लंबे डग भरकर मटियाले कीचड़ को लाँघती हुई भट्ठे पर ईंटों से लदे खड़े ट्रक के क़रीब पहुँच गई। ट्रक शहर की तरफ़ जाने को तैयार था। ड्राइवर को उसे वहाँ तक छोड़ने में कोई उज्र न था। पनियल सड़कों पर हिचकोले खाता ट्रक आबादी की ओर बढ़ने लगा।

बादल छितरा गए थे। लेकिन किसी भी समय दोबारा घिर सकते थे। दो दिन के तूफ़ान में कई कमज़ोर दरख़्त गिर गए थे। सड़कें बेहाल थीं। बहुत ख़ामोश और भीगी हुईं। ड्राइवर आवाज़ दबाए कोई सिनेमाई गीत गुनगुना रहा था। उसके मुँह से शराब की बास उठ रही थी। मगर वह शरीफ़ आदमी था कि उसने उससे किसी तरह की पेशकश नहीं की थी।

"बस यहीं उतार दो।" जब उसने कहा तो वह उसे अचरज से ताकने लगा था। वह शुक्रिया कह सूनी सड़क के मुहाने पर उतर गई थी। यह नौआबाद इलाक़ा था। इस तरफ़ गाड़ियों की आमद-ओ-रफ़्त नहीं थी। आठ-दस मिनट के अंतराल पर कोई गाड़ी गुज़रती तो किनारों को भिगोती चली जाती। उनकी रौशनी में पेड़ों के धुले हुए पत्ते चिलकने लगते। सड़क किनारे खाल-खाल गंदले पानी के चहबच्चों में बैठे मेंढक टर्रा रहे थे। हवा में नमी थी। हवाओं के झकोरों से किनारों पर खड़े दरख़्तों के पत्तों पर ठहरा हुआ पानी झड़ने लगता तो उसे सिहरन होने लगती। वह तेज़-तेज़ चलते हुए एक दुकानचे के आगे लगी तिरपाल के साएबान में खड़ी हो गई। दुकान के ठीक सामने एक लैंपपोस्ट की जलती-बुझती बदहवास रौशनी पर बरसाती पतंगे मँडरा रहे थे। उसे लगा वह भी ऐसी बुझी हुई-सी बदहवास रौशनी है जिसे पतंगों की तलाश है।

बहुत दिनों बाद छाती से ओढ़नी सरकाकर वह आते-जाते लोगों को भौंडे इशारों से बुला रही थी। इस वक़्त उसे अल्लाह के क़हर और जहन्नम

के अज़ाब का ज़रा भी खौफ़ नहीं था। उसकी आँखों में सिर्फ़ और सिर्फ़ बुख़ार से दहकती लरजती ज़ैनब डोल रही थी। उसे शरबरी की बात ठीक याद थी– 'भला तुझे क्यों अज़ाब हो! तेरे अल्लाह को क्यों न हो?'

जो डूबा सो पार

तीसरा घंटा बजते ही जमनादेवी गर्ल्स कॉलेज की लड़कियों का सघन झुंड बाड़े से निकली भेड़ों के रेवड़ की तरह बड़े फाटक से बाहर खड़ंजे पर उतर आया। एक-दूजे पर चढ़ती, धकियाती, मुँह जोड़े मिमियाती सफ़ेद दुपट्टे-सलवार और मटियाली कमीज़ वाली भेड़ें। हंसा झुंड में निकलने लायक़ जगह बनाकर धैर्य से आगे बढ़ रही थी। कोई ढाई सौ क़दमों के बाद झुंड कुछ विरल हो गया। अब लड़कियाँ इधर-उधर बिखर गई थीं। कुछ झक्क लाल मिर्च से पुते उबले भुट्टे चबाकर आँख-नाक बहाती हुई सीऽऽ सीऽऽ कर रही थीं। कुछ टिकिया-छोले के ठेले पर टूटी पड़ रही थीं। कुछ सस्ती नाख़ून पॉलिश, कान के बुंदों और चोटियों में लगाने वाले रंग-बिरंगे छल्लों के मोलभाव में उलझ गई थीं। तो कुछ जुगड्डा बनाकर हाथ में आज के इम्तिहान का परचा लिए पास-फ़ेल के जोड़-तोड़ में लगी थीं।

हंसा को किसी से कोई सबब न था। उसे घर पहुँचने की जल्दी थी। कल आख़िरी परचा है– सोचकर उसके कंधों पर पंख उग आए थे। कल के परचे को लेकर मन में उछाह भरा था। इतिहास की तैयारी में महीनों से

रात-दिन एक कर रखा था। कल के बाद ख़ूब मौज करेगी। साइकिल स्टैंड पर पहुँचकर उसने जगह पहचानकर लंबी पंगत में खड़ी पचासों साइकिलों में से सावधानी से अपनी साइकिल निकाली। ज़रा से धक्के से झपक भर में एक पर एक साइकिलें गिरती जाती हैं। पहरे पर बैठी भुवनेसरी माई दूर से ही गला फाड़कर कोसने लगती है– "बेसहूरी बाँदरियों हैजा हो... कोढ़ फूटे... देख लियो सुसरियों तुमसे ही उठवाऊँगी।" लड़कियाँ मुँह बिराती और हँसकर दौड़ जातीं।

हंसा ने थोड़ी दूर नीम के साएदार दरख़्त के तले सुस्ताती बूढ़ी भुवनेसरी माई को दया-भाव से देखा और ख़ुद भी नीम के साए में खड़ी होकर चंचल की राह देखने लगी। उमस भरे मौसम से चिपचिपाया उजला चेहरा उसने दुपट्टे के छोर से रगड़कर पोंछा तो ललछौंहा हो उठा। सामने ठेंघुनों तक धूल से भरे कुछ मैले-कुचैले बच्चे गिरे हुए शहतूत बीन रहे थे। जाने क्यों शहतूतों को देखते ही उसे उबकाई आती है, कच्चे तो कतई गिलगिली गिडार-से लगते हैं। हाँ कच्चे अमरूद और आमियाँ देखते ही उसकी ज़बान पनीली हो जाती है। पार साल का मौसम होता तो कच्ची हरी केरिया टूँगते घर तक का रास्ता यूँ ही कट जाता। मगर इन दिनों हंसा अपनी सारी चुल-बुल भूली हुई है। घर से बाहर पाँव धरते ही हर वक़्त किसी बात का धड़का लगा रहता है। जैसे एक जोड़ी आँखें उसे लगातार घूरे जा रही हों। यह ख़याल आते ही उसने अपनी छाती पर पड़े सफ़ेद मलमली दुपट्टे को दुरुस्त किया। किसी आशंका से धड़कते अपने चौतरफ़ एक चौकस निगाह डालकर आश्वस्ति की लंबी साँस भरी। स्टैंड की ओर से साइकिल को ठेलती चंचल क़रीब आ चुकी थी।

"तेरा परचा कैसा रहा ?"

"सब कर आई।" हंसा ने उत्साह से कहा और पूछा, "तेरा ?"

"जैसी पढ़ाई, तैसा परचा... मुझे कौन टीचरी करनी है।" चंचल हँसने

लगी।

दोनों पथरीले खड़ंजे पर साइकिल खींचने लगीं। खड़ंजे के दोनों ओर घने पेड़ों की क़तारें हैं। जमनादेवी कॉलेज दूर-पास के गाँवों के आशिक़ों-मजनुओं का ठीहा है। रोज़ की तरह पेड़ों के पीछे लड़के-लड़कियाँ मुस्कराते-शरमाते अपने गिले-शिकवे मिटा रहे थे। हंसा की आँखों में मुकुंद का चेहरा डोल गया। उसकी आँखों की शरारतों की याद पड़ते ही उसका रोआँ-रोआँ पुलक उठा। गालों की सुर्ख़ी कनपटी तक फैल गई। कल के परचे के बाद मंसा जीजी के पास खुर्जे जाएगी। रोज़ नए बहानों से मुकुंद जीजी के घर आ धमकेगा। नन्हे मिंटू के कान में कोई मंतर फूँकेगा और मिंटू मौसी की जगह उसे 'हंसा चाची' 'हंसा चाची' पुकारने लगेगा। जीजा मुकुंद का नाम लेकर उससे छेड़ करेंगे। हंसा इसी सुन-गुन में फूली चुप पैडल मारे जा रही थी कि एक-ब-एक चंचल कुहनी से टहोककर फुसफुसाई।

"हंसा... झबरा।"

हंसा का खिला हुआ चेहरा पल भर में सिकुड़ गया।

"किधर!"

"सीधे हाथ पर। पाकड़ के नीचे।"

"फिर आ मरा नसूड़िया!" हंसा वितृष्णा से जबड़े भींचकर बड़बड़ाई, "परेत की तरह कहीं भी नमूद हो जाता है। अच्छा सुन, तू उधर मत देख।"

चंचल ने हँसी दबाकर कहा, "कौन जाने इस नसूड़े को देखकर ही तेरे परचे अच्छे होते हों।"

"उसे देखे मेरी जूत्ती... रीछ की जात।" हंसा का स्वर हिक़ारत में डूबा हुआ था। वह ख़ुद पर हैरान थी कि ऐसी जुगप्सा उसे पहले कभी किसी से न हुई।

ढाई बजे थे मगर थोड़ी देर पहले जलाती हुई धूप अब नहीं थी। वातावरण पर दूर तक एक धूलिहा चादर-सी बिछ गई थी। सर्राटे भरती

हवा से रेत उड़-उड़कर आँखों में पड़ रही थी। दोनों ने उड़ने को बेताब दुपट्टे को गिरह लगाकर कमर के गिर्द कस लिया।

"मौसम बिगड़ रहा है चंचल, ज़रा तेज पैर मार... लगता है ज़ोर का बरसेगा।" हंसा ने चिंतित होकर आसमान को ताका।

भरी दुपहरी में ही साँझ घिर आई थी। झक्कड़-अंधड़ के विरुद्ध साइकिल खींचते चंचल की साँस चढ़ गई थी। उसने हाँफते हुए कहा, "लँगड़ी घोड़ी है... इससे तेज़ नहीं चल सकती।"

घर अभी दूर पड़ा था। बारिश से पहले पहुँच पाने के आसार कम थे। हंसा को एक दूजी फ़िक्र परेशान कर रही थी।

"चंचल, देख तो झबरा अब भी आ रहा है?"

"तू ही जो देख ले।" चंचल सूखे स्वर में बोली।

"उसकी सूरत देखकर मेरा कलेजा तचने लगता है।" हंसा ने चिढ़कर कहा।

"ऐसा तो बेढंगा नहीं।" चंचल को उसे चिढ़ाने में मज़ा आता है।

"बड़े ढंग का है। ठलुआ राजकुमार... इत्ते बड़े बालों का ताज रखा है सिर पर। दुपहरी भर संड-मुसंडों के संग अंधे कुएँ की जगत पर पत्ते फेंटता है और आधी रात तक चेतराम की टेकरी पर शराब की दावतें उड़ाता है।" हंसा एक साँस में कह गई।

चंचल अपनी रौ में थी, "जो हो... सब कोई कहता है जब से केसर आया खैरपुर गुलजार है। इतना अपनापा और भलमनसाहत है, बामन होकर रतन चौधरी की ज्योनार में भाग-भाग कर सारे काज निबटाए। नौरातों में माई के रतजगे में भेंटे गाकर खूब रौनक लगाई। औरतों ने फूलमाला डालकर गला भर दिया। और दूर क्यों जाओ, धुलेंडी में ढोल पीटकर ऐसा धमार-जोगीड़ा गाया कि सब मस्त हो गए। देखा नहीं था?"

"खूब देखा था जी।" हंसा ने मुँह बनाया, "भंगियाया हुआ गारे में

पड़ा था हुड़दंगी।"

"होली में तो सारा गाम भंगियाया था... तेरे दोनों भैया भी।" चंचल ने हँसकर हंसा की चिढ़न को और भड़का दिया, "भूल गई रामलीला में नकटी सूपनखा का स्वाँग! तब तो ताली पीटकर तू भी खूब हँस रही थी।"

हंसा को पाँचों कपड़े आग लग गई, "तू क्यों बेबात इत्ती ओड़ लेती है उस भाँड की?"

"जैसे तू बेबात उस बेचारे से फुँकती है... कुछ कहता है क्या तुझे?"

हंसा कोई बात कहते-कहते चुप्पा गई। भाभी ने सिखाया था, बाहरले आदमी से पेट की बात नहीं कही जाती। थाली गिरी नहीं कि झनकार सबने सुनी। सो ख़ून से लिखी मोहब्बत की चिट्ठी का क़िस्सा हंसा ने भीतर ही दबा लिया।

"जादा टोहमटाई मत कर... कुछ कहता नहीं तो क्या पटबीजने-से दीदे फाड़े ऐसे घूरता है कि जी में आता है हरामी की आँखें फोड़ दूँ।"

हंसा को भभकते देख चंचल और शोख़ हो गई, "अच्छा वो मुटल्ला मुच्छंदर तेरी जिज्जी का देवर जब घूरता है तुझे... तो क्या जी करता है?"

"चल हट्ट! कहाँ मुकुंद कहाँ यह लमछड़ा रीछ! किसी बात का लूर नहीं। आइंदा मेरे आगे उसका जिकरा मत करियो।"

चंचल उसके चेहरे की भंगिमा से ताड़ गई कि अब बात ही बात में कहीं बिगाड़ न हो जाए।

"ठंडी हो जा हंसा। मैं हँसी कर रही थी। तेरी कसम झबरा नहीं था।"

अबकी हंसा बुरी तरह बरस पड़ी।

"मर जा तू... कित्ती बार कहा उसका नाम लेकर मुझे ठिठोल मत किया कर। मैं जा रही हूँ... आती रहियो।"

क्रोध के आवेग में हंसा पूरी जान से पैडल मारने लगी। क्रोध में ताक़त दोगुनी हो जाती है। बहुत जल्द वह बहुत दूर निकल आई। मन का आक्रोश कुछ विगलित हुआ तो चंचल की सुध हुई। वह पीछे दूर तलक

कहीं न दीख पड़ी। अब उसके लिए रुकी भी तो क्या ख़बर कितनी देर रुकना हो! पर पहुँचकर इतिहास की तैयारी करनी है। बड़ी सयानी बन रही थी अब भुगते। आँधी-बारिश में फँसती है तो फँसे। उस लुच्चे के लिए मुझसे भिड़ने को किसने कही थी।

झींसी बरसात थी। फुहारें हंसा को नरमाई से भिगो रही थीं। अगर देर की और तेज़ बरसने लगा तो घर पहुँचते शाम होगी। कच्चे रास्ते पर ज़रा और जान से पैर मारेगी तो बीसेक मिनट में पहुँच जाएगी। सोचकर उसने साइकिल तंग बटिया पर उतार दी। बेढब रास्ते पर हिचकोले खाती साइकिल को तेज़ खींचना सरल नहीं था। रफ़्ता-रफ़्ता बारिश तेज़ हो रही थी। सूने दगड़े पर दोनों ओर दूर तलक आठ-दस फ़ीट जायद की मक्का तैयार खड़ी थी और कहीं किसी के होने के निशानात न थे। हंसा को दहशत होने लगी। उसने मन-ही-मन ख़ुद को लताड़ा कि क्यों अपने नख़रे में चंचल का संग छोड़ आई। इस वक़्त वह बरसात में समूची तर हो चुकी थी। आँधी में उड़ी बालों की लटें भीगकर चेहरे पर चिपक गई थीं। तेज़ बौछारों के कारण आगे साइकिल चलानी भारी पड़ रही थी। हारकर हंसा एक फूस की छाजन के तले रुक गई। छाजन में तले ऊपर मकई के दानों से भरी बोरियाँ रखी थीं। एक तरफ़ मूँज का एक टुटियल-सा खटोला पड़ा था। हंसा के दुपट्टे, कुरती और बालों से पानी चू रहा था। उसने तर-ब-तर हुए दुपट्टे को निचोड़कर फटकारा और फिर सीने पर फैलाकर खटोले पर बैठ गई। छाजन के बाहर पानी झमाझम बरस रहा था। हंसा को अचानक कोई आहट-सी महसूस हुई जैसे उसके ठीक पीछे कोई खड़ा है। वह एक झटके से पलट गई। केसर अपने दोनों हाथ बगलों में दबाए खड़ा उसे ताक रहा था। अपने सन्निकट किसी ख़तरे को भाँपकर उसके कानों में सनसनाहट होने लगी। उसने मदद को इधर-उधर झाँका। इस विकट आँधी-पानी में भला कौन होगा! उसे लगा उसका हृदय संकुचित होकर धड़कना बंद कर देगा। दो क़दम और बढ़ाकर केसर हंसा के बिल्कुल

नज़दीक आ गया। उसकी साँसों के भभके में हल्की शराब की गंध थी। हंसा के पाँवों की हालत ऐसी थी जैसे उन पर असंख्य चींटियाँ रेंग रही हों। निपट बियाबान में वह अकेली इस मचिया के नीचे एक नशेड़ी के क़रीब। हंसा की हिम्मत टूट रही थी। वह दीठ बचाकर निकलने को हुई तो केसर ने हाथ बढ़ाकर उसकी राह रोक ली।

"मेरी चिट्ठी का जवाब दे।"

"मेरा रस्ता छोड़ झबरा।" टूटी-बिखरी हिम्मत को बाँधकर हंसा ने किसी तरह कहा।

"एक बार प्यार से केसर बुला न।"

"नहीं बुलाती।" हंसा ने टुक्का-सा जवाब दिया, "तू मुझे झबरा कुत्ता लगता है।"

"उस्तरा फिरवाकर सिर मुँडवा लूँ तो?"

"तो भी नहीं। तू जमाने भर का पियक्कड़ है।" हंसा ने नाक पर हाथ रखकर घिन्नाते हुए कहा, "दूर रह, तेरे मुँह से बास आ रही है।"

"होली-दिवाली का पीना भी छोड़ दूँ तो?"

"तू निठल्ला लफंगा है।"

"दिन-रात कमाई करूँ तो?"

"डुगडुगी बजाकर एलान करूँ मुझे तेरी सूरत पसंद नही।" हंसा ने कड़ाई से कहा।

केसर ने अपनी आँखें उसके चेहरे पर गाड़ दीं, "तू ठगनी है हंसा। घट में बैठ गई है। किसी पल मेरे ध्यान से नहीं उतरती। तुझे देखता हूँ तो लगता है बस्स देखता ही जाऊँ।"

"क्यों मैं दूसरी धरती की जनावर हूँ!" हंसा और पीछे हट गई।

"तू मेरे तँई पूरी धरती है।" भावुकतावश केसर की आवाज़ तिड़कने लगी। वह उद्दंड हो रहा था। उसने हंसा के चेहरे को अपनी हथेलियों में भरकर याचक की तरह कहा, "मैं तेरे जी के सब काम करूँगा... तुझे

रानी बनाकर रखूँगा।"

"ओहो मिटिया महल का राजा... बड़ा आया। ना नुन्हाड़ा में नौन न तिल्हाड़ा में तेल, रानी बनाकर रक्खेगा।"

हंसा ने झटके से ख़ुद को आज़ाद करके शब्दों का पत्थर-सा दे मारा। केसर ने कसकर उसका हाथ पकड़ लिया।

"छोड़ मुझे। अपनी जान का गाहक मत बन। तेजपाल भैया को खबर हुई तो तेरी देह छील देंगे। काटकर तलैया में फेंक देंगे और किसी को भनक न होगी।"

"नहीं छोड़ूँगा। जा छिलवा दे देह। फिंकवा दे तलैया में। मैं किसी से नहीं डरता।"

केसर टिकटिकी बाँधकर देखता रहा।

ख़ुद को छुड़ाने की धींगाधींगी में हंसा के लंबे बाल बिखरकर गोरे चेहरे के गिर्द फैल गए। मलमल की धवल झीनी ओढ़नी थरथराती देह से विलग होकर नीचे गिर पड़ी। एक क्षण को विशृंखल प्रेमी केसर के भीतर प्रमाद का अंधड़ उठा, ठीक उसी क्षण उसने हंसा को जबरन अपनी करारी भुजाओं में जकड़कर उसके मजीठी होंठों पर अपने होंठ रख दिए। अधीरता का आवेग एक क्षण का ही था। दूसरे क्षण होश हुआ तो इस पाशविक कृत्य पर वह लज्जित हो उठा।

"माफ कर दे हंसा! मुझसे बड़ी भूल हो गई।"

हंसा की थरथरी बँध गई थी। हंसिनी-सा चेहरा जलते अंगारे के मानिंद दहकने लगा। अपमान की पीड़ा से तिलमिलाई उसकी आँखों से एक साथ आग और पानी बरसने लगा।

"तुझे माफ करूँ! गलीज सुअर मैं थूकती हूँ तुझ पर!" और हंसा ने सचमुच ही गहरी घृणा के साथ उस पर थूक दिया।

असीम अनुताप से जलते हुए केसर उसकी पिंडलियाँ थामकर रुँधे

स्वर में गिड़गिड़ाया, "चाहे जो सजा दे, मैं तेरे कदमों में पड़ा हूँ।"

हंसा क्षुब्ध सिंहनी की तरह गला फाड़े दहाड़ रही थी और ज़ख़्मी हिरनी की तरह विलाप कर रही थी। उसने घुटनों पर बैठे केसर को अपनी लात से एक ज़ोरदार धक्का मारा।

"नीच कुत्ते! तूने बर्र के छत्ते में हाथ डाला है, अब अपनी गत देखियो।"

केसर को ज़मीन पर निरुपाय बैठा छोड़ कोसती-बिसूरती हंसा चली गई।

महीनों से जिस त्रास की गाँठ में थी हंसा वह मन की गूढ़ गिरह से निकलकर बाहर आ गया था। अब ज़ाहिर किए बिना निस्तार नहीं। उसे लग रहा था जी की यह घुटन न निकली तो उसका सारा बदन तिड़क जाएगा। उसे पढ़ना है। इतिहास का टीचर बनना है। लेकिन बिना ग़लती एक लंपट के कारण भैया, बाऊजी, अम्मा, जीजी सब गिद्ध की तरह उसकी ख़ुशियाँ नोच लेंगे। पार साल से सब उसके ब्याह के पीछे पड़े हैं। अम्मा तो हमेशा की दुश्मन रही। इस उमर में आड़े-तिरछे पाँव पड़े हैं। होली पर मंसा जीजी और ऊँच-नीच समझा गई थी– 'ब्याह के बाद पढ़ लेगी। मुकुंद की माँ की जान का कोई ठिकाना नहीं... आज-कल लगी है। लड़के के फेरे देख लेगी तो तनक आराम से दम निकलेगा।' उसके बाद तो बाऊजी अड़ ही गए थे– 'भौत हो गया पढ़ना-पढ़ाना। इज्जतदार सुसरालिए हैं। भला बहू की कमाई खाएँगे! धी बेटी की जात घर में ही जँचती है।' उसने अम्मा के हाथ जोड़े। जीजा की ठकुरसुहाती की। भैया-बाऊजी की ख़ुशामद की। मनाने को कैसे-कैसे जतन किए। और आज... आज सब ख़त्म! इस वक़्त खंजर होता उसके हाथ में तो बिना विलंब उस नराधम की छाती में उतार देती।

घर पहुँचने तक हंसा बेदम हो चुकी थी। बदहवासी में उसने अपनी साइकिल देहरी पर ही पटक दी और ओसारे में बिछी निवाड़ की पलंगड़ी

पर औंधी पड़कर ज़ार-ओ-क़तार रोने लगी।

अम्मा सूप पटकना छोड़कर दौड़ी आई।

"अरी तू तो सगली भीज गई! रो क्यों रही है! कुछ हुआ भी है! कौन-सी बिजली पड़ गई?"

बाऊजी गुड़गुड़ी पीने को चिलम भर रहे थे। चिलम की अँगियारी को कुरेदते चिमटा पटक दिया, "तू ठीक तो है लाली?"

भाभी धनिया-मिर्च लिए चटनी पीसने को जा रही थी। हाथ से सिलौटा छूट गया। हंसा का रुदन कलेजा चीर रहा था। वह ख़ुद रुआँसी होकर भरे गले से पुचकारने लगी, "हंसा बीबी, कुछ कहो तो... इत्ती क्यों हिरान हो रहीं?"

दोनों भाई काग़ज़-पत्तरों की छँटनी में उलझे थे। अपनी लाड़ली बहन के रोने से बेचैन हो उठे।

"किसी ने कुछ कही है तुझसे? बस्स एक बेर नाम ले दे।"

अपनों का संग और दिलासा पाकर हंसा की रुलाई और तेज़ हो गई। रोते हुए बोली, "अम्मा खुर्जे वालों को देवउठान बाद की हाँ कह दो।"

सब हैरान! कल ही तो तन्नाकर सबसे झगड़ी थी हंसा– 'अगले साल तक ब्याह की सोचना भी मत। नहीं तो कसम लेती हूँ विदाई के बाद कभी जो इस दरवज्जे पर पाँव रक्खा।' फिर एकदम से क्या हुआ!

अपने भीतर उबाले मारते क्षोभ और जिल्लत के ज़हर को और कितनी देर घोटती हंसा। रोते-कलपते उसने सारा हाल कह दिया। सुनते ही अम्मा माथे पर हाथ मारकर धप्प से ज़मीन पर बैठ गई।

"नासमिट्टा राच्छस... फालिज पड़े... मैं तो कम्मक्खत को भला लौंडा जाने ही।"

भाभी कभी अम्मा को सँभालती कभी हंसा को, "कुकरमी रँगा सियार निकला। परधानन का भतीजा है, इसी हेकड़ी में उछल रहा है।"

बाऊजी बेचैनी में इधर से उधर चक्कर काटने लगे, "इसलिए डरै था

मैं... जो लौंडिया हाथों में रहती तो ऐसा काला दिन क्यों देखना पड़ता! पढ़ के बड़ी मास्टरनी बनेगी! बाप का सिर तो कीच में दे दिया।"

तेजपाल भैया उसे शक भरी नज़र से देखकर कड़क आवाज़ में सवाल पर सवाल करने लगे, "तू इकली खेतों में क्या करने गई थी? सीधे रस्ते सबों के संग क्यों ना आई?"

हंसा पर जैसे मुर्दनी छा गई। ये उसके अपने लोग हैं! जो ऐसे कटार भोंक रहे है उसके सीने में! इसलिए तो इतने दिनों से घुट रही थी। आठों पहर जलकर भी फफोले छिपाए रही। उसका मन हुआ यहाँ अपनी बात कहने से अच्छा तो किसी कुएँ में कूद जाती।

कोठरे में बैठकर दोनों भाइयों और बाऊजी के बीच कोई सलाह हुई और फिर तीनों हाथों में लट्ठ और दराँत लिए निकल पड़े।

"ऐसी की तैसी हरामी के जने की... आज हाड़-गोड़ तोड़ देंगे, नाम-निसान मेट देंगे स्साले का। लड़की को दगीला करना चाहता है। हंसा, तू कल से घर के बाहर न निकलेगी।"

भैया-बाऊजी के निकलते ही अम्मा उसे कोठे में घसीटती ले गई। उसका झोंटा पकड़कर दीवार में दे मारा, "कहीं मूँ दिखाने लायक छोड़ेगी कि ना? चैत में ही फेरे गेर देती। कल कला को खुर्जे वालों तक बात पहुँच गई तो क्या होगा!"

भाभी अलग मुँह फुलाए थी। आख़िर किस ग़लती के बदले मार-पिटाई, अपशब्द और लांछनाएँ सह रही है वो!

हंसा मिट्टी की-सी देह लिए निर्वाक् पड़ी रही। मनहूस-सी चुप पूरे घर को अपनी गिरह में बाँधे हुए थी।

साँझ होने को थी तब एक लड़के ने साँकल खड़काई– "हंसा को परधान जी ने बुला भेजा है।" आने वाला लड़का केसर का संगी था।

अम्मा के माथे पर त्योरी पड़ गई, "किसके उकसावे पे आया है?

जवान-जहान लड़की का वहाँ चौड़े में क्या काम?"

"आमना-सामना होगा। कोई सच्ची-झूठी जोड़कर कहे तो!" लड़के ने ज़रा रुखाई से कहा, "बाकी परधान जी जानें।"

आनन-फानन भाभी ने हंसा का मुँह धुलवाया। कपड़े बदलवाकर बाल सँवारे। घूँघट में घर-कुनबे की दो-चार औरतें और साथ हो लीं– 'आज हंसा है, कल हमारी भी बेटियाँ हैं।'

हंसा के चेहरे पर गहरा सन्नाटा पसरा था। मगर अंदर तूफ़ान उठ रहा था। लगातार रोने से सूजी हुई आँखें दुख रही थीं। बदन में हरारत थी। कलेजे में असहनीय टीस का गोला-सा बना हुआ था। प्रधान के चौंतरे पर घेरा बनाकर भीड़ जुटी थी। थोड़ी दूर बाऊजी और दोनों भैया ग़ुस्साए हुए कुछ लोगों से ऊँची आवाज़ में बोल रहे थे। हंसा को देखकर लोग बिखर गए। कनबतियाँ होने लगीं। हंसा की आँखें ऊपर न उठीं। उसे लगा सबकी नज़रें उस पर गड़ी हैं। उसका क्या क़सूर है। क्यों सबके बीच किसी दूसरे की करतूत पर वह अपराधिनी-सी खड़ी है? उसका मन हुआ वह अदृश्य हो जाए। तभी हंसा ने देखा दो लठैतों के साथ अपनी धोती की किनारी उठाए प्रधान जी बाहर आ रहे थे। उनके पीछे दो और लड़के बुरी तरह ज़ख़्मी केसर को सहारा दिए खड़े थे। उस पर नज़र पड़ते ही हंसा की शर्मसारी आक्रोश में बदल गई।

भीड़ केसर की टिक्का-बोटी करने को तैयार थी। कुछ ऐसे भी लोग थे जिन्हें सारे क़िस्से का पता न था फिर भी गाली-गुफ़्तार कर रहे थे।

प्रधान जी पत्नी के भतीजे के बचाव में लगे थे, "अब क्या मार ही डालें! लड़कबुद्धि है जी... समझ गया है। जान दो.. फिर ऐसी गलती नहीं करेगा।"

प्रधान का रवैया देखकर हंसा का पारा चढ़ गया। उसने बिगड़कर कहा, "परधान चाचा अपने को लगे तो देह में दूसरे को लगे तो भीत में? लड़कबुद्धि है तो सिर पर मूतेगा? इतनी जवानी चढ़ी है तो अपनी बेटी

इसके आगे कर दो।"

प्रधान जी को हंसा के बग़ावती बोल अखर गए। चौड़े में बवाल पर उतारू है। कैसी अड़ियल, मुँहजोर लड़की है, बड़े-छोटे का लिहाज़ ही नहीं। अपने संग-संग बाप-भाइयों की इज़्ज़त भी उछाल रही है। ऐसे नहीं तो ऐसे चुप लगाएगी। हंसा को पास बुलाकर कुटिलता से बोले, "तेरी बिना राजी इतना ना कर सकै केसर। तेरे गैल जो हुआ सबको बता। जब नाचना ही है तो घूँघट कैसा!"

हंसा को ऐसी दुष्टता की उम्मीद नहीं थी। उसकी आवाज़ भर्रा गई, "चाचा, यह लंपट परधानन का भतीजा है तो मैं भी पूरे गाँव की बेटी हूँ। मेरे संग जो हुआ ये ही बताएगा। मुझे न्याय चाहिए।"

प्रधान इसी ताक में था। केसर के पास जाकर एक-एक लफ़्ज़ पर ज़ोर देकर बोला, "बता दे केसर... हंसा तेरे धोरे जंगल की छाजन में क्यों आई थी?"

केसर ने एक बार हंसा की ओर देखा फिर आँखें झुका लीं, "हंसा मेरे पास नहीं आई थी। जो हुआ उसमें उसकी राजी नहीं थी।"

हंसा जलती आँखों से प्रधान को घूरकर बोली, "कर ली तसल्ली चाचा... अब?"

प्रधान जी से कुछ कहते न बना। लज्जित होकर बोले, "जा हंसा काढ़ ले अपने जी की।"

शह मिलते ही हंसा ने रणचंडी का रूप धर लिया। गंदी-गंदी गालियाँ बकते हुए केसर पर झापड़ों की झड़ी लगा दी। इतने पर भी तोष न हुआ तो बाल मुट्ठी में भर लिए। केसर न कुछ बोला न कोई गुहार लगाई। वह कातर आँखों से उसे देखता चुप पिटता रहा। उसकी ढीठ चुप्पी से चिचियाकर हंसा फाड़खाऊ अंदाज़ में लात-घूँसों से पिल पड़ी।

"आज देखती हूँ कितना फौलाद है तू!"

केसर सचमुच फ़ौलाद निकला। ज़बान से उफ़्फ़ तक न की। पीटते-

कोसते हंसा जब थक गई तो ज़मीन पर गिरकर रोने लगी। बदनतोड़ मार खाकर जो न रोया, हंसा को रोते देख उसी फ़ौलाद की आँखें भर आईं।

प्रधान जी ने कड़ककर चेतावनी दी, "अब भी बखत है केसर, छमा माँग ले... कह दे हंसा तेरी बहन है।"

केसर ने हाथ जोड़कर दृढ़ता से कहा, "मैं अपने किए की छमा माँगता हूँ फूफा, लेकिन हंसा मेरी बहन नहीं है।"

शाम का धुँधलका छाने लगा था। मामला ज्यों-का-त्यों अटका था। निर्लज्ज पापी को महज़ मार-पीटकर छोड़ देना उसका इलाज न था। गाँव के बुज़ुर्गों और ओहदेदारों की सलाह हुई– 'दीया-बत्ती का टैम हो लिया, अभी तो निपटारा होते ना दीखता। सवेरे पंचाट बैठेगी। जभी इस बिगड़ैल का फैसला होगा।'

एक सुर में सबकी हाँ हुई। लोग घरों को लौटने लगे।

ग्यारस की रात थी। बारीक-सा चाँद था भी तो जाने किधर था। दिन भर मेह बरसने के बाद अब आसमान एकदम साफ़ था। घरों के उजाले मांद पड़ गए थे मगर बाहर तारे जुगजुगा रहे थे। शाम ढले से ही हंसा भितल्ले कोठे में इतिहास की कुंजी में सिर दिए बैठी थी। पिछला पढ़ा कुछ याद नहीं आ रहा था। मन में अजीब तलबेली मची थी। शरीर किसी अनचीन्ही दुखन से ढुलमुलाया हुआ था। शायद हरारत ने देह में यह सुस्ती भर दी थी। अम्मा बुख़ार की सुनकर भी देखने को न आई। न खाने के समय ही किसी ने बाहर बुलाया। भाभी कोठे में ही खाना ले आई थी। मुश्किल से दो-एक ग्रास निगले गए। 'तीता लग रहा है' का बहाना कर थाली जुठारकर छोड़ दी। भाभी बिना कुछ बोले जैसे थाली लाई थी वैसे ही चुप उठा ले गई।

हंसा ने किताब किनारे रखकर अँधेरा कर दिया और सोने की कोशिश करने लगी। झँझरी से थोड़ी-सी रौशनी छनकर भीतर आ रही थी। बेकल

हंसा को किसी करवट कल न पड़ रहा था। जाने क्यों बार-बार केसर की कातर सूरत सामने फिर रही थी। कभी मार खाई नज़र से टिकटिकी बाँधकर निहारता दिखता तो कभी अपने पाँवों में पड़ा रिरियाता हुआ। कभी कानों में उसकी आवाज़ आने लगती– 'मुझसे भूल हो गई हंसा... माफी दे दे!' कभी कहने लगता– 'तू मेरी दुनिया है हंसा। तेरे कहे सब काम करूँगा।' न चाहते हुए भी रह-रहकर दिन भर के मंज़र हंसा की आँखों में घूम रहे थे। चाहे जैसा सही, उसकी जगहँसाई न कराई केसर ने। पिटाई से बचने को जो झूठ ही कह देता कि हंसा की राज़ी थी तो कौन मुँह पकड़ता उसका! हठात ही केसर उसकी आँखों में फिरने लगा। भीगी हुई दोपहर में छाजन के नीचे केसर का निडरता से उसकी कलाई पकड़ना, मुहब्बत से लबरेज़ मनुहारें और मचलकर उसे चूम लेना। कैसा सिरफिरा है... उफ़्फ़! हंसा की सकल देह में बिजली-सी दौड़ गई। उसने नरमाई से अपने होंठों को यूँ छुआ जैसे दीवट पर कोई जलता चिराग़ रख गया हो, जो ज़रा-सी झपक से बुझ जाएगा। अपने होंठों को छूते ही उसे बिस्तर पर पड़े रहना दु:सह हो गया। घंटों से भूखे-प्यासे बँधे केसर ने कितनी मार खाई है! सवेरे जाने उसका क्या होगा! कहीं मर-मरा गया तो सारा पाप उसके सिर लगेगा। भीतर के विप्लव को न दबा सकी तो कोठे से उठकर हंसा बरोठे में आ गई। उसकी हालत से बेख़बर अम्मा नाक बजाती सो रही थी। अपनी चित्तवृत्ति को वह ख़ुद ही न समझ पा रही थी तो दूसरा और कौन समझता!

हंसा ने सुराही से निकालकर एक गिलास पानी पिया। किंतु दिन भर दहाड़ें मारकर रोने-चीख़ने का फल था कि गले की ख़ुश्की वैसी ही बनी रही। कोई इरादा कर ताख़े पर रखी ढिबरी उठाकर हंसा चौके में आ गई। कटोरदान में उसकी छोड़ी चार रोटियाँ बची थीं। सब्ज़ी की कूंडी रीती पड़ी थी। उसने मर्तबान से निकालकर अचार की कई फाँकें रोटियों के बीच दबा लीं और रोटियों के साथ ही एक धारधार चाक़ू भी काग़ज़ में

लपेट लिया। प्लास्टिक की एक थैली में कड़वा तेल, हल्दी और चूना सानकर रख लिया। फिर अँधेरे में ही अपने बटुवे से कुछ मुड़े-तुड़े नोट निकालकर मुट्ठी में भींच लिए। हंसा धड़कते दिल से बेआवाज़ ओसारा पार कर रही थी। एक खाट पर मच्छरदानी में बाऊजी और जगपाल भैया सोए थे। ज़रा-सी आहट से अगर किसी की नींद उचट गई तो शामत ही न आ जाएगी! ओसारे की ऊँची भीत के सहारे सोन चंपा महक रही थी। वहीं से आले में रखी टॉर्च धीरे से उठाकर उसने सिर पर चादर से इस तरह ढाठा बाँध लिया कि उसका चेहरा पूरी तरह छिप गया। साँकल खोलते उसके हाथ लरज रहे थे। एक-एक क़दम मन-मन भारी हो रहा था।

गझिन रात के पिछले पहर सारा गाँव नींद में डूबा हुआ था। बस कहीं-कहीं से बुड्ढों के खाँसने-खखारने और छोटे बच्चों के रोने पर ऊँघती माँओं के झुँझलाकर चुमकारने की आवाज़ें आ रही थीं। कभी-कभार आवारा कुत्तों की भौंक से भी सन्नाटा दरक रहा था। हंसा के कलेजे में धुकधुकी हो रही थी– अगर किसी ने उसे पहचान लिया तो! जल्दी ही रबर की चप्पलों में लंबे किंतु अस्वरित डग भरते हुए वह गाँव के चौक पर पहुँच गई। जहाँ बड़े बरगद के तले केसर जुआठे की जेवड़ी से मज़बूती के साथ बँधा था। उसकी आँखें मुँदी हुई थीं। ख़ूनमख़ून हुए माथे पर रुमाल की पट्टी बँधी थी। निचले होंठ के कोने से बहकर ख़ून की एक लाल मोटी लकीर तार-तार हुई कमीज़ के कॉलर तक फैल गई थी।

हंसा ने टॉर्च की रौशनी उसके चेहरे पर डाली तो उसने मिचमिचाकर अपनी आँखें खोल दीं।

"कौन?"

"मैं हूँ।" हंसा ने चेहरे से ढाठा हटाकर कहा।

अपने सामने हंसा को पाकर केसर उद्भ्रांत-सा आँखें झपकने लगा। उसका होना उसे मायावी लग रहा था जैसे वह जागते हुए भी किसी सपने में है और निमिष भर में हंसा लोप हो जाएगी। हंसा के हाथ में चाक़ू देख

अपने पपड़ाए होंठों पर जीभ फिराकर केसर ने डूबी हुई आवाज़ में कहा।

"सच्ची तू ही है। आधी रात चाकू उठाए यहाँ क्या मेरी जान लेने को आई है, हंसा?"

"नहीं। तुझे जान बख्शने आई हूँ।"

"मेरी जान तो तुझमें है।"

"इतना पिटकर भी तेरा भूत नहीं उतरा?"

"भूत नहीं एक जिद्दन चुड़ैल चढ़ी है मुझ पर।" केसर हंसा की आँखों में आँखें डालकर मुस्कराया, "दस-दस ने बाँधकर मारा है। एक दफा खोल देते तो अकेला भिड़ जाता।"

"ऐसा तोपची है तो फौज की नौकरी क्यों छोड़ दी?"

"मोहब्बती हूँ, लड़ने के वास्ते नहीं जन्मा।"

हंसा थोड़ी देर चुप रही फिर पेड़ के पीछे जाकर चाक़ू से रस्सी की गाँठें काटने लगी।

"तेरे बंध खोल रही हूँ। जा भाग जा। दोबारा इधर का मुँह मत करना। नहीं तो इसी चक्कू से तेरी जान ले लूँगी।"

"तू भागेगी मेरे साथ?" केसर धीमी-सी हँसी हँसा।

"तू निरा पागल है।"

"हाँ, तेरे पीछे। लेकिन मैंने सुबह की पूछी तू साँझ की कह रही है।"

"मुझे तेरी बकवास नहीं सुननी। ओछे की प्रीत बालू की भीत। निकम्मे के संग निकम्मी क्यों होऊँ! मैं जा रही हूँ... कल मेरा इतिहास का परचा है।"

केसर ने विनती की, "थोड़ी देर और रुक जा।"

हंसा ने रोटियाँ उसके हाथ में थमाकर कहा, "अपनी इज्जत मुट्ठी में लेकर तुझे रोटी देने आई थी कि तेरी हाय न लगे।"

केसर घंटों से भुखाया था। जल्दी-जल्दी रोटी चाबने लगा। हंसा का मन पिघलने लगा।

"तुझे हौल नहीं लगता... रोटियों में जहर हुआ तो तू मर जाएगा?"

केसर मुस्कराने लगा, "मैं तो तुझे देखकर रोज मरता हूँ।"

हंसा का चेहरा पुनः कठोर हो गया, "पता है तड़के तेरा क्या होगा ?"

"जो हो।" केसर ने बेफ़िक्री से कहा, "सुबह अभी दूर है और इस घड़ी तू मेरे पास है।"

"झूठ मत जान। काला मुँह करके खच्चर पर तेरा जलूस निकलेगा।"

"अच्छा तेरे कलेजे को ठंड पड़ेगी ?"

"हाँ खूब।"

"तो जब तेरे घर के आगे से निकलूँगा तू अपनी छजली पर खड़ी होकर देखना।"

हंसा की आवाज़ में खीझ भर गई, "तुझ पर मरने का फतूर चढ़ा है तो मर। भाग का लिक्खा कौन मेट सकता है!"

"मेरे भाग का लिक्खा बस तू मेट सकती है हंसा।" केसर ने सजल आँखों से कहा।

हंसा का जी पानी होने लगा। उसने उसके घावों में हल्दी-चूना भरकर अपनी मुट्ठी में दबे नोट केसर की गदेली पर रख दिए।

"दिवाली बाद मेरा लगन धराया है और लड़का मेरे मन का है। हमारा कोई जोड़ नहीं। इसलिए कहती हूँ ये रुपये ले और भाग जा।" कहकर हंसा पलट गई।

जैसे देह से किसी ने प्राण खींच लिए हों, केसर निढाल पड़ गया।

"अब निकलने दे मेरा जलूस हंसा।" उसकी आवाज़ दरकने लगी, "तेरे सिर की कसम मैं कहीं नहीं जाऊँगा।"

हंसा मंथर चाल से चली जा रही थी। केसर उसे जाते हुए अपनी भीगी हुई निराश आँखों से निर्निमेष ताक रहा था। सहसा उसने देखा अढ़ाई सौ क़दम चलकर हंसा वापस उसकी तरफ़ लौट पड़ी है। उसके क़दम मद्धम से तेज़, फिर तेज़ से और तेज़ हो गए थे। उसके निकट आकर हंसा ने सख़्ती से उसका हाथ थाम लिया।

"चल जल्दी कर। किधर चलना है... भिनसारे आन गाँव तक हमारी ढूँढेर मच जाएगी।"

केसर ने बेयक़ीनी से देखा, उसकी धड़कन तेज़ हो गई। उसका बाँया हाथ हंसा के हाथ में था और दाँया हाथ अपने दिल पर। उसे अपनी मनचीती चीज़ मिल गई थी। उसका उदास चेहरा हर्षित हो उठा।

"सवेरे की पहली बस साढ़े चार की है।"

दोनों शहर को जाने वाली सड़क पर बेतहाशा दौड़ने लगे। दौड़ते-दौड़ते केसर को जैसे कुछ याद आया, "हंसा... तेरा इतिहास का परचा!"

बदले में हंसा ने कुछ न कहा लेकिन केसर ने महसूस किया कि उसके हाथ पर हंसा की पकड़ और सख़्त हो गई थी।

निर्वाण

'एक दिन तुम इस दुनिया से पूरी तरह ऊब जाओगी। उस दिन तुम्हें किसी को विदा कहते कोई शोक न होगा।'

कई साल पहले वह जून महीने की एक बेहद ठंडी शाम थी जब सर्दसेर पहाड़ की बुलंदी पर बैठे एक कनफटे गोरे योगी ने मेरे अहमकाना तर्कों से उकताकर मुझे यह बद्दुआ दी थी। वह मनहूस दिन मेरे जीवन में बहुत जल्द आ गया था और उस एक दिन के बाद ऋत और अनृत के बीच झूलते हुए मैंने उसे लगभग रोज़ ही याद किया था। जब-तब मेरे भीतर उसके तंबूरे की तान वीतराग-सी बज उठती है।

इस वक़्त भी बेख़याली में शायद उसी का ख़याल बँधा था जिसे मैं रेल के बाहर तेज़ी से भागते दृश्यों के रेले में बहकाने का जतन कर रही थी। रेल एक घंटा छत्तीस मिनट देरी से चल रही थी। बदीह काँच के परे आसमान किरमिज़ी हो रहा था। यह शाम की चाय का वक़्त था। नीचे पड़े चाय के ख़ाली काग़ज़ी प्याले को देखकर मुझे देर से चाय की तलब उठी थी और चाय वाला कहीं नहीं था। कंपार्टमेंट में हम चारों सहयात्री दौड़ती रेल के साथ अपने आप में विचर रहे थे। हम सब अपने अवसादों में डूबे

थे। नज़री तौर पर किसी को किसी से सबब न था किंतु भीतर-भीतर हम सब एक-दूसरे की पूरी पड़ताल कर चुके थे।

मेरे सामने रतलाम से चढ़ी पैंसठ-सत्तर की औरत किसी आस में बार-बार अपने फ़ोन में झाँक रही थी। उसे देखकर मालूम होता था कंधे पर दिलासा का हाथ रखते ही वह टूटकर रो पड़ेगी। थोड़ी देर पहले उसने किसी से संवाद किया था। उसकी आवाज़ में अनुनय था, "महीने-दो महीने रहकर चली जाऊँगी... बड़े के घर जगह की क़िल्लत थी। विपुल कनाडा से छुट्टी पर आया है न।"

उस तरफ़ से जाने क्या कहा गया था कि बुढ़िया की आवाज़ और दीन हो गई थी, "मैं बैठक में रह लूँगी। वैसे भी वहाँ कमरे में अकेले पड़े जी घुटता था। यहाँ बच्चों में लगी रहूँगी।"

फ़ोन के दूसरी ओर आवाज़ ऊँची हो गई थी जो फ़ोन से निकलकर इधर-उधर फैल गई थी– "हद है... चलने से पहले पूछ तो लेतीं। हम हैं भी कि नहीं। देखता हूँ क्या हो सकता है।"

एक गड़ती हुई झल्लाहट के साथ फ़ोन काट दिया गया था। बुढ़िया की आँखों से लाचारी टपकने लगी थी जिसे उसने मुँह फेरकर अपनी साड़ी की किनारी में ज़ब्त कर लिया।

मेरे बग़ल में बैठी सादी-सूनी सी कमउम्र औरत गोद में मचलते बच्चे को थपक रही थी। उसने वडोदरा से ट्रेन पकड़ी थी। उसकी आँखों में दर्द मरोड़ ले रहा था। बैठने के बाद से उसने कुछ नहीं खाया था। उसका माथा चोटिल था। गर्दन और कलाइयों पर नील पड़े थे। आँखें सूजी हुई थीं। चाल में हल्की लँगड़ाहट थी। उसे स्टेशन पर शायद पिता छोड़ने आए थे। वे उसके सिर पर आशीर्वाद का हाथ फेरकर मिश्री घुली आवाज़ में नसीहतों के साथ कुछ रुपये उसकी साड़ी की खूँट में बाँध गए थे– "पीये आदमी के मुँह नहीं लगते गिन्नी। नशे में हाथ उठा दिया होगा। जब पीकर आए तू चुप लगाया कर। वैसे भला लड़का है... ऐसी छोटी-मोटी बातों

पर कहीं घर छोड़ते हैं। पीहर में लड़की दो दिन को ही अच्छी लगती है। अब तू उनकी चीज़ है।" सुनते हुए लड़की ने हाँ-हूँ कुछ न कहा था। किंतु उसका चेहरा पथरीला हो गया था। उसने जाते हुए पिता से आँखें नहीं मिलाई थीं।

तीसरा हमसफ़र अपने रवैये से बेहद रूखा अट्ठाईस-तीस का सुदर्शन युवक था। उसके कसरती जिस्म, डील-डौल और बालों की काट को देखकर मेरा अनुमान था कि वह मॉडल होगा। फिर जब उसने अपनी तस्वीरों का पोर्टफ़ोलियो देखना शुरू किया तो मेरा अनुमान ठीक निकला। थोड़ी देर पहले वह 'सेनेका' की किताब के फ़लसफ़ों से ऊबकर अपनी शायिका पर आँखें मींचकर लेट गया था। वह मुंबई से ही साथ था। मगर चुप और उखड़ा हुआ। वह जैसे ख़ुद से ही सरगिराँ था। वह शायद सिगरेट पीने के लिए बार-बार टॉयलेट जाता था। क्योंकि लौटने पर हर बार उसके पास से तंबाकू की गंध उठती थी। जाने क्यों उसके दोनों हाथों पर खाल जैसे महीन काले दस्ताने चढ़े थे। कुछ ऐसे दस्ताने जो अमूमन धूप के असर से बचने को लड़कियाँ पहनती हैं। वह बेहद थुड़दिल और चिड़चिड़ा था। ट्रेन में बैठने के कुछ देर बाद ही वह मेरे हाथ में थमी किताब की एक पंक्ति पर मुझसे उलझ गया था– 'दुनिया को हाथ की तरह गर्म और सुंदर होना चाहिए।'

"रबिश! हुँह, एकदम बकवास है।" उसने मुँह बिचकाकर कहा था। मैं सोच रही थी वह आख़िर किस बात पर इतना नाराज़ था! वह मेरे बाज़ू में बैठी कमउम्र औरत के बच्चे को रोते देख भनभनाया था, "आप उसे बहलाती क्यों नहीं? थोड़ा इधर-उधर टहल ही लीजिए। मेरा सिर फट रहा है।" आधे घंटे पहले ज़्यादा मीठे को लेकर चायवाले से भी उसकी झड़प हुई थी– "तुम रोज़ी के लिए कोई दूसरा धंधा करो। चाय-वाय तुम्हारे बूते का काम नहीं।"

साइड लोअर और अपर बर्थ अढ़ाई घंटे से ख़ाली थीं। मैं टॉयलेट के निमित्त उठी। वहाँ तंबाकू की गंध भरी थी। मेरे लिए यह नई नहीं थी। बहुत परिचित थी। मगर अब मुझे यह गंध असह्य लगती थी। इस वक़्त भी मुझे लगा जैसे वह गंध मेरे चेहरे और नथुनों पर चिपक गई है। मुझे रेल के क़ानून तोड़ने की इस धृष्टता के लिए लड़के की शिक़ायत करनी चाहिए थी। मगर मैंने अपने इस ख़याल को रद्द कर दिया था। इसके बजाय मैंने वॉश बेसिन पर खड़े होकर मुँह पर पानी के छींटे मारे। उसी दौरान ट्रेन झालावाड़ के छोटे-से स्टेशन पर रुकी थी। हालाँकि ट्रेन लम्हे भर को ही रुकी थी। उसी गुरेज़ाँ लम्हे में गोया एक हादसा घट गया। उदास पड़े टू टियर कोच में एक-ब-एक सनसनी भर गई। फ़ोन में झाँकती औरत अपने खोल से निर्गत होकर हकबकाई-सी खड़ी हो गई थी। बाज़ू में बैठी युवती की खिन्नता का घेरा टूट गया था। बच्चे को लाड़ से सहलाती-थपकती उसकी हथेलियाँ रुक गई थीं। नन्ही गुलाबी मुट्ठियाँ पोपता बच्चा चिहुँककर रोने लगा था। ऊपर की बर्थ पर ऊँघता चिड़चिड़ा युवक अधबैठा होकर दरवाज़े की ओर ताकने लगा था। पिछले कूपे में बैठे मुसाफ़िर अगले कूपे पर झुक आए थे।

एक तेईस-चौबीस की हसीन-तरीन लड़की ने चुस्ती से रेल के साथ दौड़ते हुए अपना बैग भीतर फेंका था और पोल पर झूलते हुए वह किसी तरह ऊपर चढ़ गई थी। उसका विलायती साथी लड़का अब भी ट्रेन की रफ़्तार के साथ संतुलन बनाकर दौड़ रहा था। पायदान पर चढ़ने के प्रयास में वह बार-बार लड़खड़ाकर रह जाता।

डोर हैंडल पर आगे को झुकी लड़की हाँफती हुई चीख़ी, "रन फ़ास्टर कार्लोस... थ्रो योर बैग इनसाइड।" लड़के की पीठ पर नीले-गुलाबी रंग का वज़नी हाइकिंग बैग था। पाँव में भारी जूते। वे शायद पहाड़ों के सफ़र पर निकल रहे थे। वह बहुत सारी जेबों वाला पाजामा और टी-शर्ट पहने था। उसकी हट्टी-कट्टी पुष्ट भुजाओं पर गोदने गुदे थे। कंधों से

बैग उतारने की कोशिश में अचाक ही दौड़ता लड़का गिर गया। ट्रेन ने गति पकड़ ली। लड़का पीछे छूट गया। जैसे लड़की के प्राण छूट गए हों। अनिष्ट की शंका से थरथराती लड़की कानों पर हाथ रखकर ज़ोरों से चिल्लाई–"का... र्लो... सऽऽऽ"

राग भय देता है। छूट जाने का भय। हम सब कुछ न कुछ छूट जाने की फ़िक्र से डरे हुए लोग हैं। रंज में डूबी लड़की सुबकते हुए अपने घुटनों में सिर देकर दरवाज़े से सटकर बैठ गई। मैं लड़की के नज़दीक भौंचक खड़ी थी। मैं उसकी तसल्ली को कुछ कहती कि एक करिश्मे की तरह विलायती लड़का दूसरे कोच के दरवाज़े पर नमूद हुआ। हैरान लड़की उसकी छाती से लगकर फफक पड़ी।

"ओह कार्लोस! आइ थॉट आइ लॉस्ट यू।"

"बट आई कांट लूज़ यू... यू हैव टू बी द मदर ऑफ़ माय डॉटर।"

लड़के ने शरारती हँसी के साथ कहा और आवेग में सबके सामने उसे अपनी बाँहों में भरकर चूम लिया। उसने अँग्रेज़ी में पूछा कि क्या वह हमेशा उसके साथ रहेगी? लड़की ने अभिभूत होकर भरी आँखों से हामी भरी। लड़के ने जैसे लड़की के होंठों को नहीं उसकी आत्मा को चूमा था। उसने अपनी सुर्मेदार आँखें मूँद ली थीं। उनकी दैहिक भाषा में गहरा प्रेम था।

मैं जैसे किसी रूमानी फ़िल्म के गुदगुदाते सुखांत से गुज़र रही थी। कोच में बैठे बाक़ी मुसाफ़िरों को भी उनके मिलन के बाद आराम आ गया था। लड़का दोषहीन अँग्रेज़ी बोल रहा था। हालाँकि वह कुछ भी हो सकता था। यूनानी, डच, ब्रितानी या इतालवी। मगर लड़की ने उसे कार्लोस पुकारा था। मेरी जानकारी के हिसाब से यह इतालवियों का पसंदीदा नाम है। उसके बाल सुनहरे नहीं थे। गहरे भूरे थे। छोटे कटे हुए। आँखों की पुतलियाँ सलेटी थीं। रंगत एकदम गोरी। लड़की ख़ालिस भारतीय थी। भरी-पूरी। उसके अंगों में लोच था, हाव-भाव में नज़ाक़त। गंदुमी रंग और

सुर्मगीं आँखों वाली। उसने अपने लहरदार बालों को चंपई स्कार्फ़ की गाँठ में कस रखा था। वे दोनों च्यूइंगम चबाते हुए साइड लोअर पर दू-ब-दू जम गए। अब मैं उन दोनों के नाम जानती थी। कुलाला कली कानों में ईयरफ़ोन ठूँसे धीमी आवाज़ में कोई अँग्रेज़ी गीत गुनगुनाने लगी। कार्लोस ने उसके स्कार्फ़ को अपने नथुनों से छुआकर एक भरपूर साँस खींचते हुए अपने गले में लपेट लिया। लाड़ दिखाते हुए कली ने उसकी कलाई पर बँधी उसकी दामी घड़ी में अपनी कलाई फँसा ली और उसके फ़ोन की गैलरी में तस्वीरें स्क्रॉल करने लगी।

सारे छल और प्रवंचनाओं के बाद भी प्रेम हमारे भीतर बच रहता है इसलिए उस दिलारा जोड़े को देख मुझमें एक हूक उठी थी। अबुलाए ही सुकांत की याद मेरे मन पर दस्तक देने लगी थी। जैसे उसे देखना हो कि क्या अब भी सुकांत वहीं रहता है!

मुझे वह दिन भुलाए नहीं भूलता। उस तंगफ़ुर्सत दोपहर में आर्टिकल पूरा करने की हड़बड़ में मेरी उँगलियाँ डेस्कटॉप के कीबोर्ड में उलझी थीं। फिर भी आँखें बार-बार सुकांत की ख़ाली टेबल का फेरा कर आती थीं। वह दो रोज़ का कहकर पुणे गया था। मगर छह दिन बाद भी उसकी कोई ख़बर नहीं थी। उसका फ़ोन लगातार बंद आ रहा था और उसकी तरफ़ से दफ़्तर में छुट्टी के लिए अर्ज़ी की कोई मेल नहीं थी। सवेरे से ही मौसम सुहेला था। तेज़ हवाएँ चल रही थीं। ख़बरों में तूफ़ान की आशंका थी। आँख खुलते ही मैंने अपनी देह के अनचीन्हे संकेतों की जाँच की थी और प्रेग्नेंसी किट पर दो गुलाबी लकीरें उभर आई थीं। मैं उन दो गुलाबी लकीरों की धनक में खोई थी। इतनी मीठी बात सुकांत को ऐसे नहीं बताऊँगी। इसके लिए मुझे उसका आलिंगन चाहिए। उसकी आँखों में देखकर ही कहूँगी।

तभी चुप पड़ा मेरा फ़ोन गुर्राया था। किसी अनजान नंबर से सुकांत ही था।

"कहाँ हो कुंज?"

"तुम्हारे पास।" मैं हँस पड़ी थी, "मगर तुम कहाँ हो?"

"कल शाम को जुहू पर मिलो। कुछ ज़रूरी बात है।" वह हड़बड़ी में था। उसकी आवाज़ में सुस्ती थी। रोज़-सी शोख़ी और रूमानियत भी उस पर हावी नहीं थी। लेकिन मुझे कोई बदअंदेशी न हुई। मैं चहक रही थी। मौसम के सुहेलेपन की बचकानी ख़ुशी से भरी हुई।

"माँ मान गईं कांत?"

"कल बताता हूँ।"

"ऊँ...हूँ... अभी।"

"अभी मुश्किल है।"

"सुनो! मेरे पास भी एक ज़रूरी बात है।"

"अच्छा... बताना।" उसने कोई ज़िद नहीं की थी।

सवेरे का सुहेला मौसम रात भर में उग्र हो गया था। लगातार बारिश से निचले इलाक़ों में पानी भर गया था। रेल की पटरियाँ पूरी तरह डूब चुकी थीं। समंदर में उठे ज्वार से लहरें बेक़ाबू हो रही थीं। मैंने दोपहर में ही दफ़्तर छोड़ दिया था। मीलों लंबा जाम था। मौसम का लुत्फ़ उठाने लोग सड़कों पर उतर आए थे। जनता से लगातार घरों में रहने की अपील की जा रही थी। हिदायतों को दरकिनार कर मैं जुहू की ओर चल पड़ी थी। सुकांत के दरपेश मुझे मौसम की परवाह न थी। जुहू की ओर जाने वाली सड़क बंद थी। समंदर ने कई मीट्रिक टन कचरा उगलकर किनारों पर फेंक दिया था।

मैं सुकांत को इत्तला करती कि उसके नए नंबर की थाप से मेरा फ़ोन बजने लगा। मगर वह सुकांत नहीं था। एक ज़नाना आवाज़ थी। कोई औरत ग़ुस्से से गजबजाती ज़ोर से दहाड़ी थी, "बे-श-र-म... छि-ना-ल...

कौन-से लटकों-झटकों से फँसाया तूने सुकांत को?"

"कौन है?" मेरा चेहरा सुर्ख़ हो गया था, "कांत कहाँ है?"

"बीवी हूँ उसकी... उसके बच्चों की माँ। तू बता तू कौन है?"

गोया ज़लज़ला आ गया था। मेरे पाँव तले की ज़मीन काँपने लगी थी। मैं कौन हूँ! मेरी नाभि में जैसे कोई फड़क उठा। मेरा हाथ मेरे उदर पर रेंग गया। तो क्या मैं किसी के टूटे घर की ईंटों से अपना आस्तान चिन रही थी!

"मैं... मैं..." मेरे मुँह से शब्द न फूटे मैं गुंग हो गई थी।

"इतनी आग भरी है तेरे अंदर तो... #@#$#@#..."औरत लगातार भद्दी और फूहड़ गालियाँ बक रही थी। पत्नी होने के अपने वर्चस्व से लैस होकर मुझे ललकारती हुई। सुकांत पर अपनी पक्की दावेदारी साबित करती हुई। मेरे समूचे अस्तित्व पर बदबूदार कलौंस मलती हुई।

फिर क्या हुआ कि गंद बकते-बकते वह रो पड़ी।

"उसे छोड़ दो... मैं कहाँ जाऊँगी! मेरे बच्चों पर तरस खाओ!"

कदाचित मैं उस तिरस्कार से इतनी आहत न हुई थी जितनी उस दारुण याचना से।

मेरे सीने पर पीड़ाओं का पहाड़ रखा था। किंतु मैं पीड़ित थी या पीड़क यह तय नहीं कर पा रही थी। मैं पीड़ित थी तो वह औरत क्या थी! मैं पीड़क थी तो सुकांत क्या था! यह मेरी आत्मा को नंगा करने वाला अप्रच्छन्न प्रश्न था। सहसा मेरा हृदय मुझे धिक्कार भेजने वाली उस औरत के लिए प्रगाढ़ सहानुभूति से भर गया जिसे मैंने कभी नहीं देखा था और मैं कभी जिसे देखने की इच्छुक भी न थी। वह इतनी ही निस्सहाय और हीन थी जितनी मैं। कदाचित मुझसे कहीं अधिक। मैं ग्लानि में गली जा रही थी। मैं एक दूसरी औरत को निराश्रित, दुर्बल और असुरक्षित नहीं बना सकती थी।

बारिश की क्रुद्ध बौछारें मुझे पूरी तरह भिगो चुकी थीं। हवाएँ ऐसी बर्बर कि तिपहिये को पलटने पर उतारू थीं। एक पुलिसिया कारिंदा उग्र मौसम

की तरह ही मुझ पर बरस पड़ा था।

"कहाँ जाना है... दिखता नहीं मौसम बिगड़ रहा है।"

"कहीं नहीं।" मेरा दिमाग़ कुंद हो चुका था। मैं तिपहिये से उतरकर पगलाई-सी सड़क पर बैठ गई थी।

बाहर पाँच मीटर ऊँचा विनाशकारी ज्वार उठा था। रात-दिन दौड़ता शहर मेरी धड़कन की तरह थम गया था। मैं कैसे घर पहुँची थी मुझे याद नहीं। मैं अपने आपे में नहीं थी। उस रौद्र शाम में मैंने एक निर्दोष हत्या के लिए आवश्यकता से अधिक गोलियाँ निगली थीं। चार दिन मैं पेट में घुटने दिए रक्त के जोहड़ में पड़ी रही।

हफ़्ते बाद मैं और सुकांत मिले थे। एक आख़िरी बार।

हवा हमारी तरह कहीं गुम थी। किनारों पर नारियल के पेड़ चौकन्ने खड़े थे। गीली रेत पर बैठी लहरों के स्वैश और बैकवॉश को ताकती हुई मैं सोच रही थी समंदर की मौज़ की तरह प्रेम अपनी उम्र लेकर आता है। सात बरस से हम एकमेक थे। हमारी रसोई, हमारी तश्तरी, हमारा ग़ुस्लख़ाना, हमारा तौलिया, हमारा बिस्तर, हमारी चादर, हमारा मन, हमारी देह। अब मेरे सामने जो सुकांत था वह मेरा नहीं था। वह एक के बाद एक सिगरेट फूँक रहा था और मैंने उसे नहीं टोका था। मैंने अपना हक़ छोड़ दिया था। वह मुझसे अपनी आँखें चुराए था। बर्तन पर चढ़ा मुलम्मा छूट गया था।

"मैं बुरा हूँ न?" पता नहीं उसने किस उम्मीद में पूछा था।

मगर मैं उसे बुरा कैसे कहती। मैंने उसकी देह का नमक खाया था।

"नहीं।" मैंने अपना मुँह घुमा लिया था।

"तुम भले न कहो मैं कहे देता हूँ। मैं बुरा हूँ। अबकी तुम किसी बेहतर आदमी को चुनना।"

"क़ब्र पर क़ब्र नहीं बनती कांत।" मेरी शिराएँ खिंच गई थीं। टीस बेल की तरह फैल रही थी। और बैठे रहने का न मन बचा था न हौसला। मैं

खड़ी हो गई। सुकांत ने मेरे हाथ थामकर अपने माथे से लगा लिए थे।

"मुझे माफ़ कर देना कुंज।"

"कर दिया।"

अगर उसकी पत्नी उसे माफ़ कर सकती है तो मैं क्यों नहीं! अलविदा की मुलाक़ात में मैं एक साध्वी की तरह उदार हो गई थी। या फिर एक प्राण छोड़ती देह की तरह निर्मल। हाँ मैं शायद उस घड़ी मर गई थी।

मैं बारहवीं मंज़िल के अपने फ़्लैट की खिड़की से नीचे झाँकती। मुझे ख़याल आता मुझे उस खिड़की से नीचे कूद जाना चाहिए। मेरे अंदर रवाँ-दवाँ ज़िंदगी ठहर गई थी। मैं यार्ड में खड़े उस उजाड़ पेड़ को खड़ा देखती जिसने पतझड़ का दुख उठाया था। उसे देखते हुए मुझे लगता मैं भी एक उजड़ा दरख़्त हूँ जिस पर अब कभी वसंत नहीं आएगा। मैंने कंसोल टेबल पर रखी हमारी प्रेमिल तस्वीर को बारहवें माले से नीचे फेंक दिया था जिसे सोने से पहले मैं रोज़ चूमा करती थी।

मेरे अंदर शोक का एक कड़ा और खुरखुरा फोड़ा-सा बन गया था जो हर वक़्त टीसता था। चिपचिपी पीर भरा फोड़ा। यह वात, पित्त या सन्निपात के दोष से नहीं उभरा था। यह ठीक मेरे दिल के ऊपर छल से उपजी हीनता की गाँठ थी। जिसमें रक्त सड़कर मवाद बन गया था। मेरे दुःस्वप्नों में मेरे हलक में अजन्मे बच्चे के नरम गोश्त के टुकड़े भर जाते। मेरी हथेलियाँ लहू में डूबी होतीं। मेरा शरीर सड़ रहा होता। मैं आत्यंतिक पीड़ा से कराह उठती। ढीठ पीड़ा सीजने को न आती।

मैं जान गई थी पीड़ा ही प्रेम का प्राप्त है।

तब मैंने मुंबई छोड़ने का फ़ैसला लिया था। जबकि मैं उस शहर में नहीं रहती थी। वो रंगा-रंग शहर मुझमें रहता था। उसने मुझे जकड़ रखा था। यह जकड़न बोझिल नहीं थी, यह ऐसी थी जैसे कोई बुख़ार से हुलहुलाते, टूटते बदन को अपनी टाँगों में जकड़ ले। मगर अब मेरी रूह को वो शहर हराम था।

दौड़ती हुई रेल मेरे ख़यालों की चाल से होड़ कर रही थी। फिर भी डेढ़ घंटे का विलंब अब तक दुगना हो चुका था। बाहर सूनी सहराई में पतझड़ की चाँदई रात निर्द्वंद्व सोई थी। बीच-बीच में कोई शहर या स्टेशन गुज़रता तो रौशनी की पट्टियाँ और छल्ले हमारे ऊपर बिछ जाते। रेलसेवक यात्रियों की रुचि और चयन के हिसाब से भोजन वितरित कर गया था। बूढ़ी औरत ने मधुमेह और रक्तचाप की दवा खाने भर के लिए बमुश्किल आधी रोटी खाई थी। उसने फ़ोन को अपनी गोद में रखा था। अब उसकी उम्मीद की तरह फ़ोन की बैटरी भी डूब रही थी। उसने घबराकर अपना फ़ोन चार्जिंग पर लगा दिया था। दस्तानों वाले लड़के ने ऊपर बैठे-बैठे ही दाल, चावल, सब्ज़ी सानकर चम्मच से गटक लिए थे। और अब गहरी लीनता से अपनी तस्वीरों का पोर्टफ़ोलियो देख रहा था। बच्चे वाली माँ ने रेलसेवक को भोजन की मनाही की थी। उसने शाम की चाय के बचे हुए बिस्कुट दो घूँट पानी के साथ कुतरकर बोतल स्टैंड में फँसा दी थी। उसके चेहरे पर सूखे आँसुओं की लकीरें खिंची थीं। अपनी उदासी की थकन में वह बैठे-बैठे ही ऊँघने लगी थी। दोपहर का खाना अभी तक मेरे कलेजे पर पड़ा था। सो मैं बिना खाए ही अपनी बर्थ पर लेट गई थी। प्रेमी जोड़े ने डटकर खाया था। कली शायद निरामिष थी, उसने प्रेमी कार्लोस की थाली से एक ग्रास भी न खाया मगर कार्लोस ने उसका शेष भोजन मंदिर से मिले प्रसाद की तरह निबटाया था। खाकर वह अपनी शायिका पर पसर गया था। कली उसके मोबाइल फ़ोन में एकाग्र होकर कोई खेल खेलने लगी थी।

हम सब सोने के उपक्रम में थे। सफ़ाईकर्मी जूठी थालियाँ समेट चुका था। टीटीई राउंड पर था। वह बारी-बारी सबके टिकट की जाँच कर रहा था। उसने अपनी तस्वीरों में गुम लड़के को हिलाया।

"टिकट दिखाइए।"

लड़का अपने बटुए से टिकट निकालने लगा। टीटीई उसके दस्ताने चढ़े हाथों को मुसलसल संदिग्ध निगाह से देख रहा था। इस बात को भाँपते ही लड़का तमक उठा।

"क्या है? क्या देखना है टिकट या मेरे हाथ?" उसने ज़हरी अंदाज़ में पूछा।

"दिखा दीजिए। आपके हाथों में कोई भेद है क्या!" टीटीई ने मुस्कराकर फ़िकरा चुस्त किया।

लड़का किसी सिरफिरे के सदृश ज़ोर-ज़ोर से चिल्लाने लगा, "हाँ देखो मेरे हाथ... क्या भेद है... आओ सब देखो।"

उसने अपने दस्तानों को हाथों से खींचकर हवा में उछाल दिया।

उफ़्फ़ उसके हाथ! बहुत अजीब थे। चितकबरे। जैसे केंचुल की तरह उसके हाथ चाम छोड़ रहे हों। उसके हाथों की चमड़ी जगह-जगह से सफ़ेद पड़ गई थी।

सब सकते में थे। टीटीई कुछ बड़बड़ाता हुआ मुड़ गया था। रुलाई रोकने की कोशिश में लड़का हँसने लगा था। फिर हँसते-हँसते अपनी हथेलियों में मुँह ढाँपकर रो पड़ा।

"छूत नहीं है ये। मगर मैं अछूत हो गया हूँ। मैंने बताया वे नहीं माने... सारे कॉन्ट्रैक्ट छिन गए। अब मैं बेकार हूँ... रद्दी और निकम्मा। डॉक्टर कहता है मेरी त्वचा में रंग बनाने वाली कोशिकाएँ मर गई हैं। अच्छा होता मैं भी मर जाता!"

उसकी रुलाई से मेरी आँखें भीगने लगी थीं। मेरा मन हुआ था मैं उसके दोनों हाथों को अपने हाथों में जकड़कर कहूँ– 'अब इन्हें मत छुपाना। दुनिया इन हाथों से ज़्यादा कुरूप और बदरंग है। उसे अपनी ठोकर पर रखो।'

रेल के डिब्बे की बत्तियाँ बुझने लगी थीं। लोगों ने अपने पर्दे चढ़ा लिए थे। लड़के के भीतर भरी भड़ास निकल गई थी। वह रीडिंग लैंप की पीली

रौशनी में उँगलियों में क़लम दबाए शायद किताब में अपने मन से मेल खाती सतरें तलाशने लगा था। बुढ़िया अब भी बेटे के जवाब की इंतज़ारी में करवटें बदल रही थी। आख़िर उसके फ़ोन पर संदेश की दो आहटें हुईं। हताश मन को आस बँधी। वह अँधेरे में ही चमड़े के थैले में अपनी ऐनक टोहने लगी– "किधर गया... यहीं तो रखा था!" फिर उसे याद आया कि वह अपनी ऐनक बेटे के घर की सिंगारमेज़ पर ही छोड़ आई है।

"मैं पढ़ दूँ?" मैंने आग्रह किया।

बूढ़ी औरत ने कृतार्थ भाव से गर्दन हिलाई।

संदेश दो टुकड़ों में था। लिखा था– 'कारोबार मंदा चल रहा है। प्रेमा ने मनौती माँगी थी। हम माँ वैष्णो की यात्रा पर हैं। फिर शायद कश्मीर भी हो आएँ। प्रेमा कब से ज़िद किए बैठी है।' –'अकाउंट में कुछ पैसे भेज रहा हूँ। एक दिन किसी होटल में रुककर वापसी का टिकट करा लेना।'

मैं हर्फ़न-हर्फ़न दोनों संदेश पढ़ गई। थोड़ी देर पहले बूढ़ी औरत के जिस्म में भरी चुस्ती पस्ती में बदलती गई। वह करवट लेकर निष्प्राण-सी पड़ी रही।

निचली बर्थ पर कमउम्र लड़की की देह का कंपन बता रहा था कि वह अब भी गुपचुप रो रही है। मैं सोच रही थी वह बूढ़ी औरत कहाँ जाएगी जिसकी परछाइयों ने उसे बेआसरा कर दिया हो! उस दुधमुँहे बच्चे की माँ का क्या होगा जिसे पिता और पति दोनों ने एक वस्तु समझा! उस युवक का क्या बनेगा जिससे अकारण ही उसके सपने छीन लिए गए! मुझमें बैठी मैं मुझ पर हँस पड़ी– 'और तुम? अपनी कहो। तुम्हारा क्या होगा कुंज! जिस भाई के पास जा रही हो उसे क्या कहोगी कि जिसके साथ सात बरस बिन ब्याहे घर बसाए रखा, जिसके लिए उपवास रखे, उसकी अपनी दुनिया है? उसकी दुनिया में तुम नाहक हो!'

मेरा रीता मन और रीता हो गया। आँखें भी नींद से ख़ाली थीं। घुमंतू

गोरे योगी की बद्दुआ फल रही थी। वह मेरे सामने खड़ा मुझ पर हँस रहा था।

पहली बार मैंने उसे मंदिर के निकट भिक्षा माँगते देखा था। दरअसल मैंने पहली बार एक फ़क़ीर को दूसरे फ़क़ीर से भिक्षा माँगते देखा था। वह बढ़िया हिंदी बोल रहा था। मुझे कौतुक हुआ था। मैं वहीं रुकी रही। देसावरी योगी के लिए देसी फ़क़ीर इतना उदार न था। इसलिए मैंने पूछा, "क्या चाहिए?"

"बीस रुपये।"

"मेरे पास छुट्टे नहीं हैं।" मेरी बात पर देसी फ़क़ीर चौकन्ना हो गया।

"मैं कर दूँगा। पाँच रुपये लगेंगे।"

मुझे हँसी आ गई थी, "दूँगी।"

उसके बिछावन के तले रुपयों और सिक्कों का ढेर था। उसने पाँच रुपये काटकर मुझे पिचानवे लौटा दिए थे। मैंने पचास का नोट उस गोरे दरवेश की हथेली पर रख दिया।

"बस बीस की ही ज़रूरत है।"

"रख लो। बाद को काम आएँगे।"

"एक साधु भविष्य के लिए संचय नहीं करता। आज आपकी कृपा हुई, कल किसी और की होगी।" वह हँसा था। हँसते हुए उसके होंठों से एक जादुई अर्धगोल चाँद बन गया था। वह चुंबकीय था। बेहद लुभावना। लंब-तड़ंग, छह फुट से निकलता हुआ क़द, ऊँची नासिका, चौड़ा ललाट और कपाट वक्ष। उसके चिरे हुए कानों में मोटी क़लमनुमा लकड़ियाँ डली थीं। उसकी आँखें कुछ भूरी-सलेटी थीं। या सलेटी-नीली। मैं उसके साथ मंदिर की सीढ़ियाँ चढ़ने लगी।

"कहाँ से हो?"

"इसी दुनिया से। मगर दुनियादार नहीं।"

"मेरा मतलब किस देश के हो?"

"फ्रांस।"

"नाम क्या है ?"

"लौकिक नाम फ्रेडरिक और अलौकिक संसार में नाम का कोई अर्थ नहीं।"

"तुम अपने देश क्यों नहीं लौट जाते ?"

"लौटने को ही आया था, लौट न सका।"

"क्यों ?"

"प्रेम में छला गया। लौटने की राह न मिली। अब सोचता हूँ वहाँ क्या है ?"

"यहाँ भी क्या है ?"

"फ़क़ीर के लिए यहाँ क्या और वहाँ क्या!"

मैं उससे और बहुत-सी बातें करना चाहती थी। किंतु वह चलबाँक था, मैं सुस्तगाम। उसके साथ चलने को मुझे उसके पीछे भागना पड़ रहा था। उसके साथ भागते हुए एक तिलकधारी ने मेरी ओर हिकारत से देखा था, "चार धाम तफ़रीह की जगह हो गई है।" दूसरे ने कहा, "बहुत जानो साहब कि कुत्ता साथ नहीं लाई।"

फिर बाज़ार के किसी मोड़ पर वह खो गया था।

दूसरी बार वह ठीक दो दिन बाद मिला था।

पहाड़ों की लगभग हज़ार फ़ीट की ऊँचाई पर हवा बहुत उग्र थी। दोपहर बाद जून के महीने में भी हाड़ों में सिहरन भरने वाली ठंड थी। थोड़ी देर पहले हल्की बारिश हुई थी तो फिसलन के कारण पैरों की पेशियों को तानकर, पंजे और एड़ियाँ जमा-जमाकर उतरना पड़ रहा था। उतरते हुए एक जगह ज़मीन थोड़ी समतल हुई तो रुककर साँस ली। वहाँ तीन-चार बड़ी चट्टानें थीं। काली कमली वाले पाँचेक देशी दरवेशों से घिरा हुआ वह एक चट्टान पर तनकर बैठा था। कँपाने वाली ठंड में भी उसके बदन का ऊपरी हिस्सा नंगा था। निखालिस हिंदू साधु की तरह कमर से घुटनों

तक गफ़-गेरुआ लुंगी और गमछा। हाथ में तंबूरा। वह एक विलक्षण पल था जब मैंने उसे देखा था। साँझ के सूरज की केसरिया झाँई में हर चीज़ का रंग बदल गया था। आसमान, घास, पत्ते, चट्टानें और पत्थरों को काटकर बहता हुआ पानी। सबके रंग कुछ देर को बिल्कुल बदल गए थे। यह एक अस्थायी लम्हा था। जैसे उसे फिर से देखने की मेरी ख़ुशी अस्थायी थी। जैसे उससे बातें करने के बाद हुआ क्लेश भी अस्थायी था। चट्टान पर बैठे हुए उसने मिट्टी की नली से ढेर-सा धुआँ अपने भीतर खींचकर हवा में छोड़ दिया। गँजेड़ी धुआँनोश साधु मत्त होकर तंबूरे और चग़ान की धुन पर झूम रहे थे–'दिन-रात मुसाफ़िर जात चलाऽऽऽ...'

उसके अस्तित्व को धुएँ में छीजते देख मुझे शोक हुआ था। मैं उसके पास बैठ गई थी।

"दुनिया में लौटने के... जीने के अनगिन बहाने हैं।"

"मगर वे सब बहाने हैं। आगे जाने के लिए लौटते पथिक से पूछो कि रास्ता कैसा है।" मेरी तक़रीरों पर वह लगातार मुस्कराता रहा। उसकी मुस्कान में उपहास था। मैं उसकी मुस्कराहट से कुढ़ रही थी।

"तुम नहीं समझोगे क्योंकि तुम्हारे धुआँसे जीवन में जीवन जैसा कुछ नहीं है।"

सहसा उसका ताबदार चेहरा लोहित हो उठा। माथे पर शिकंज पड़ गई। उसने अपनी नीली नीमबाज़ पुतलियों से मुझे देखा, "जो मुझसे जीवन की बात करते हैं मैं उनसे कहता हूँ मैं मर चुका हूँ।"

वह अपना तंबूरा उठाकर खड़ा हो गया, "एक दिन तुम इस दुनिया से पूरी तरह ऊब जाओगी। उस दिन तुम्हें इस दुनिया को विदा कहते कोई शोक न होगा।" कहकर तेज़ क़दमों से वह पहाड़ उतरता गया।

मैं उसकी पीठ पर चिल्लाई थी, "वह-दिन-कभी-न-आएगा... जीवन बोझ देता है तो ढोने को कंधे भी।"

नियति का खेला! आज मेरे फ़लसफ़े बदल गए थे। फ्रेडरिक को सोचते-सोचते मैं नींद के झोंके में बह गई।

रात को न जाने क्या वक़्त हुआ था। मेरी नींद शोरगुल से खुली थी। कोच में हंगामा बरपा था। रेल में जाग भर गई थी। बुझी हुई बत्तियाँ जल गई थीं। खिंचे हुए पर्दे सरकने लगे थे। अँग्रेज़ी में गालियाँ बकता कार्लोस बौराया-सा इधर-उधर भागता फिर रहा था। उसकी टाँगें और ज़बान शराबी के ढब लड़खड़ा रही थीं। उसके खाने में ज़रूर कोई नशेदार चीज़ थी। वह कभी अपनी सीट के तले झाँकता कभी हमारी सीट के तले। कभी दरवाज़े की ओर भागता कभी टॉयलेट के किवाड़ पर लात मारता। कभी अपने बाल नोचता कभी माथा फोड़ता। वह गला फाड़कर बराबर चीख़ रहा था– "दैट फ़किंग बिच टुक एवरीथिंग!"

उसके बैग, मोबाइल फ़ोन और उसकी दामी कलाई घड़ी को हथियाकर बेख़बर रात की ख़ामोशी में कार्लोस की दिलकश महबूबा किसी स्टेशन पर उतर गई थी। बेचारा कार्लोस! बिराने देश में उसके पास अब अपनी कोई पहचान बाक़ी न थी।

शायद यूँ ही तय होता होगा इश्क़-ए-मजाज़ी से इश्क़-ए-हक़ीक़ी होने तक का सफ़र। राग और विराग के बीच थोड़ी ही तो दूरी है। सीली हुई धुंध में रेल अपनी रफ़्तार से दौड़ रही थी। रेल को अपना गंतव्य ज्ञात था। मगर कंपार्टमेंट में हम पाँचों अपने ठिकाने से अनजान चुप्पाए बैठे थे। हम पाँचों सर्वहारा थे। निरुपाय! निठौर और निघरघट!

अचानक सदमा खाया कार्लोस बेसुध होकर गिर पड़ा था। किसी ने ट्रेन की ज़ंजीर खींच दी।

यह डोईवाला स्टेशन था, यहाँ से ऋषिकेश कोई दस-बारह मील था। उस गोरे यायावर का पक्का ठिकाना 'स्वर्गाश्रम'। लगा कहीं नज़दीक से उसने मुझे उलाहना भेजा है। उसके होंठों पर मुस्कान का अर्धगोल चंद्रमा बैठ गया है।

'मैंने कहा था न, एक दिन तुम इस दुनिया से पूरी तरह ऊब जाओगी। उस दिन तुम्हें इस दुनिया को विदा कहते कोई शोक न होगा।'

जैसे मैंने अपना गंतव्य खोज लिया हो। एक उजली दुनिया जो मेरे बहुत क़रीब थी। मैं डोईवाला स्टेशन पर उतर गई थी। मैंने पीछे मुड़कर नहीं देखा था लेकिन मुझे लगा वो पैंसठ पार की बूढ़ी औरत, गोद के बच्चे की माँ, विटिलिगो से त्रस्त लड़का और कार्लोस किसी दिन मुझे वहीं मिलेंगे।